L. MARIE ADELINE

Sous le pseudonyme L. Marie Adeline se cache un auteur canadien qui est également une très célèbre productrice de télévision. Premier volet d'une série de romans érotiques, *S.E.C.R.E.T.* (Presses de la Cité, 2013) a été publié dans plus de trente pays, et figure sur de nombreuses listes de best-sellers, notamment au Canada.

Le deuxième volume est paru en janvier 2014, également aux Presses de la Cité.

# S.E.C.R.E.T.

L. MARIE ADELINE

S.E.C.R.E.T.

ROMAN

*Traduit de l'anglais (Canada)
par Alba Neri*

PRESSES DE LA CITÉ

Titre original :
S.E.C.R.E.T.

Pocket, une marque d'Univers Poche,
est un éditeur qui s'engage pour la préservation
de son environnement et qui utilise du papier fabriqué
à partir de bois provenant de forêts gérées
de manière responsable.

Le Code de la propriété intellectuelle n'autorisant, aux termes de l'article L. 122-5, 2e et 3e a), d'une part, que les « copies ou reproductions strictement réservées à l'usage privé du copiste et non destinées à une utilisation collective » et, d'autre part, que les analyses et les courtes citations dans un but d'exemple et d'illustration, « toute représentation ou reproduction intégrale ou partielle faite sans le consentement de l'auteur ou de ses ayants droit ou ayants cause est illicite » (art. L. 122-4).
Cette représentation ou reproduction, par quelque procédé que ce soit, constituerait donc une contrefaçon, sanctionnée par les articles L. 335-2 et suivants du Code de la propriété intellectuelle.

© 2013 L. Marie Adeline
This edition published by arrangement with Doubleday Canada,
a division of Random House of Canada Limited.

© Presses de la Cité, un département place des éditeurs 2013
pour la traduction française
ISBN : 978-2-266-24538-8

Pour Nita

I

Les serveuses sont souvent très douées pour interpréter le langage corporel. Les femmes de maris alcooliques et coléreux aussi. Je sais de quoi je parle : épouse malheureuse pendant quatorze ans et serveuse depuis pratiquement quatre, une bonne partie de mon boulot consiste à deviner les souhaits de la clientèle. Quant à mon mari, je devançais avec exactitude ce qu'il voulait dès qu'il passait le pas de la porte. Mais bizarrement, lorsque j'essayais d'utiliser ce don pour anticiper mes propres désirs, j'en étais incapable.

Devenir serveuse ne faisait pas partie de mes plans, mais bon, je pense que je ne suis pas la seule... J'ai trouvé ce job au Café Rose juste après la mort de mon mari, et au cours des quatre années suivantes, alors que le deuil se muait en colère qui à son tour se transformait en un état d'engourdissement permanent, je travaillais et... j'attendais. J'attendais que les clients arrivent et finissent leur assiette, j'attendais que ma journée se termine, j'attendais que ma vie recommence.. Et pourtant, je ne mens pas lorsque je dis que j'aimais mon travail. Être serveuse dans un lieu comme le Café Rose, dans une ville telle que La Nouvelle-Orléans, implique d'avoir ses habitués, ses chouchous, et de se coltiner quelques lourdauds qu'on n'arrive pas à refiler aux collègues. Dell ne supportait pas les excentriques du coin à cause de leur pingrerie en matière de pourboires, alors que j'adorais laisser traîner mes oreilles lorsqu'ils racontaient des anecdotes croustillantes. Du coup, nous avions passé un accord. Je prenais les hurluberlus et les musiciens, en échange de quoi elle s'occupait des étudiants et des tables avec bébés et poussettes.

Mes clients préférés, sans conteste, c'étaient les couples, un en particulier. On pourra trouver ça bizarre, mais lorsqu'il entrait, j'avais des papillons dans l'estomac. La femme, à qui je donnais moins de quarante ans, était belle d'une façon qui me fait toujours songer aux Françaises : elle avait une peau resplendissante et des cheveux courts qui n'enlevaient rien à sa féminité radieuse. Grand et élancé, l'homme qui l'accompagnait avait un corps athlétique et possédait un visage avenant en dépit de son crâne rasé. J'étais certaine qu'il était un peu plus jeune qu'elle. Aucun des deux ne portait d'alliance, mais leur relation était, sans l'ombre d'un doute, intime. Ils avaient toujours l'air d'avoir fait l'amour juste avant de venir ou d'être sur le point de s'y mettre après un déjeuner rapide au Café Rose.

Ils avaient un petit rituel : dès qu'ils s'installaient, l'homme posait les coudes sur la table et levait ses mains à la verticale, face à sa compagne, qui marquait toujours une pause avant de l'imiter. Ils restaient comme ça, paumes face à face, très proches, mais sans entrer en contact, comme si une barrière invisible les en empêchait. C'était tellement rapide, le temps d'un battement de cœur, que cela n'avait rien d'artificiel, et en même temps si discret que personne, sauf moi, qui guettais cet instant précis, ne s'en apercevait. Ensuite, ils entrelaçaient leurs mains. Il lui embrassait le bout des doigts, l'un après l'autre, toujours de gauche à droite. Et elle souriait. Puis leurs mains se détachaient et ils lisaient le menu. Les observer, ou plutôt essayer de les regarder sans être vue, éveillait en moi une nostalgie profonde et familière. Je pouvais sentir ce qu'elle ressentait, comme si c'était ma main, mon poignet, mon bras qu'il caressait.

Mais cette nostalgie ne venait pas d'une période de mon passé. Dans ma vie, je n'avais pas eu droit à beaucoup de tendresse, sans parler de passion. Mon ex-mari, Scott, pouvait se montrer généreux et gentil lorsqu'il était à jeun, mais vers la fin, prisonnier de l'alcool, il n'avait plus rien à donner. À sa mort, j'ai pleuré sur toute la souffrance qu'il avait endurée et fait endurer aux autres, mais jamais il ne m'a manqué. Pas une minute. Néanmoins quelque chose en moi s'est lentement atrophié puis éteint, et en un éclair, cinq années se sont écoulées sans que j'aie fait l'amour une seule fois. Un *lustre* de célibat... J'en étais venue à considérer ce laps de temps comme un vieux chien tout maigre qui n'avait pas d'autre choix que de me suivre. Il trottinait sur mes talons, langue pendante, sans me lâcher d'un pouce. Quand je faisais les boutiques, Lustre s'asseyait dans la cabine d'essayage, les yeux brillant d'un mépris qui rendait ridicules mes tentatives de me trouver jolie dans une robe dos nu. Lustre s'était installé à mes pieds sous la table de chaque rendez-vous insipide auquel je m'étais rendue.

Aucun de ces rendez-vous n'avait mené à une relation concrète, et, à trente-cinq ans, j'avais commencé à croire que ça ne m'arriverait plus d'être désirée par un homme qui brûlerait d'envie pour moi de la même façon que le couple que j'observais en secret. J'avais l'impression de me retrouver en train de regarder un film dans une langue qui m'était étrangère et dont les sous-titres étaient si flous qu'ils en devenaient illisibles.

— Troisième rendez-vous, marmonna Will, mon patron.

Je sursautai. Nous nous tenions tous les deux derrière le comptoir des desserts, il essuyait les traces d'eau sur les verres sortant du lave-vaisselle. Il avait noté mon intérêt pour le couple, je remarquai ses bras comme je le faisais toujours. Il portait une chemise à carreaux, les manches retroussées jusqu'au coude dévoilaient ses avant-bras musclés couverts d'un duvet blondi par le soleil. Même si notre relation était strictement amicale, de temps à autre sa présence me troublait, d'autant plus qu'il semblait ignorer à quel point il était séduisant.

— Ou plutôt cinquième, se reprit-il. C'est le délai que les femmes se donnent avant de coucher avec un nouveau mec, non ?

— Et comment veux-tu que je le sache ?

Il roula ses yeux bleus en feignant l'agacement, comme à chaque fois que je me plaignais de l'absence d'hommes dans ma vie.

— Ces deux-là sont comme ça depuis le premier

jour, fis-je en regardant « mon » couple. Il l'a dans la peau et elle le lui rend bien.

— Je leur donne six mois.

— Cynique, va ! répondis-je en secouant la tête.

Spéculer sur la relation qu'entretenaient nos clients, c'était quelque chose que nous faisions souvent. Un truc à nous, une façon de passer le temps.

— Hum. Regarde là-bas. Tu vois le quinqua qui partage une assiette de moules avec la jeune femme ? me demanda-t-il en m'indiquant du menton une table.

Je tournai la tête en essayant de rester discrète.

— Je parie que c'est la meilleure amie de sa fille, murmura-t-il. Elle a enfin son diplôme et veut décrocher un stage dans le cabinet d'avocats où il travaille. Sauf qu'elle a vingt et un ans, et lui une idée derrière la tête.

— Beurk ! Mais elle pourrait aussi être sa fille, tout bêtement.

Il haussa les épaules.

Je parcourus la salle des yeux, étonnamment remplie pour un mardi, et pointai vers l'angle en face.

— Tu vois les deux qui finissent leur déjeuner ?

— Oui ?

— Je crois qu'ils sont sur le point de rompre.

Il me considéra comme si je bluffais.

— Tu ne me crois pas ? Ils ne se regardent pas et il n'y a que lui qui a commandé un dessert. Je leur ai apporté deux cuillers, mais il ne lui a pas proposé de le partager. Même pas d'y goûter. Mauvais signe.

— C'est toujours un mauvais signe, tu as raison. Les hommes devraient *toujours* partager leur dessert, fit-il avec un clin d'œil.

Je ne pus que sourire de son sous-entendu.

— Dis-moi, tu peux finir d'essuyer les verres ? Je dois aller chercher Tracina, sa voiture est de nouveau tombée en panne.

Tracina travaillait au café en soirée. Will sortait avec elle depuis un peu plus d'un an, autant dire depuis qu'il s'était lassé d'essuyer mes refus. Son intérêt m'avait flattée, bien sûr, mais dans ma situation je ne pouvais me permettre de prendre un tel risque. J'avais plus besoin d'un ami que d'une aventure avec mon patron. Finalement, notre amitié était devenue sacrée pour moi et je ne voulais pas risquer de tout gâcher. Il était plus facile de rester dans une relation platonique… Sauf à certaines occasions, comme cette fois, quelques mois plus tôt, où je l'avais surpris alors qu'il travaillait tard, la chemise largement ouverte, manches retroussées. Il se passait les mains dans ses cheveux poivre et sel et… j'en avais eu le souffle coupé. Mais j'étais une grande fille capable d'oublier vite un trouble passager.

Une preuve que nous étions « bons potes », c'est que je ne m'étais pas gênée pour l'accuser, plaisantant seulement à moitié, d'avoir embauché Tracina juste pour qu'elle accepte de sortir avec lui.

« Et alors, si c'était le cas ? avait-il répondu. C'est l'un des avantages d'être le boss, non ? »

Après avoir fini d'astiquer les verres, j'ai préparé la note de mon couple préféré. C'est en m'approchant de leur table que j'ai remarqué pour la première fois le bracelet porté par la femme, une chaîne en or d'où pendaient des petites breloques, des *charms*, en or eux aussi.

C'était un bijou peu courant, d'un jaune pâle avec une finition mate. Les *charms* portaient d'un côté des chiffres romains et de l'autre un mot que je n'arrivai pas à lire. Le bracelet semblait captiver aussi l'homme, qui le caressait en même temps que le poignet de sa propriétaire. En regardant sa façon de la toucher, si possessive, je sentis ma gorge se nouer et une chaleur inopinée envahit mon ventre.

Cinq ans. Un lustre...

— Voici pour vous, dis-je d'une voix trop aiguë d'une octave.

Je glissai la note sur la partie de la table que leurs bras laissaient libre. Ma présence sembla les prendre au dépourvu.

— Oh, merci ! dit la femme en se redressant.

— Ça s'est bien passé ? demandai-je, tout à coup timide comme si c'était la première table que je servais de ma vie.

— Parfait, comme toujours, dit-elle.

— Très bien, merci, fit-il en cherchant son portefeuille.

— Laisse-moi t'inviter, proposa-t-elle en se penchant pour prendre son sac. C'est toujours toi qui payes.

Elle me tendit une carte de crédit, son mouvement fut accompagné par le tintement du bracelet.

— Prenez la mienne, ma petite.

Elle avait mon âge et m'appelait « ma petite » ? J'aurais fait la grimace s'il s'était agi de quelqu'un d'autre, mais c'était ma cliente préférée, et en plus elle avait utilisé un ton assuré et bienveillant qui rendait la chose tout à fait naturelle.

Lorsque je pris la carte, je crus voir une ombre de pitié dans son regard. Était-ce à cause du chemisier marron que je mettais pour travailler parce que les taches de nourriture que je n'arrivais pas à éviter se voyaient moins ? Je devins soudain très consciente de mon apparence. Je n'avais pas pris la peine de me maquiller. J'avais aux pieds des chaussures marron, plates, que je ne portais pas avec des bas mais, je dois l'avouer, avec des socquettes. L'horreur. Qu'est-ce qui m'était arrivé ? Comment et quand étais-je devenue prématurément une bonne femme mal fagotée, sans âge ?

Les joues en feu, je tournai les talons et me dirigeai directement aux toilettes, où j'aspergeai mon visage d'eau froide. Face à la glace, je lissai mon tablier. Ces vêtements de couleurs indistinctes étaient pratiques, une robe l'aurait été beaucoup moins dans mon métier. Quant à ma queue-de-cheval, elle m'était imposée pour des questions d'hygiène. Mais il était vrai aussi que j'aurais pu me coiffer de façon plus soignée au lieu de ramasser mes cheveux avec un élastique à la va-vite, comme qui attache une botte de radis. Mes chaussures étaient celles d'une femme qui n'accordait pas d'attention à ses pieds, même si on m'avait dit plus d'une fois que les miens étaient très jolis. Je ne m'étais pas offert une manucure professionnelle… depuis mon mariage. C'est que ça coûte cher de se faire chouchouter. Mais tout de même, comment en étais-je arrivée là ? Il n'y avait rien de sorcier : je m'étais laissée aller lamentablement, voilà tout. Adossé à la porte des toilettes, Lustre semblait sur le point de s'écrouler de fatigue.

Je retournai à la table en faisant tout mon possible pour ne croiser le regard ni de l'homme ni de la femme.

— Vous travaillez ici depuis longtemps ? me

demanda l'homme pendant que son amie signait la facturette.

— Quatre ans à peu près.

— Vous êtes une serveuse hors pair.

De nouveau, je rougis.

— Merci.

— On vous revoit la semaine prochaine, dit la femme. J'adore ce vieux bistrot.

— Il a connu des jours meilleurs.

— C'est parfait pour nous, fit-elle en me rendant la note avec un clin d'œil à l'intention de son compagnon.

Je regardai sa signature, sûre de lire un nom exotique et intrigant. Pauline Davis. Un patronyme on ne peut plus courant. Ce qui, étant donné mon état d'esprit, me fit du bien.

Ils sortirent, je les vis s'embrasser devant la porte avant de partir chacun de leur côté. En passant devant la vitre, elle tourna la tête et m'adressa un petit geste d'au revoir. Je devais avoir l'air bécasse, plantée au milieu des tables en train de les regarder, songeai-je en levant docilement la main en réponse.

La voix d'une vieille habituée me sortit de mon hébétude :

— Cette femme a fait tomber quelque chose, dit-elle en pointant le doigt sous la table que le couple venait de quitter.

Je me penchai pour ramasser un petit carnet en cuir bordeaux. Souple et doux, il avait l'air d'avoir bien vécu. À l'angle de la couverture, les initiales *P. D.* étaient gravées dans la même couleur dorée que le bord des pages. Je l'ouvris d'une main nerveuse dans l'espoir d'y trouver l'adresse ou le numéro de téléphone de sa propriétaire, et je ne pus éviter de lire quelques phrases : « ... *ses lèvres sur moi... jamais sentie aussi vivante... décharge qui me traversa... montait en moi comme des vagues... me fit me pencher au-dessus...* »

Je refermai le carnet brusquement.

— Vous pourriez encore la rattraper, suggéra la dame en croquant dans une viennoiserie.

Je remarquai qu'il lui manquait une incisive.

— Trop tard, je crains, répondis-je. Je... je vais le lui mettre de côté. Elle vient souvent.

La femme haussa les épaules et acheva son croissant. Avec un frisson d'excitation, je mis le calepin dans la banane où je gardais la monnaie. Tout le reste de l'après-midi, jusqu'à l'arrivée de Tracina avec son parfum trop sucré et son ramassis d'anglaises sautillantes au sommet de son crâne, je sentis le carnet, chaud comme un chaton blotti contre mon ventre. Pour la première fois depuis très longtemps, la soirée s'annonçait soudain moins solitaire.

Pendant le trajet de retour à la maison, je passai en revue mon passé. Six années s'étaient écoulées depuis que Scott et moi avions quitté Detroit pour repartir de zéro. Il venait de perdre le dernier poste qu'il avait obtenu dans l'industrie automobile et les loyers étaient beaucoup moins chers à La Nouvelle-Orléans. Nous pensions tous les deux qu'une ville qui tentait de se reconstruire après le passage d'un ouragan était la meilleure toile de fond possible pour un couple à peu près dans le même état.

Nous avons trouvé une petite maison bleue sur Dauphine Street, dans le quartier de Marigny, comme plein d'autres jeunes couples. J'ai eu de la chance, j'ai trouvé assez vite un poste comme assistante vétérinaire dans un refuge pour animaux à Metairie. Scott, en revanche, perdit plusieurs jobs dans les forages pétroliers et ruina ses deux années d'abstinence après une nuit de beuverie qui devint une cuite longue de deux semaines. Le jour où il me frappa, la deuxième fois en deux ans, je sus que c'était fini. Je compris soudain à quel point il avait dû lutter pour ne pas lever la main sur moi depuis ce premier coup de poing que j'avais reçu en plein visage, et j'emménageai dans un deux-pièces à quelques pâtés de maisons, dans le premier appartement, le seul en fait, que je visitai.

Quelques mois plus tard, Scott me demanda de le rejoindre au Café Rose, il voulait, disait-il, me présenter ses excuses pour son comportement. J'ai accepté. Il m'a juré qu'il avait arrêté de boire pour de bon, mais ses excuses sonnaient faux et il se tenait raide, sur la défensive. À la fin du repas, la tête baissée, j'avais du mal à contenir mes larmes alors qu'il murmurait sans arrêt « je suis désolé ».

« Crois-moi, s'il te plaît. Je sais que je n'ai pas l'air désolé, mais dans mon cœur je porte chaque jour le poids de ce que je t'ai fait. Je ne sais pas comment faire pour que tu me pardonnes. »

Puis il a filé brusquement.

Sans payer, bien sûr.

En sortant, j'ai remarqué l'offre d'emploi de serveuse pour le service de midi. Je songeais à quitter le refuge depuis quelque temps. Je prenais soin des chats et les après-midi je promenais les chiens, mais les animaux laissés pour compte après l'ouragan Katrina n'avaient aucune chance d'être adoptés, et je passais donc une bonne partie de mes journées à raser un petit carré de poils sur les pattes d'animaux maigres mais en bonne santé, qui indiquerait l'emplacement où euthanasier les pauvres bêtes. Je détestais mon travail, je détestais voir mon reflet dans leurs yeux fatigués et tristes. Ce même soir, j'ai rempli le formulaire pour postuler au Café Rose.

Ce fut cette nuit-là que l'eau engloutit la route vers Parlange et que Scott tomba avec sa voiture dans le lac False River et s'y noya.

Maintes fois je me suis demandé s'il s'agissait véritablement d'un accident ou si c'était un suicide. Heureusement, la compagnie d'assurance n'a pas fait d'enquête approfondie. Après tout, ce jour-là, Scott n'avait rien bu et les barrières de protection, rouillées, étaient en piètre état. C'est la raison pour laquelle le comté a dû me payer une coquette somme. Je ne saurai cependant jamais ce que Scott faisait près du lac. C'était bien son style de chercher à faire une sortie grandiose qui m'accablerait de culpabilité en même temps. Sa mort ne m'a pas rendue heureuse, elle ne m'a pas rendue malheureuse non plus. Depuis, je m'étais installée dans une apathie émotionnelle dont je ne parvenais pas à me sortir.

Deux jours après être revenue de son enterrement à Ann Arbor, où j'avais dû m'asseoir seule sur un banc à l'église, car la famille de Scott me tenait pour responsable de sa mort, j'ai reçu un coup de fil de Will. Au début, sa voix m'a quelque peu déstabilisée car il avait le même timbre que Scott – lorsqu'il était sobre.

— Je cherche à joindre Cassie Ribordy.
— C'est moi-même. Qui est à l'appareil ?

— Je m'appelle Will Foret, je suis le propriétaire du Café Rose. Vous avez laissé votre CV la semaine dernière. Nous cherchons de manière urgente quelqu'un qui puisse effectuer le service du petit déjeuner et du déjeuner. En dépit de votre manque d'expérience, j'ai senti de bonnes vibrations l'autre jour et...
Bonnes vibrations ?
— Excusez-moi, mais quand est-ce que je vous ai rencontré ?
— Euh... Quand vous avez déposé votre CV.
— Je suis désolée, bien sûr, maintenant je m'en souviens, oui, absolument. Je pourrais commencer dès jeudi.
— Jeudi ? Parfait ? À 10 h 30 ? Je vous montrerai les ficelles du métier.

Quarante-huit heures plus tard, je serrai la main de Will en me demandant comment j'avais pu ne pas me souvenir de lui – ce qui en disait long sur l'état dans lequel je me trouvais ce soir-là. À présent, l'anecdote est devenue une blague récurrente entre nous (« Ouais, je t'ai fait une si forte première impression que, pour t'en remettre, tu m'as complètement effacé de ta mémoire ! »), mais la vérité est que le rendez-vous avec Scott m'avait laissée dans un brouillard si épais que j'aurais pu discuter avec Brad Pitt sans le reconnaître. Ainsi, lorsque j'ai rencontré Will pour mon entretien d'embauche, j'ai été sciée en découvrant à quel point il était séduisant et apparemment inconscient de l'être.

Il ne m'a pas promis monts et merveilles en plus de mon salaire modeste : le café était un peu en dehors du quartier à la mode et ne restait pas ouvert toute la nuit, ce qui ne permettait pas d'engranger de nombreux pourboires. Il m'a parlé de son projet d'ouvrir une salle à l'étage tout en précisant que des années pourraient s'écouler avant qu'il y parvienne.

— La plupart des clients sont des gens du quartier. Tim et les gars de la boutique de vélos de Michael. Plein de musiciens que tu risques de trouver endormis sur le pas de la porte parce qu'ils ont joué sur le perron toute la nuit. Des personnages locaux qui restent des heures en sirotant un café.

— Ça a l'air sympa.

Ma formation au métier de serveuse a consisté en un tour rapide de la brasserie avec lui qui marmonnait quelques explications à propos du lave-vaisselle, du moulin à café et du placard des produits de nettoyage.

— Les services d'hygiène stipulent que tu portes les cheveux attachés, mais, à part ça, je n'ai pas d'autres exigences. On n'a pas d'uniforme, donc tu fais comme tu veux, mais sache qu'on bosse dur, donc pense pratique.

— Pratique, c'est mon deuxième prénom, j'ai répondu.

— J'ai l'intention de faire des travaux, dit-il en me voyant fixer un endroit où la peinture s'écaillait.

L'un des ventilateurs au plafond semblait aussi sur le point de nous tomber sur la tête. Le restaurant dans son ensemble était vétuste et avait en vérité besoin d'un bon ravalement, mais il était accueillant et, surtout, à dix minutes à pied de mon appartement. Will m'a expliqué qu'il l'avait appelé Café Rose d'après Rose Nicaud, une esclave affranchie qui vendait dans la rue le café qu'elle torréfiait elle-même.

— Une ancêtre de ma mère, m'expliqua-t-il. Tu devrais voir nos photos de famille, on dirait l'assemblée de l'ONU. Il y en a de toutes les couleurs... Alors, tu veux travailler avec nous ?

J'ai acquiescé avec enthousiasme et nous nous sommes de nouveau serré la main.

À partir de ce jour, mon monde s'est pratiquement réduit aux quelques pâtés de maisons du quartier de Marigny. J'allais à Tremé pour écouter Angela Rejean, ou bien j'aimais flâner dans les brocantes et les antiquaires vers Magazine Street, mais il était rare que je m'aventure plus loin. J'ai même cessé d'aller au musée des Beaux-Arts ou à Audubon Park. C'est bizarre, je sais, mais j'aurais pu passer le reste de ma vie dans cette ville sans même me promener au bord de l'eau.

J'étais en deuil. Après tout, Scott était le premier et surtout le seul homme que j'avais connu. Parfois, j'éclatais en sanglots aux moments les plus incongrus – dans un bus, ou alors que je me brossais les dents. Ou à chaque fois que je me réveillais d'une sieste. Mais, plus que sur Scott, je pleurais sur les quinze ans que j'avais perdus à l'écouter se plaindre et me rabaisser. C'était tout ce qu'il m'avait laissé. Je ne savais plus comment faire taire cette voix méprisante qui, une fois Scott parti, n'arrêtait pas de pointer mes défauts et souligner mes erreurs. *Tu devrais t'inscrire à un club de gym. Aucun homme ne s'intéresse à une femme de trente-cinq ans. Tout ce que tu fais, c'est regarder la télé. Tu pourrais être bien plus jolie si tu faisais quelques efforts.*

Cinq ans.

Je me suis oubliée dans le travail. Le rythme

me convenait. Le Rose était le seul établissement à servir des petits déjeuners dans notre rue. Rien de sophistiqué : des œufs sous toutes leurs formes, des saucisses, des tartines, fruits, yaourts, viennoiseries et gâteaux. Le déjeuner était simple aussi : des soupes, des sandwiches et des plats du jour – bouillabaisse, curry de lentilles ou des recettes du Sud comme le jambalaya si Dell arrivait assez tôt et que l'envie lui en prenait. Elle était bien meilleure cuisinière que serveuse, mais elle ne supportait pas de rester en cuisine toute la journée.

Même si je ne travaillais en théorie que quatre jours par semaine, Will me demandait souvent de le dépanner et j'étais toujours partante. Parfois je restais manger un morceau avec Will. Si Tracina était en retard, je m'occupais de sa mise en place. Je ne me plaignais jamais et je n'arrêtais pas une seconde.

J'aurais gagné plus d'argent si j'avais travaillé le soir, mais j'aimais bosser tôt. J'aimais balayer le trottoir le matin en arrivant, le soleil qui éclaboussait de taches lumineuses les tables du patio. J'aimais installer les gâteaux sur leurs plateaux en même temps que le café filtrait et que la soupe tiédissait. J'aimais prendre mon temps pour compter mes pourboires sur l'une des tables bancales devant la grande vitrine. Mais la solitude ne manquait jamais de me rejoindre quand je rentrais chez moi.

Un rythme s'est installé, fiable, rassurant : travail, maison, lecture, sommeil. Travail, maison, lecture, sommeil. Travail, *ciné*, maison, lecture, sommeil. Sortir de cette routine n'aurait pas demandé un effort surhumain et pourtant, j'en étais incapable.

Je croyais naïvement qu'après un certain temps je

recommencerais à sortir et même à fréquenter des hommes sans avoir à y penser. Je croyais qu'il y aurait un jour où, comme par magie, cette routine triste se briserait et que je reprendrais goût à la vie. Qu'un claquement de doigts suffirait. L'idée de reprendre mes études et de finir ma licence m'a traversé l'esprit, mais je n'ai pas mené ce projet à bien non plus. Je prenais le chemin de la quarantaine négligée à une vitesse grand V, tandis que Dixie, ma chatte à la robe écaille de tortue, vieillissait avec moi.

« Tu te plains que cette chatte est grosse comme si c'était elle la responsable, disait toujours Scott. C'est ta faute si elle est obèse. »

Scott ne se laissait jamais attendrir par Dixie et ses miaulements plaintifs, mais moi, elle m'avait à l'usure. Je n'avais aucune volonté et c'est sans doute la raison pour laquelle j'ai supporté Scott si longtemps. J'ai mis un bon moment à comprendre que je n'étais pas la cause de son alcoolisme et que je ne pouvais rien faire pour l'en guérir, mais il m'est toujours resté le sentiment que j'aurais pu l'aider si j'avais essayé avec plus d'entêtement.

Si nous avions eu un enfant comme il le désirait, songeais-je, peut-être aurait-il mis un frein à sa consommation d'alcool. Je ne lui ai jamais avoué le soulagement que j'ai éprouvé en apprenant que j'étais dans l'incapacité de concevoir. Faire appel à une mère porteuse aurait pu être une option si nous avions eu plus d'argent. Par chance, Scott n'avait pas la moindre envie d'engager un processus d'adoption. J'ai donc pu esquiver toute discussion autour de l'absence totale d'un quelconque désir de maternité chez moi. Cependant, j'attendais avec impatience que quelque chose vienne donner du sens à ma vie et remplisse l'espace que l'envie d'enfanter n'avait jamais occupé.

Quelques mois après avoir commencé à travailler au Rose, bien avant que Tracina ne vienne ravir le cœur de Will, celui-ci me laissa entendre qu'il pouvait obtenir deux places pour le concert le plus attendu du festival de jazz. Au départ, j'ai cru qu'il destinait l'un des tickets à une petite amie, mais, à ma grande surprise, il a fini pour m'avouer que c'était avec moi qu'il voulait y aller. Un sentiment qui ressemblait terriblement à la panique s'est emparé de moi à ce moment-là.

— Est-ce que… tu es en train de me proposer une sortie en tête à tête ?

— Euh… oui.

Il avait de nouveau ce drôle de regard, et l'espace d'un instant, j'ai cru même voir une expression blessée dans ses yeux.

— Au premier rang, Cassie. Allez. C'est une bonne excuse pour mettre une robe. Je ne t'ai jamais vue en robe, maintenant que j'y pense.

Je savais que la seule chose à faire, c'était de l'éconduire. Je ne pouvais pas sortir avec un homme. Et surtout pas avec *lui*. Mon patron. Il était hors de question, absolument hors de question que je perde un boulot que j'aimais pour un homme qui risquait, en passant du temps avec moi, de s'apercevoir à quel point j'étais banale. Je ne faisais pas le poids face à un homme si séduisant. La perspective de me retrouver seule avec lui, hors du contexte professionnel, me paralysait.

— Tu ne m'as jamais vue avec une robe parce que je n'en ai pas, dis-je.

Mensonge éhonté. Mais je n'arrivais pas à m'imaginer en train d'en porter une. Will s'est essuyé les mains sur son tablier en silence.

— Ce n'est pas grave, répondit-il finalement. Tout un tas de gens veulent aller voir ce groupe.

— Will… En fait, je crois que le fait d'avoir été mariée pendant si longtemps avec un type aussi minable m'a rendue… insortable.

Mon ton ressemblait à celui d'un psychologue qui anime une émission à la radio tard dans la nuit.

— C'est une nouvelle version de la vieille excuse : « Ce n'est pas toi, c'est moi » ?

— Mais non, c'est la vérité ! C'est *moi*, pas toi.

— Alors, il ne me reste plus qu'à inviter la prochaine belle femme que j'embaucherai, plaisanta-t-il.

C'est bel et bien ce qui est arrivé. Il a proposé la place de concert à Tracina, qui venait de Texarkana, avait un accent du Sud à craquer, des jambes sans fin et plus de paires de santiags que tout le casting d'*Il était une fois dans l'Ouest*. Mais elle avait aussi un petit frère autiste dont elle s'occupait avec une dévotion admirable.

Will l'a embauchée pour travailler en soirée et, même si elle s'est toujours montrée relativement froide avec moi, nous arrivions à nous entendre, et puis, elle semblait rendre Will heureux. Cependant, depuis son arrivée au Rose, je rentrais à la maison en me sentant doublement seule parce que je savais qu'il allait passer la nuit chez elle et non pas dans l'appartement au-dessus du café. Je n'étais pas jalouse. Comment aurais-je pu l'être ? Tracina était exactement le type de fille qui convenait à un homme comme Will : drôle, maligne et sexy. Elle avait une peau satinée couleur café, parfaite. Parfois, elle portait ses cheveux style afro comme les Jackson Five à leurs débuts, parfois elle les tressait en des coiffures alambiquées qui lui allaient tout aussi bien. Tracina plaisait. Elle était spontanée et gaie, populaire et sociable. Et moi, tout simplement, je ne l'étais pas.

Ce soir-là, avec le petit carnet toujours calé sur mon ventre, je regardai Tracina s'occuper des tables du dîner, admettant pour la première fois que je ressentais un brin de jalousie. Non pas parce qu'elle sortait avec Will, non, je jalousais sa façon d'occuper l'espace, avec son air engageant et parfaitement à l'aise. Certaines femmes ont ce je-ne-sais-quoi qui est avant tout une capacité à mordre la vie à pleines dents sans se poser de questions. Elles ne se contentent pas d'observer, elles s'insèrent au cœur de l'action. Elles sont... vivantes. En l'occurrence, lorsque Will lui avait présenté le fameux billet de concert, elle avait répondu : « Avec plaisir ! » Sans hésitation ni atermoiements, avec un « oui » bien rond et joyeux.

Je pensais au carnet, aux mots que j'avais survolés, au compagnon de Pauline et à la façon dont il avait caressé son bras et embrassé ses doigts. À sa façon de jouer avec le bracelet, à son impatience. Je me mettais à rêver qu'un homme éprouve la même chose pour moi. Je songeai à comment ce serait de sentir entre mes doigts des cheveux couleur sable, le dos pressé contre un mur de la cuisine de la brasserie tandis qu'une main se glissait sous ma jupe. Ah, mais... le compagnon de Pauline avait la tête rasée ! Je me rendis compte, stupéfaite, que l'homme de mon fantasme avait les cheveux de Will, la bouche de Will...

— Un dollar pour tes pensées, dit alors mon patron, brisant net mes rêveries.

— Oh, elles valent bien plus que ça !

J'avais les joues en feu. Mais qu'est-ce qui me prenait ? J'avais fini ma journée de travail, il était temps de rentrer.

— Ç'a été, question pourboires, aujourd'hui ?

— Oui, pas mal. Il faut que je file, Will. Ah, dis à Tracina de remplir les sucriers après le service. Ce n'est pas parce qu'elle est ta copine qu'elle peut s'en dispenser ! Les gens en ont besoin au petit déj.

— Oui, chef, fit-il en esquissant un salut militaire.

J'étais déjà sur le pas de la porte lorsqu'il m'interpella :

— Tu as des plans pour ce soir ?

Euh ? Regarder une des séries télé que j'ai enregistrées. Porter à la benne les cartons à recycler. Quoi d'autre, déjà ?

— Ouais, des tonnes de plans.

— Tu devrais passer tes soirées avec un homme, pas avec ton chat. Tu es une femme charmante, tu sais ?

— Charmante, dis-tu ? Will, *charmante* c'est le mot que les mecs utilisent avec les femmes de plus de trente-cinq ans qui ne sont pas complètement à la masse, mais qui marchent droit vers le mur de leur retraite sentimentale. « Tu es une femme charmante, mais... »

— Mais ? Il n'y a pas de « mais », Cassie. Il faudrait que tu fasses l'effort d'aller voir ce qui se passe dehors, répondit-il en pointant du menton la rue et le vaste monde.

— C'est exactement ce que je m'apprêtais à faire, figure-toi, dis-je en sortant sans regarder devant moi.

Un cycliste roulant à toute vitesse m'évita de justesse.

— Cassie ! Bon sang !

— Tu vois ? Voilà ce qui se passe dès que je mets un pied dehors. Je me fais écraser.

Il secoua la tête. Le menton fièrement dressé, je commençai à marcher avec l'impression, embarrassante ou flatteuse, je ne saurais dire, que Will me regardait partir. Mais je n'eus pas le courage de me retourner pour vérifier.

II

Est-il possible de se sentir vraiment jeune et terriblement vieille à la fois ? Je marchai d'un pas lourd en rentrant chez moi, exténuée. Sur le trajet, j'aimais regarder les maisonnettes décaties de mon quartier. Certaines semblaient tenir debout en s'appuyant sur leurs voisines, d'autres étaient recouvertes par tant de couches de peinture, ornées de fenêtres aux volets imposants, entourées de grilles en fer forgé si tarabiscotées qu'on aurait dit des danseuses de cabaret au bout du rouleau qui ne se résignaient pas à quitter la scène. Mon appartement se trouvait au troisième étage d'une maison en stuc à l'angle des rues de Chartres et Mandeville. La façade, ornée d'arcades, était vert amande, et les volets vert foncé.

À trente-cinq ans, je vivais comme une étudiante. J'étais locataire, j'avais un futon dans mon salon, des étagères et une table basse construites avec des cageots, ainsi qu'une collection grandissante de salières et poivrières. La chambre à coucher se trouvait dans une alcôve éclairée par trois lucarnes orientées au sud, à laquelle on accédait par une arche en stuc. Je tiens à dire, pour ma défense, que l'escalier de l'immeuble était trop étroit pour permettre le passage de meubles volumineux, il fallait que tout soit pliable, léger et démontable. Je pris conscience, ce jour-là, qu'il arriverait fatalement un jour où je serais trop âgée pour habiter à un étage élevé, d'autant plus que je menais la vie dure à mes pieds. Certains soirs, j'étais tellement épuisée que je devais m'arrêter en cours de route pour reprendre mon souffle.

J'avais remarqué que certains de mes voisins, en vieillissant, ne quittaient pas le quartier, mais cherchaient un appartement pour lequel il y ait moins de marches à monter. Les sœurs Delmonte, Anna et Bettina, étaient descendues d'un étage quelques mois plus tôt, lorsque Sally et Janette, un autre couple de sœurs, étaient parties vivre dans une résidence médicalisée. J'avais aidé les demoiselles Delmonte à transporter leurs livres et leurs vêtements du deuxième au premier. Anna et Bettina avaient dix ans d'écart, et bien qu'Anna ait encore quelques années d'agilité devant elle, sa sœur lui avait forcé la main pour déménager juste après son soixante-dixième anniversaire. Anna m'avait raconté que lorsque cette maison de famille avait été transformée en petits appartements, dans les années soixante, les gens du quartier l'avaient baptisée « l'hôtel des vieilles filles ».

— Ici, il n'y a jamais eu que des femmes, m'avait-elle dit. Je ne suis pas en train de dire que tu es une vieille fille, ma chérie. Je sais que de nos jours certaines femmes se formalisent lorsqu'on les appelle comme ça. Il n'y a rien de mal d'ailleurs à être une vieille fille, même si tu n'en es pas une. Absolument pas.

— En revanche, je suis veuve.

— Oui, mais tu es une jeune veuve. Tu as tout ton temps pour te marier et faire des enfants. Ou au moins pour te remarier, avait-elle ajouté avec un regard entendu.

Elle m'avait glissé dans la main un dollar pour ma peine et je l'avais laissée faire parce que j'avais compris que, si je refusais, le billet réapparaîtrait quelques heures plus tard, plié en huit, sous ma porte d'entrée.

— Tu es un trésor, Cassie.

Peut-être. Mais étais-je devenue une vieille fille, voilà ce qui était important. L'année précédente, je n'avais fait qu'une rencontre : Vince, le petit frère du meilleur ami de Will. Grand et maigre, Vince était un mec branché qui avait failli s'étrangler en apprenant que j'avais trente-quatre ans. Puis, pour dissimuler sa réaction, il n'avait rien trouvé de mieux que de se pencher vers moi par-dessus la table et de me dire qu'il avait un « truc » pour les femmes « plus âgées » – tout ça alors que je savais qu'il avait atteint récemment l'âge vénérable de trente ans ! J'aurais dû gifler sa tête d'abruti sans autre forme de procès, mais j'ai tenu bon même si au bout d'une heure je ne pouvais pas m'empêcher de regarder ma montre. Il n'arrêtait pas de dénigrer ce qui nous entourait : le groupe qui jouait était atroce, la carte des vins minable… ou alors il se vantait d'avoir l'idée du siècle : acheter tous les appartements en ruine à La Nouvelle-Orléans parce que le marché allait repartir à la hausse d'un moment à l'autre. Lorsqu'il m'a déposée devant « l'hôtel des vieilles filles », j'ai envisagé de l'inviter à monter rien que pour agacer Lustre qui attendait, l'air désespéré, assis sur la banquette arrière.

Cassie, couche avec ce type. Qu'est-ce qui t'en empêche ? Qu'est-ce qui t'a toujours empêchée ?

Sauf que, avant que j'aie pu formuler l'invitation, Vince a craché son chewing-gum par la fenêtre et j'ai décidé qu'il n'était pas question que je me déshabille devant cet adolescent attardé.

Voilà ce qu'avait donné ma seule et unique tentative de sortir avec quelqu'un, me dis-je pendant que je faisais couler mon bain. Je voulais me débarrasser de l'odeur du restaurant. J'ai regardé vers la table de l'entrée, où j'avais posé le petit carnet en arrivant. Qu'étais-je censée en faire ? Une partie de moi savait très bien que je devais m'abstenir de l'ouvrir, tandis qu'une autre mourait d'envie de le lire. Ainsi, j'avais passé tout l'après-midi à me prendre la tête à ce sujet : *Quand tu arriveras à la maison. Après le dîner. Après ton bain. Une fois au lit. Demain matin. Jamais ?*

Dixie s'enroulait autour de mes chevilles en réclamant sa pâtée pendant que la mousse montait dans la baignoire. La lune flottait au-dessus de Chartres, le chant des cigales tissait un rideau vibrant autour de la maison, qui bloquait le bruit des voitures. Je me suis regardée dans la glace en tentant d'imaginer ce que verrait quelqu'un qui me voyait pour la première fois. Je n'avais pas à rougir de mon corps. C'était un corps plus qu'acceptable, ni trop grand ni trop mince. J'avais des mains abîmées mais dans l'ensemble j'étais en bonne forme, sans doute à cause de mon travail, si physique. J'aimais mes fesses, joliment arrondies – même si, comme on le dit, en approchant de la quarantaine, tout devient moins ferme. Je pris mes seins, bonnet C, dans mes mains et les remontai un peu. Voilà, c'était mieux. J'imaginais Scott. Non, pas Scott. Will. Non, non plus. Impossible. J'imaginai l'homme du restaurant, qui arrivait par-derrière et posait ses mains sur moi, comme ça, et me faisait ployer et…

Arrête, Cassie.

Après la mort de Scott, j'avais cessé de me rendre chez l'esthéticienne pour une épilation intégrale du pubis. Voir mon sexe glabre m'avait toujours gênée, j'étais une femme, pas une petite fille, le duvet à cet endroit était naturel et à sa place. Je laissai glisser ma main vers mon… Mon quoi ? Comment l'appelle-t-on dans sa tête ? *Vagin* me paraissait à la fois clinique et juvénile. *Chatte* était un mot de mecs, et trop félin à mon goût. *Con*, alors ? Excessif, pas pour moi. Disons donc que je fis glisser un doigt *là*, et à ma surprise, je découvris que ma chair était humide. Mais j'étais si fatiguée que je n'eus pas l'énergie de me caresser.

Me sentais-je seule ? Oui, bien sûr. Mais ce n'était pas tout : j'étais en train, semblait-il, de cadenasser certaines parties de mon être de façon définitive… À trente-cinq ans, je n'avais jamais vécu une expérience sexuelle renversante, libératrice et torride comme celles dont le petit carnet, d'après le peu que j'avais lu, rendait compte.

Certains jours, j'avais l'impression de n'être qu'une masse de muscles accrochés à des os qui marchait, prenait le bus et cavalait entre les tables du restaurant pour nourrir des gens et nettoyer après leur passage. À la maison, mon corps devenait le lit de prédilection de mon chat ! Comment avais-je fait pour en arriver là ? Comment ma vie était-elle devenue cette routine incolore ? Pourquoi étais-je incapable de me ressaisir et de sortir, comme Will me l'avait dit ?

Je me regardai de nouveau dans la glace : mon corps, disponible, tendre et pourtant enfermé derrière une barrière invisible. Je mis le pied dans la baignoire, puis me laissai glisser sous l'eau, même la tête, pendant quelques secondes. Là, je pus entendre mon cœur battre à un rythme triste. C'était, ai-je songé, le son de la solitude.

Je ne buvais que rarement, et jamais seule, mais ce soir-là un verre de vin blanc frais m'est apparu comme une fin de journée idéale. J'avais une bouteille de chablis au frigo ouverte quelques semaines plus tôt. Emmitouflée dans ma robe de chambre, je me versai un grand verre de vin blanc et m'installai sur mon futon, avec Dixie et le carnet. Je dessinai du bout du doigt les initiales *P. D.* gravées sur la couverture. À l'intérieur, une étiquette portait le nom *Pauline Davis*, mais il n'y avait aucunes coordonnées permettant de la joindre. Sur la page suivante, un index soigneusement calligraphié énonçait les dix étapes d'un processus dont j'ignorais le contenu ou l'application :

Première étape : Abandon
Deuxième étape : Courage
Troisième étape : Confiance
Quatrième étape : Générosité
Cinquième étape : Audace
Sixième étape : Assurance
Septième étape : Curiosité

Huitième étape : Bravoure
Neuvième étape : Exubérance
Dixième étape : Le choix

Oh, mon Dieu ! Sur quoi étais-je tombée ? Qu'est-ce que c'était que cette liste ? J'avais chaud et froid en même temps, comme si je venais de découvrir un secret dangereux mais fascinant. Je me levai pour baisser les stores. *Audace, Courage, Assurance, Exubérance* ? Ces mots m'hypnotisaient, je les fixai jusqu'à ce qu'ils devinssent flous. Pauline franchissait-elle elle-même ces étapes ? Et si la réponse était « oui », jusqu'où était-elle arrivée ? Je me réinstallai sur mon futon et relus la liste encore une fois avant de tourner la page. Celle-ci était intitulée *Notes sur mes fantasmes. Première étape.* Sans pouvoir m'en empêcher, je continuai ma lecture :

Je ne peux pas vous dire à quel point j'étais effrayée, à quel point j'avais peur de me dédire, d'annuler et de m'enfuir. C'est ce que je fais toujours, non ? Lorsque les choses me dépassent, et surtout dans le domaine sexuel. Mais en réfléchissant au mot « acceptation » je me fis à l'idée qu'il fallait que j'accepte ce qui m'arrivait, que j'accepte l'aide de S.E.C.R.E.T. Et lorsqu'il entra en silence dans la chambre d'hôtel et ferma la porte derrière lui, je sus que je voulais continuer...

Je sentais mon cœur battre à se rompre comme si c'était *moi* qui me trouvais dans cette chambre d'hôtel et qu'un inconnu venait d'y arriver.

Cet homme... Comment dire ? Matilda avait raison. Il était tellement sexy... Il avança vers moi d'un pas lent, félin, et je reculai jusqu'à ce que je bute contre le lit. Alors il me poussa doucement sur le matelas, retroussa ma jupe, écarta mes jambes. Je me suis couvert le visage avec un oreiller après qu'il eut prononcé les seuls mots de toute la séance : Tu es belle à se damner. Et ensuite il m'a entraînée dans une sorte de... d'extase, c'est la seule façon de le décrire, même si dans le détail c'est très difficile à expliquer ici. Mais je vais essayer.

Je refermai le carnet. C'était indiscret et incorrect de lire des pages qui ne m'étaient pas destinées. Leur contenu était si cru ! Et cela ne me regardait absolument pas. Je devais mettre un terme à ma curiosité dévorante.
Oui, ma décision était prise. J'allais être raisonnable. J'allais me lever pour reposer le carnet sur le guéridon près de la porte... après avoir lu une autre étape. Ensuite je m'arrêterais. Ensuite, promis, je n'y toucherais plus.
Je rouvris le carnet en laissant le hasard faire les choses. Je tombai sur cette page :

Waouh. Sur le moment, je dois dire, c'était bizarre. Mais ça me donnait aussi une sensation incroyable d'être « remplie », c'est le seul mot qui arrive à décrire ce que j'éprouvais. Comme si je l'avais en moi tout entier. Comme si je ne pouvais pas aller plus loin, alors qu'ensuite je me suis rendu compte que je pouvais. Je me fichais de savoir que je faisais trop de bruit. Ses mains caressaient chaque centimètre carré de mon corps. C'était incroyable ! Dieu merci, les chambres au Manoir étaient insonorisées, c'était du moins ce qu'on m'avait dit. Je crois que c'était vrai, sinon tout le monde saurait ce qui se passe dans chacune des chambres ! Et, pour tout vous dire, les sensations les plus fortes, c'est l'autre type, Oliver, qui me les a procurées. Il était allongé sous moi, si beau, si brun, avec son corps couvert de tatouages, et il suçait mon...

D'un coup sec, je fermai le carnet. Là, il fallait que j'arrête. Trop, c'était trop. Deux hommes ? À la fois ? Je venais de lire l'étape cinq : *Audace*. Je fus choquée en m'apercevant que j'étais émoustillée, non, excitée, pour de bon. Je n'avais pas l'habitude de lire des livres érotiques, et quand je tombais par accident sur quelque chose de pornographique, c'était très rare que cela me trouble. Mais ce texte... Tout dans ce texte tournait autour du désir. J'aurais voulu le lire en entier, mais... NON. Je serrai le carnet fermé contre ma poitrine.

Avec ses cheveux courts et son look BCBG, Pauline ne semblait pas faire partie de ce genre-là. En même temps, de quel genre voulais-je parler ? Je songeai à ma propre expérience. Jusqu'où étais-je allée ? Quel était le plus gros risque que j'aie jamais pris ? À l'époque du lycée, alors que Scott et moi avions rompu, j'avais branlé un garçon au ciné en pouffant de rire. J'avais aussi fait quelques tentatives de fellation, sans doute peu habiles et surtout incomplètes. Question sexe, il fallait bien le reconnaître, mon manque d'expérience était accablant. Au moment où je me faisais cette réflexion, Dixie roula sur le dos en une position parfaitement impudique qui collait à la perfection au fil de mes pensées.

— Oh, ma jolie. Je suis sûre que tu t'es mieux amusée dans les rues que moi au lit.

Il fallait que j'arrête ma lecture. Si je continuais, non seulement j'allais violer de façon irrémédiable l'intimité de Pauline, mais je risquais de devenir folle. Je me levai et, d'un geste presque colérique, j'enfermai le carnet dans le tiroir de la table de l'entrée. Dix minutes plus tard, je le sortis pour le glisser dans la poche d'une vieille veste de ski que je n'avais pas portée depuis que j'habitais le Michigan. Pourtant, le petit cahier continuait à me narguer. Je le cachai dans le four que je n'utilisais pratiquement jamais. Mais j'ai eu peur de l'oublier.

Je décidai enfin de le mettre dans mon sac pour le rapporter au restaurant le lendemain au cas où Pauline reviendrait pour le récupérer. Oh, mon Dieu ! Elle risquait de croire que je l'avais feuilleté. Mais comment aurais-je pu ne pas le faire ? Bon, au moins, je n'avais pas tout lu, me dis-je en le sortant du sac. Finalement, je l'enfermai dans le coffre de ma voiture.

Deux jours plus tard, l'heure de pointe du déjeuner était passée, le carillon de la porte du café tinta. C'était Pauline.

Mon estomac se noua, comme si elle venait pour me passer les menottes. Cette fois-ci, elle n'était pas accompagnée du bel homme au crâne rasé, mais d'une femme très belle, relativement âgée. J'estimai qu'elle devait avoir cinquante ans ou même soixante, néanmoins très bien conservée. Elle avait des cheveux roux et portait une tunique corail. Pauline et elle arboraient une expression tendue alors qu'elles se frayaient un chemin jusqu'à une table près de la fenêtre. Je lissai mon tee-shirt et carrai mes épaules avant de me diriger vers elles.

Essaie de ne pas la fixer. Fais comme si de rien n'était. Tranquille. Zen. Tu ne sais rien de cette femme parce que tu n'as pas lu ce fichu cahier.

— Bonjour, mesdames. Du café, pour commencer ? demandai-je avec un sourire artificiel et le cœur battant à se rompre.

— Oui, merci, répondit Pauline en évitant de me regarder. Et toi, tu prends quoi ?

— Un thé vert, dit son amie en la dévisageant. Et la carte, s'il vous plaît.

Un vague de honte me submergea. Elles savaient quelque chose. Elles savaient que je savais.

— B-bien sûr, bredouillai-je.
— Attendez. Je me demandais...

Ma gorge se serra. Je gardai la tête baissée et mes mains tremblantes enfoncées dans la poche de mon tablier.

— Oui ?

C'était Pauline qui m'avait interpellée. Elle était aussi nerveuse que moi. Son amie, en revanche, semblait sereine. Elle hocha la tête de façon presque imperceptible, comme si elle encourageait Pauline à continuer. Je remarquai aussi qu'elle portait un beau bracelet en or pâle avec des *charms*, comme celui de Pauline.

— Je crois que j'ai oublié quelque chose ici l'autre jour. Un carnet de notes. De la taille de cette serviette, à peu près. Couleur bordeaux, avec mes initiales, P. D., gravées dessus. Vous ne l'auriez pas trouvé par hasard ?

Sa voix tremblait, elle semblait au bord des larmes. Je la regardai, puis lançai un coup d'œil à son amie.

— Euh... je ne suis pas au courant, mais je vais demander à Dell, répondis-je d'une voix excessivement enjouée. Je reviens tout de suite.

Je me dirigeai vers la cuisine en affectant une nonchalance que j'étais loin de ressentir, je poussai les portes battantes et m'assis contre le carrelage froid. Je tentai de me calmer en regardant cette chère Dell, qui nettoyait l'énorme fait-tout dans lequel elle avait cuisiné le chili du jour. Bien qu'elle portât ses cheveux crépus et presque blancs très courts, elle n'oubliait jamais de les couvrir du filet réglementaire et arborait toujours un uniforme de serveuse amidonné. Soudain, je crus avoir trouvé la solution à mon problème.

— Dell ! Tu dois me rendre un service...

— Je ne « dois » rien du tout, Cassie, me répondit-elle avec son léger zozotement. Exprime-toi correctement.

— OK. Je fais vite. Il y a là-bas deux clientes. L'une d'elles a oublié ici l'autre jour un petit carnet et j'aimerais autant qu'elle ne croie pas que je l'ai ouvert. Parce que je l'ai fait et j'ai lu quelques pages. Comment sinon aurais-je pu savoir à qui il appartenait ? Mais j'en ai peut-être lu un peu trop, et c'est une sorte de journal intime. Très intime. Je ne veux pas qu'elle le sache. Tu peux dire que c'est toi qui l'as trouvé ? S'il te plaît ?

— Tu veux que je mente !

— Non, non, c'est moi qui vais mentir, pas toi.

— Seigneur ! Franchement, parfois j'ai du mal à comprendre les jeunes femmes d'aujourd'hui. Pourquoi vous vous compliquez tellement la vie ? Tu ne pouvais pas lui dire tout simplement : « Tenez, j'ai trouvé ça » ?

— Non, pas dans ce cas. Je ne peux pas.

Je me suis approchée d'elle, les mains jointes pour appuyer ma supplique.

— D'accord, grommela-t-elle en me chassant d'un geste de la main. Tant que je n'ai pas à mentir. Jésus ne m'a pas mise sur terre pour tromper mon prochain.

— Oh, merci ! Merci ! Je pourrais t'embrasser...

— N'y pense même pas.

Je courus vers mon casier, sortis le carnet de sous une pile de tee-shirts sales en me disant qu'il fallait que je pense à m'occuper de mon linge. Je suis retournée dans la salle, le souffle court. Les deux femmes se sont tournées vers moi en même temps avec un regard interrogateur.

— J'ai demandé à Dell. C'est ma collègue du midi, elle est là-bas...

Dell, comme convenu, passa alors la tête par la porte de la cuisine et nous adressa une vague salutation pour légitimer mon mensonge éhonté.

— Il se trouve qu'elle avait ramassé ceci, dis-je en sortant le carnet de mon tablier d'un geste triomphal. C'est le vôtre ?

Avant que j'aie pu ajouter quoi que ce soit, Pauline attrapa le petit livre et le glissa dans son sac.

— C'est bien le mien. Merci infiniment, répondit-elle, soudain radieuse.

Elle se tourna ensuite vers son amie.

— Matilda, je suis désolée. Je dois y aller. C'est bête, mais je n'ai pas vraiment le temps de déjeuner, finalement. Tu ne m'en veux pas ?

— Il n'y a pas de problème. Appelle-moi plus tard. Mais moi, je reste, j'ai terriblement faim.

Je devinais l'embarras et le soulagement que Pauline éprouvait. Même si elle avait retrouvé son carnet, elle devait se douter que quelqu'un, quelque part, avait pris connaissance, au moins en partie, de ses secrets les plus intimes et elle avait hâte de quitter les lieux. Après avoir embrassé Matilda, elle fila au pas de course.

Matilda se rassit, aussi détendue qu'un chat dormant au soleil. Il était déjà 15 heures et la salle était pratiquement vide.

— Je reviens tout de suite avec votre thé, dis-je. Vous pouvez lire le menu sur l'ardoise qui est au mur.

— Merci, Cassie.

Aïe ! Elle connaissait mon prénom ? Comment était-ce possible ? Pauline était une habituée, elle avait dû le lui dire. Voilà la raison.

J'ai fini mon service sans autre incident pendant que Matilda sirotait son thé en regardant par la fenêtre. Elle commanda un sandwich œuf tomate, dont elle ne mangea que la moitié. Nous ne nous sommes rien dit en dehors des échanges habituels entre un client et une serveuse. Elle est partie en me laissant un généreux pourboire.

Après ce qui s'était passé la veille, j'ai été extrêmement surprise lorsque Matilda est revenue le lendemain après le rush de midi. Seule. Elle m'a saluée d'un geste et a pointé du doigt une table. J'ai acquiescé. Mes mains tremblaient en m'approchant d'elle. Mais qu'est-ce qui me prenait de réagir de la sorte ? Même si elle avait deviné que j'avais menti, ce que j'avais fait n'avait rien de bien méchant. Quiconque à ma place – quiconque de normal, j'entends – aurait agi de la même manière en tombant sur un cahier au contenu aussi sulfureux. Et par ailleurs, si quelqu'un avait quelque chose à redire, cela aurait dû être Pauline, et non pas cette femme.

— Bonjour, Cassie.

Son sourire m'a semblé tout à fait sincère.

Je l'étudiai. Elle avait un visage en forme de cœur avec un joli menton en pointe, une peau parfaite et des grands yeux bruns, très brillants. Elle était très légèrement maquillée, ce qui la faisait paraître plus jeune qu'elle ne l'était, car, estimai-je, elle était plus proche des soixante ans que je ne l'avais cru. C'était une très belle femme aux traits qui sortaient de l'ordinaire. Elle était habillée en noir de pied en cap, avec un pantalon qui épousait des jambes bien galbées et un haut en maille qui mettait en valeur ses formes. Et je remarquai une fois de plus le bracelet aux *charms* qui scintillait sur le noir de sa manche.

— Bonjour, madame. Soyez la bienvenue au Café Rose.

Je laissai la carte du menu sur la table.

— Je prendrai la même chose qu'hier.
— Sandwich œuf tomate et thé vert ?
— Exactement. Merci.

Un peu plus tard, lorsqu'elle me l'a demandé, je lui ai apporté un pot d'eau chaude supplémentaire pour son thé. Quand je suis revenue débarrasser la table, elle m'a invitée à m'asseoir avec elle. Je me suis figée.

— Juste une petite minute, a-t-elle demandé en posant la main sur l'autre chaise.

Je me sentais acculée et très tendue. Voulait-elle me poser des questions sur ce fichu carnet ?

— Je dois travailler.

— Will ne va pas se fâcher parce que vous vous asseyez avec moi un petit moment. En plus, il n'y a plus de clients.

— Vous connaissez Will ? demandai-je en m'asseyant lentement.

— Je connais plein de monde, Cassie. Mais vous... je ne vous connais pas.

— Vous savez, je ne suis pas très intéressante. Je suis... juste moi. Une serveuse. Rien d'autre.

— Aucune femme n'est « juste » une serveuse, ou juste un prof, ou juste une mère.

— Moi, si. J'imagine que je suis aussi une veuve. Mais, globalement, je suis juste une serveuse.

— Veuve ? Désolée de l'entendre. Vous n'êtes pas d'ici. Je crois avoir décelé un petit accent du Midwest ? Illinois ?

— Presque. Michigan. Nous nous sommes installés ici, avec mon mari, il y a six ans. Avant qu'il ne meure. Évidemment. Mais... comment ça se fait que vous connaissez Will ?

— Je connaissais son père, c'était lui le propriétaire du café, j'étais une habituée... Mais il est mort il y a bientôt vingt ans. Le Rose n'a pas tellement changé, dit-elle avec un regard à la ronde.

— Will dit qu'il va faire des travaux. Ouvrir une salle en haut. Mais c'est cher. Et en ce moment, dans cette ville, on peut s'estimer heureux si on ne ferme pas.

— C'est bien vrai.

Elle a baissé son regard vers ses mains et j'en ai profité pour examiner davantage son bracelet, qui m'a semblé porter plus de breloques que celui de Pauline. J'allais la complimenter sur ce bijou lorsqu'elle a repris :

— En fait, Cassie, j'ai quelque chose à vous dire. À propos du petit cahier que… Dell a trouvé. Mon amie s'inquiète que quelqu'un ait pu le lire. C'est un journal, des notes très personnelles. Vous croyez que Dell aurait pu le lire ?

— Oh, mais non ! Pas du tout ! m'exclamai-je de façon trop véhémente. Ce n'est pas son genre.

— C'est-à-dire ?

— Elle n'est pas du genre fouineuse, la vie des autres ne l'intéresse pas tellement. Elle se concentre sur son boulot, la Bible et ses petits-enfants, pour autant que je sache.

— Croyez-vous qu'elle trouverait bizarre qu'on lui pose la question ? Histoire de savoir si elle a lu ou fait lire le carnet à quelqu'un. C'est important que nous le sachions.

Oh, Seigneur ! Pourquoi n'avais-je pas réfléchi à un mensonge plus élaboré ? Pourquoi est-ce que je n'avais pas concocté avec Dell une histoire sur la manière dont elle avait trouvé le journal, et l'avait mis illico dans son casier jusqu'à ce que le propriétaire vienne le réclamer ? Parce que je n'avais pas imaginé un instant qu'on viendrait m'interroger là-dessus, voilà pourquoi. J'avais visualisé l'heureuse propriétaire partant avec son bien pour ne plus jamais revenir. Et voilà que Matilda venait de mettre ça en vrac.

— Dell est super-occupée en ce moment, mais je

peux aller lui demander, si vous voulez, proposai-je, au bord de la panique.

— Oh, ça ne me dérange pas d'y aller moi-même, dit-elle en se levant.

— Attendez !

Elle se réinstalla lentement sur sa chaise sans me quitter des yeux.

— C'est moi qui ai trouvé le journal.

Son expression se détendit et, sans rien dire, elle se pencha vers moi au-dessus de la table.

Je vérifiai que personne ne pouvait nous entendre avant de m'expliquer.

— Je suis désolée d'avoir menti. J'ai... juste lu quelques pages. Je cherchais un nom, ou des coordonnées... Mais je vous le jure, vous pouvez dire à Pauline que je n'ai lu qu'une page... ou deux. Et puis... j'étais embêtée. Je ne voulais pas qu'elle soit encore plus gênée qu'elle ne l'était déjà. Je veux dire, je la sentais gênée... C'est donc pour ça que j'ai menti. Je suis navrée. J'ai honte.

— Mais non, il n'y a pas de quoi. Je vous remercie au nom de Pauline de lui avoir rendu le journal. Notre seule requête, c'est que vous ne parliez à personne de ce que vous avez lu. À personne. Je peux vous faire confiance ?

— Bien sûr. Jamais de la vie. Vous n'avez pas à vous inquiéter là-dessus.

— Cassie, je veux vraiment que vous compreniez que c'est extrêmement important. Vous *devez* garder le secret.

Elle m'a tendu un billet de vingt dollars.

— Voilà pour le repas. Gardez la monnaie.

— Merci.

Ensuite, elle posa sur la table une carte de visite.

— Si vous avez des questions à propos de ce que vous avez lu dans le journal, n'hésitez pas à m'appeler, à n'importe quelle heure du jour ou de la nuit. Faites-le, sans hésiter. Quoi qu'il en soit, je ne reviendrai plus ici, et Pauline non plus.

— Euh, eh bien merci.

J'ai pris le bristol avec la même méfiance que si c'était une bombe à retardement. *Matilda Greene* et un numéro de téléphone étaient inscrits au recto. Au dos, le mot *S.E.C.R.E.T.* avec trois phrases courtes : *Aucun jugement. Aucune limite. Aucune honte.*

— Vous êtes psy ? Ou thérapeute ?

— On pourrait dire ça. Je travaille avec des femmes qui se trouvent à un carrefour de leur vie. Souvent à mi-parcours, mais pas toujours.

— Comme un coach de vie ?

— À peu près. Mais je me vois plutôt comme un mentor.

— Vous travaillez avec Pauline ?

— Je ne parle jamais de mes clients.

— Je crois que quelques conseils ne me feraient pas de mal, à moi aussi.

Était-ce bien moi qui venais juste de prononcer ces mots ? À voix haute ?

— Mais, bon, je n'en ai pas les moyens.

Eh oui, c'était bel et bien moi qui semblais ne pas pouvoir m'arrêter de parler.

— Au risque de vous surprendre, vous pourriez vous le permettre, car c'est gratuit. Seul bémol, c'est moi qui choisis mes clients.

— Qu'est-ce que ces lettres veulent dire ?

— S.E.C.R.E.T. ? Cela, ma chère, c'est... un

secret, fit-elle avec l'ombre d'un sourire. Mais si vous décidez de me contacter, je vous dirai tout ce que vous devez savoir.

— D'accord.

— Vous êtes vraiment quelqu'un que j'aimerais revoir. Je suis sincère.

J'étais consciente d'arborer sur mon visage mon expression la plus sceptique, celle qui me fait tant ressembler à mon père, l'homme qui m'avait asséné que la vie ne faisait jamais de cadeau et qu'elle était injuste et cruelle.

Matilda se leva, et lorsqu'elle me tendit la main, son bracelet scintilla au soleil.

— Cassie, ç'a été un plaisir de vous rencontrer. Vous avez ma carte. Et merci encore de m'avoir dit la vérité.

— Merci à vous... pour ne pas penser que je suis une idiote finie.

Elle prit mon menton avec un geste maternel. J'entendais le tintement des breloques tout près de mon oreille.

— J'espère qu'on se reverra.

Le carillon de la porte accompagna sa sortie. Je savais que si je ne l'appelais pas, je ne la reverrais plus jamais, ce qui me rendait, allez savoir pourquoi, terriblement triste. Je rangeai soigneusement la carte dans mon portefeuille.

— Tu t'es fait une nouvelle amie, à ce que je vois, commenta Will depuis le bar.

Il était en train de remplir le frigo de bouteilles d'eau pétillante.

— Et alors ? Ça ne me ferait pas de mal, de rencontrer de nouvelles têtes.

— Cette femme est un peu à l'ouest. Dans le genre mystico-hippie-végétarien. Elle connaissait bien mon père.

— Oui, elle me l'a dit.

Will se lança alors dans une longue tirade sur la nécessité de stocker au frais davantage de boissons non alcoolisées parce que les gens buvaient beaucoup moins d'alcool, qu'il pourrait augmenter sa marge sur l'eau pétillante, les sodas et les cidres bio. Je ne l'écoutais pas, je n'arrivais à penser à rien d'autre qu'au journal de Pauline, et à ces deux hommes, celui derrière elle et celui en dessous, et à la façon dont son très sexy ami avait caressé son bras et comment il l'avait enlacée dans la rue devant tout le monde...

— Cassie !

La voix de Will me fit sursauter.

— Quoi ? Qu'est-ce qui se passe ? Tu m'as fait peur !

— Tu étais où, là ?

— Nulle part. Je n'ai pas bougé.

— Je crois que tu devrais rentrer, tu as l'air fatiguée.

— Je ne suis pas fatiguée, répondis-je, sans mentir. D'ailleurs, je ne crois pas avoir été aussi réveillée de toute ma vie.

III

Prendre la décision d'appeler Matilda m'a demandé une semaine. Une semaine pendant laquelle j'ai continué à me laisser porter par la même routine, continué à ne pas me raser les jambes, à attacher mes cheveux à la va-vite, à nourrir Dixie, à dîner de plats tout préparés, à dormir et à me réveiller pour commencer une journée identique aux précédentes. Une semaine comme les autres où, à la tombée de la nuit, je regardais Marigny depuis ma fenêtre, immergée dans une solitude qui effaçait tout autre sentiment, une solitude qui était devenue pour moi aussi naturelle que de me laver les dents.

Si je devais expliquer ce qui m'a poussée à rappeler Matilda, je dirais que c'est mon corps qui en a eu assez de ce quotidien répétitif. Alors que mon esprit rechignait à l'idée de demander de l'aide, mon corps m'a forcée à décrocher le téléphone de la cuisine du Rose et à composer le numéro.

— Bonjour, Matilda ? C'est Cassie Ribordy. Cassie, du Café Rose.

Mon fidèle Lustre a dressé les oreilles.

Matilda n'a pas semblé surprise de m'entendre.

Nous avons échangé quelques propos sans importance sur mon boulot et la météo, puis j'ai pris rendez-vous avec elle pour le lendemain après-midi, à son bureau sur la 3e Rue, dans le Lower Garden District.

— C'est l'ancien relais de poste, la maisonnette blanche après le grand manoir qui fait l'angle, m'indiqua-t-elle.

Je connaissais bien les lieux, en fait, même si j'évitais les zones touristiques, les rues trop passantes et les gens en général. Je n'aurais aucune difficulté à la trouver.

— Il y a une sonnette sur la grille. Comptez deux heures, la première consultation est toujours la plus longue.

Dell entra dans la cuisine alors que j'étais en train de déchirer la feuille du menu au dos duquel j'avais noté l'adresse et elle m'a dévisagée d'un air sévère par-dessus ses lunettes.

— Quoi ?

Tendue comme je l'étais, j'avais pratiquement aboyé. Je ne savais pas quel genre d'aide cette Matilda pouvait m'offrir, mais si cela me permettait de finir attablée avec un homme qui me dévorait des yeux, j'étais preneuse. Néanmoins, je n'étais pas tout à fait rassurée.

Cassie, tu ne la connais pas, cette femme. Et tu t'en tires très bien toute seule, tu n'as besoin de personne. Tu vas bien.

Ça, c'était le discours de mon esprit, mais mon corps l'envoya sur les roses. Les dés étaient jetés.

Le lendemain, j'ai quitté le travail dès la fin de mon service, sans attendre, comme d'habitude, l'arrivée de Will ou de Tracina. J'ai crié au revoir à Dell et j'ai filé à la maison prendre une douche. J'ai sorti du fond du placard la robe dos nu blanche que je m'étais offerte pour mes trente ans. Scott m'avait posé un lapin le soir de mon anniversaire et je ne l'avais pas portée depuis. Après cinq ans dans le Sud, ma peau était hâlée, et après quatre ans comme serveuse, j'avais des bras joliment musclés... J'ai donc eu l'agréable surprise de découvrir qu'elle m'allait mieux qu'à l'époque où je l'avais achetée. Je me suis tenue devant la psyché, les mains sur mon ventre noué. Pourquoi cette nausée ? Parce que j'étais en train de m'ouvrir à quelque chose de nouveau, quelque chose d'excitant et même de potentiellement dangereux ? Je cherchai dans ma mémoire les étapes détaillées dans le journal : *Abandon, Générosité, Audace, Courage...* Je ne parvins pas à toutes me les rappeler, mais le fait d'y avoir songé pendant une semaine entière avait fait naître une envie si urgente au plus profond de moi qu'appeler Matilda avait moins été une décision qu'un élan irrépressible.

Le bus que je pris pour me rendre à mon rendez-vous était rempli de touristes et de femmes de ménage qui se dirigeaient vers le Garden District. Je descendis devant un bar nommé Tracey's et songeai à m'envoyer un ou deux shots de vodka pour calmer mon anxiété. Avec Scott, nous nous étions promenés dans le Garden District lors de notre arrivée et avions admiré les demeures hautes en couleur, les façades roses de style néoclassique, celles qui imitaient l'architecture italienne, les grilles en fer forgé... L'argent coulait à flots, c'était évident. La Nouvelle-Orléans était une ville de contrastes. Des quartiers cossus jouxtaient des zones défavorisées, des maisons exquises se tenaient à côté d'aberrations architecturales. Cela énervait Scott, mais moi, j'aimais cette ville surprenante qui n'avait pas peur des extrêmes.

J'ai remonté la 3ᵉ Rue, longeant les grilles des maisons pour laisser passer des hordes de touristes. Plus j'avançais vers l'adresse que m'avait communiquée Matilda Greene, plus le doute s'insinuait en moi.

Fais demi-tour, Cassie, et rentre à la maison. Tu n'as pas besoin d'aide.

Oh, que si ! Juste un rendez-vous. Une heure, deux peut-être avec Matilda. Ça ne peut pas faire de mal.

Cassie, et si elle te fait faire des trucs affreux ? Des choses que tu ne veux pas faire ?

C'est ridicule. Il n'y a aucun danger.

Comment le sais-tu ?

Parce que Matilda s'est montrée très gentille avec moi. Elle a deviné ma solitude mais elle n'a fait aucun commentaire désobligeant. Elle m'a fait comprendre que ce n'était qu'un état transitoire, auquel on pouvait remédier.

Si tu te sens si seule, pourquoi ne vas-tu pas dans les bars, comme tout le monde ?

Parce que j'ai peur.

Peur ? Et te rendre chez cette inconnue te paraît moins dangereux ?

— Franchement, oui, murmurai-je.

— Cassie ? C'est vous ?

En me retournant, j'ai reconnu Matilda, un sac en plastique à un bras, une botte de glaïeuls dans l'autre. Elle me regardait d'un air inquiet.

— Vous allez bien ?

Sans m'en rendre compte, je m'étais agrippée à une grille en fer, je ne sais pas si c'était pour tenir debout ou pour m'empêcher de prendre mes jambes à mon cou.

— Oui, bien sûr. Absolument. Bonjour. Non. Enfin, je crois que je suis un peu en avance. Je me suis dit que j'allais m'asseoir un moment...

— Vous êtes pile à l'heure, en fait. Venez avec moi, on va boire quelque chose pour se rafraîchir. C'est une vraie fournaise, aujourd'hui !

À présent, je n'avais plus le choix. Impossible de faire demi-tour. Il ne me restait plus qu'à franchir la grille avec cette femme qui tapotait une série de chiffres sur le digicode. J'ai jeté un coup d'œil dans la rue et vu Lustre qui s'éloignait furtivement sans même me jeter un regard.

J'ai traversé avec Matilda une cour verdoyante où poussaient de la vigne vierge, d'autres espèces grimpantes et différents arbres. Je me sentais comme une gamine apeurée qui n'a qu'une envie : se cacher dans les jupes de sa mère. Nous avancions vers la porte rouge d'une charmante maisonnette surannée à l'ombre du grand manoir que j'avais vu depuis la rue. La tête me tournait.

— Stop. Attendez. Je ne sais pas si je peux faire ça, Matilda.

Elle s'est retournée, les fleurs rouges près de son visage frôlaient ses cheveux roux.

— Faire quoi, Cassie ?

— Ça. Même si je ne sais pas ce que c'est.

Elle a ri.

— Et si vous découvriez d'abord en quoi consiste ce *ça* ? Vous prendrez votre décision après, c'est plus logique, non ?

J'ai résisté à l'envie d'essuyer mes mains moites sur ma robe.

— Je vais juste vous faire une proposition, Cassie. Vous pourrez la refuser. Prête ?

Elle avait l'air plus amusée qu'agacée par mes hésitations.

— Oui, répondis-je.

C'était vrai. Assez tergiversé. Je fermai mon esprit au doute, c'est-à-dire que je l'ouvris au champ des possibilités.

Je la suivis sans pouvoir quitter des yeux la grande maison couverte de lierre et son jardin luxuriant. Avril à La Nouvelle-Orléans encourage l'explosion des plantes grimpantes et des fleurs. Les magnolias se réveillent un matin avec des feuilles luisantes coiffées de corolles immenses comme des charlottes de bain à frous-frous. Je n'avais jamais vu un jardin aussi exubérant et coloré.

— Qui habite là ? demandai-je.

— C'est le Manoir. Seuls les membres ont le droit d'y accéder.

Je comptai une dizaine de magnifiques balcons délicatement ouvragés en fer forgé qui ressemblait à de la dentelle. Une couronne ornait la tourelle à son sommet, et en dépit du blanc omniprésent, une atmosphère de mystère enveloppait la demeure, comme si elle était hantée. Hantée, mais par des fantômes fort séduisants.

Une fois arrivée à la porte rouge, Matilda tapa un nouveau code et nous entrâmes. La fraîcheur procurée par la climatisation me fit frissonner. Si l'extérieur de la maisonnette était quelconque, l'intérieur semblait sorti d'une revue de décoration des années cinquante.

Les fenêtres étaient plutôt petites, les murs très hauts et blancs. On y avait accroché des toiles immenses, aux couleurs vives, rouge et rose, avec des touches de jaune et de bleu. Des lumignons sur chaque rebord de fenêtre donnaient l'impression de se trouver dans un spa haut de gamme. Rien d'épouvantable ne pouvait se produire dans un endroit si accueillant. Je soupirai, détendis mes épaules.

Une porte à double battant, haute de trois mètres au moins, occupait le mur du fond. À côté, une jeune femme au carré strict et aux lunettes en écaille foncée se tenait assise à un bureau. Elle se leva pour nous recevoir.

— Le Comité ne tardera pas à arriver, dit-elle en débarrassant Matilda du sac de courses et des fleurs.

— Merci, Danica. Voici Cassie.

Comité ? Étais-je en train d'interrompre une réunion ? Je me sentis une nouvelle fois intimidée.

— Ravie de faire enfin votre connaissance.

Comment ça, *enfin* ?

Matilda lui lança un regard peu amène.

Danica pressa alors un bouton caché sous la table et les portes s'ouvrirent sur une petite pièce très lumineuse décorée de lambris en noyer. Un épais tapis rond, rose, en occupait le centre.

— Mon bureau, expliqua Matilda. Entrez, je vous en prie.

C'était un bel espace qui donnait sur le jardin. Par la fenêtre, on pouvait voir un bout de la rue derrière la grille et aussi la porte latérale de la maison, devant laquelle une domestique en uniforme balayait les marches. Je pris place sur un fauteuil noir, de ceux qui vous donnent l'impression d'être nichée dans la main de King Kong.

— Vous savez pourquoi vous êtes là, Cassie ?

— Non, je ne sais pas. Si, en fait... Non, je n'en sais rien.

J'aurais voulu pleurer.

Matilda s'installa derrière son bureau, posa le menton sur ses doigts entrelacés et attendit que j'aie mis de l'ordre dans mes idées. Le silence m'oppressait.

— Vous êtes ici parce que vous avez lu quelque chose dans le journal de Pauline qui vous a incitée à me contacter. C'est bien ça ?

— Je crois, oui.

Je cherchais une autre porte des yeux, une qui donnerait sur le jardin et me permettrait de prendre la fuite.

— D'après vous, qu'est-ce qui vous a poussée au juste à le faire ?

— Ce n'était pas que le carnet, lâchai-je malgré moi.

Par la fenêtre, je vis deux femmes franchir la grille.

— C'était quoi, alors ?

Je pensai au couple, à leurs étreintes. Je pensai au journal, à Pauline sur un lit d'hôtel, à l'homme qui...

— C'était Pauline, je veux dire, comment elle agit avec les hommes. Avec son petit ami, en tout cas. Je n'ai jamais eu une relation comme celle-là, même pas avec mon mari. Et personne ne s'est jamais comporté avec moi de la sorte, non plus. Elle semble si... libre.

— Et c'est ce que vous voudriez ressentir ?

— Oui. Je crois. C'est là-dessus que vous travaillez ?

— C'est la *seule* chose sur laquelle nous travaillons, répondit-elle. Et si on commençait ? Parlez-moi de vous.

Je ne sais pas pourquoi cela m'a semblé aussi facile, mais mon histoire coula de mes lèvres sans la moindre hésitation. Je racontai mon enfance à Ann Arbor, la mort de ma mère alors que j'étais encore une gamine. Je parlai de mon père, qui installait du grillage industriel et qui passait si peu de temps avec moi, et comment, lors des rares moments où nous étions ensemble, il était tour à tour amer ou par trop affectueux, surtout s'il avait bu. Ce qui m'a rendue experte dans la détection des changements d'humeur. J'ai aussi évoqué ma sœur Lila, qui avait quitté la maison dès qu'elle avait pu pour s'installer à New York et avec laquelle j'entretenais une relation ténue et sporadique.

Ensuite, j'ai parlé à Matilda de Scott, le gentil Scott, le toujours repentant Scott, celui qui dansait des slows avec moi dans la cuisine et celui qui m'a frappée deux fois et n'a jamais cessé de demander un pardon que j'étais incapable de lui accorder. Je lui racontai comment notre mariage avait sombré au même rythme que sa dépendance à l'alcool augmentait. J'expliquai aussi que la mort de mon mari ne m'avait pas libérée, mais m'avait laissée dans une sorte de no man's land affectif, trop calme mais rassurant, où je m'étais enfermée de mon plein gré.

En dévidant le fil de mon histoire à Matilda, je me suis rendu compte à quel point mon isolement avait été profond et combien j'avais besoin de parler à une autre femme.

Puis je lâchai le morceau. À vrai dire, ça m'a pratiquement échappé : j'ai avoué à Matilda ne pas avoir eu de relations sexuelles depuis des années.

— Combien ?

— Cinq ans. Presque six, je crois.

— Ce n'est pas si inhabituel que ça. La douleur, la colère, la rancœur jouent des drôles de tours au corps.

— Comment le savez-vous ? Vous êtes sexologue ?

— Quelque chose comme ça. Cassie, notre but ici c'est d'aider les femmes à reprendre contact avec leur sexualité. Et ainsi, de retrouver la partie la plus centrale de leur être. Un pas, une étape, à la fois. Est-ce que cela vous intéresse ?

— J'imagine. Bien sûr.

Ma voix sonna aussi peu assurée que lorsque j'avais dû annoncer à mon père que je venais d'avoir mes règles. Sans aucune présence féminine à la maison, sauf sa copine qui m'ignorait, je n'avais jamais parlé de sexe avec qui que ce soit.

— Je vais devoir faire des trucs... bizarres ?

Matilda éclata de rire.

— Non, sauf si c'est ce qui vous plaît.

Je gloussai, avec le rire tendu de celui qui vient de franchir un point de non-retour.

— Mais qu'est-ce qu'il faut que je fasse ? Comment ça marche ?

— À vrai dire, vous n'avez rien à faire, sauf à dire « oui » au Comité, dit-elle en consultant sa montre. Qui, d'ailleurs, doit être en train de se rassembler en ce moment même.

— Quel Comité ?

Dans quoi venais-je de me fourrer ? J'avais l'impression d'être tombée dans un puits sans fond.

Sentant sans doute ma panique, Matilda m'a servi un verre d'eau.

— Allez, Cassie. Tu permets que je te tutoie ? Essaie de te détendre. Ce qui va se passer aujourd'hui, ici, est bon pour toi, formidable même, crois-moi. Le Comité est tout simplement un groupe de femmes bienveillantes, la plupart comme toi, qui veulent apporter leur aide et leur expérience. Elles recrutent les participants et décident des scénarios à mettre en place. Pour résumer : le Comité réalise tes fantasmes.

— Mes fantasmes ? Et si je n'en ai pas ?

— Bien sûr que tu en as, c'est juste que tu ne le sais pas encore. Et ne t'inquiète pas, tu n'auras jamais à entreprendre quoi que ce soit contre ton gré ni à te retrouver avec quelqu'un dont tu ne veux pas. La devise de S.E.C.R.E.T., c'est : Aucun jugement. Aucune limite. Aucune honte.

Mes mains tremblaient, j'eus peur de renverser mon verre. J'avalai une grande gorgée d'eau et faillis m'étouffer.

— S.E.C.R.E.T. ?

— Oui, c'est le nom que nous avons choisi pour notre petit groupe. Chaque lettre a un sens. Notre véritable raison d'être, c'est la quête de la libération à travers une soumission totale à tes fantasmes sexuels.

Je fixai le vide en tentant de chasser de mon esprit l'image de Pauline avec deux hommes.

— C'est ce que Pauline a fait ?

— Oui. Elle a franchi les dix étapes de S.E.C.R.E.T. et à présent elle trace son chemin dans le monde, plus vivante que jamais et épanouie sexuellement.

— Dix étapes ?

— Pour être précise, les neuf premières sont la

concrétisation de fantasmes. La dixième est une décision. Tu peux faire le choix de poursuivre avec S.E.C.R.E.T. pendant une année, afin de recruter des femmes comme toi, de briefer les participants aux fantasmes ou d'aider d'autres membres à imaginer les scénarios. Ou bien, tu peux décider d'intégrer tes nouvelles connaissances sexuelles dans ta vie et peut-être dans une relation amoureuse.

Par-dessus l'épaule de Matilda, à travers la fenêtre qui donnait sur la cour, je vis arriver d'autres femmes, toutes très différentes, puis j'entendis leurs voix et leurs rires dans le hall.

— C'est le Comité ?
— Oui. Est-ce que tu es prête à les rejoindre ?
— Attendez. Tout ça va trop vite pour moi. J'ai une question à vous poser : si je dis oui, qu'est-ce qui va se passer ?
— Tout ce que tu voudras. Et rien dont tu ne voudrais pas. Il te suffit de dire oui ou non. C'est aussi simple que ça, Cassie.

Mon corps criait un oui sans appel mais mon esprit tenait encore les rênes et lâcha ses doutes comme on lâche une meute de chiens.

— Mais je ne vous connais même pas ! Je ne sais pas qui vous êtes, encore moins qui sont ces femmes ! Et vous voulez que je m'assoie devant vous et raconte mes fantasmes les plus secrets ? Sans compter que je ne saurais pas en trouver un seul à vous dévoiler, alors neuf ! Et en sachant que je n'ai couché qu'avec un homme, de *toute* ma vie. Comment pourrais-je prendre une décision, là, maintenant ?

Matilda écouta ma tirade, aussi placide qu'une mère aimante face au caprice d'un enfant énervé. Aucun de mes arguments n'était cependant assez convaincant pour briser la détermination de mon corps et l'amener à tourner les talons, j'en étais consciente. Et Matilda autant que moi. Mon esprit raisonneur était en train de perdre la bataille.

— Oui ou non, Cassie, répéta-t-elle.

J'observai la pièce, les étagères chargées de livres derrière moi, la fenêtre à l'ancienne sur la cour, la haie dense, avant d'affronter de nouveau le regard de Matilda. J'avais besoin d'être caressée, j'avais besoin qu'un homme s'empare avec passion de mon corps avant qu'il ne s'étiole et meure, triste et solitaire. Ce que Matilda me proposait, c'était pour mon bien. Une expérience qu'il me fallait faire pour moi, et avec mon entière participation.

— Oui.

Matilda frappa dans ses mains.

— Je m'en réjouis ! s'écria-t-elle. Et c'est censé être amusant, Cassie ! Ce sera amusant.

Elle glissa vers moi un livret qu'elle avait sorti d'un tiroir de son bureau. Il avait la même couverture que le journal de Pauline, mais était plus allongé et mince, un peu comme un chéquier.

— Je vais te laisser seule pour que tu puisses remplir ce petit questionnaire, dit-elle. Il sert à nous donner une idée de ce que tu cherches ou de ce que tu… aimes. Et nous permet de savoir où tu te situes. Tu écriras tes fantasmes de façon précise plus tard. Je te demanderai seulement de répondre en toute honnêteté. Quand tu auras fini, je viendrai te chercher. Le Comité est déjà au complet. Tu veux un café ou un thé ?

— Un thé, merci, dis-je, submergée par une fatigue soudaine.

— Cassie, la seule chose qui s'interpose entre toi et ta vraie vie, c'est la peur. Ne l'oublie pas.

Après son départ, trop nerveuse pour entamer la lecture du questionnaire, je me relevai et fis le tour de la pièce. Je découvris que les ouvrages reliés en cuir que j'avais pris pour une encyclopédie étaient en réalité des exemplaires du *Kama-sutra*, des *Joies du sexe*, de *L'Amant de lady Chatterley*... Je repérai aussi *L'Empire des femmes, Fanny Hill* et *Histoire d'O*. C'étaient des livres qu'il m'était arrivé de feuilleter adolescente lorsque je faisais du baby-sitting chez des particuliers, des lectures qui me laissaient perplexe et confuse, la tête pleine de questions sans réponse. Le cuir qui les recouvrait était du même bordeaux que le livret et que le journal de Pauline ; les titres étaient aussi gravés en lettres d'or. Je les caressai du bout du doigt et retournai vers la table. Je m'installai sur la chaise, pris une profonde inspiration et ouvris le livret.

Le contenu du livret que vous avez entre les mains est complètement confidentiel. Vos réponses n'appartiennent qu'à vous et seuls les membres du Comité y auront accès. Afin de vous aider au mieux, S.E.C.R.E.T. a besoin de mieux vous connaître. Soyez consciencieuse, franche, et ne craignez rien. Vous pouvez commencer.

La suite consistait en une liste de questions, après lesquelles on avait laissé un certain espace pour les réponses. Leur précision me donna le vertige. J'étais sur le point de commencer à écrire lorsqu'on a frappé à la porte.

— Euh, oui ?

Danica apparu sur le seuil, un plateau en argent entre les mains.

— Désolée de vous déranger. Matilda m'a demandé de vous apporter du thé.

— Danica, l'avez-vous fait ? Je veux dire, les questions et tout le reste ?

Elle m'offrit un grand sourire chaleureux et me montra son poignet.

— Non. Regardez. Je ne porte pas de bracelet. Matilda dit que si je joue bien mes cartes de départ avec mon petit ami, ce ne sera pas nécessaire. En plus, il faut être un peu du genre vieille, enfin, je veux dire, plus de trente ans. Mais je trouve ça très cool.

Elle parlait et se comportait comme la fille de vingt et un ou vingt-deux ans qu'elle était.

— Répondez honnêtement, et tout le reste sera plus que facile. C'est ce que Matilda dit toujours, conclut-elle en laissant le thé sur la table.

Seule de nouveau, je fixai le questionnaire, l'esprit tournant à plein régime.

Allez, Cassie. Tu peux le faire.

J'attaquai la lecture.

1. Combien d'amants avez-vous eus ? Décrivez votre amant idéal (taille, poids, couleur des cheveux, longueur du pénis, etc.).

2. Êtes-vous vaginale ?

3. Pratiquez-vous le sexe oral : cunnilingus et/ou fellation ?

4. À quelle fréquence vous masturbez-vous ?

Quelle est votre méthode préférée pour atteindre l'orgasme ?

5. Avez-vous déjà eu une aventure d'une nuit ?

6. Êtes-vous prête à faire le premier pas lorsqu'un homme vous plaît ?

7. Avez-vous déjà eu des rapports sexuels avec une femme ? Avec plusieurs partenaires en même temps ? Racontez.

8. Avez-vous pratiqué la sodomie ? Y avez-vous pris du plaisir ? Si non, pourquoi.

9. Quelle méthode contraceptive utilisez-vous ?

10. Quelles sont vos zones érogènes ?

11. Vous arrive-t-il de regarder des films pornographiques ? Seule ? En couple ?

Et ainsi de suite… *Avec lumière ou dans le noir ? Appréciez-vous d'avoir des rapports sexuels pendant vos règles ? Quelle est votre attitude vis-à-vis des relations sado-maso ? Du bondage ?* J'avais l'impression de me retrouver dans un des cauchemars récurrents qui m'ont hantée après mes études, où je devais passer des examens que je n'avais pas préparés. C'était exactement ce que je craignais : devoir dévoiler des sentiments intimes et parler de choses dont je n'avais pas la moindre idée. J'avais eu, en tout et pour tout, un seul partenaire sexuel, je n'avais jamais songé à ce qu'on puisse préférer un certain type de pénis. Quant à la sodomie, c'était une pratique qui restait pour moi de l'ordre de l'impossible, comme me faire un piercing sur la langue ou voler un rouge à lèvres dans une parfumerie. Je devais pourtant répondre en toute sincérité. Que pouvait-il m'arriver de pire ? Que les femmes du Comité découvrent ma profonde ignorance en matière sexuelle et qu'elles décident de ne pas retenir ma candidature ? Cette éventualité rendit soudain le test du questionnaire presque drôle. Après tout, je n'avais rien à perdre. Car j'étais là, précisément, à cause de mon accablant manque d'expérience.

Je répondis d'abord à la question la plus simple, la première. *Un partenaire*. Scott. Quant à l'amant idéal, je n'eus qu'à penser aux rock stars et aux acteurs que je trouvais sexy et très vite j'eus rempli l'espace alloué à la réponse. Je laissai pour plus tard la question suivante, « Êtes-vous vaginale ? ». Je n'en avais pas la moindre idée. Celle sur mes zones érogènes me poussa presque à chercher un dictionnaire sur l'étagère. J'ignorais la réponse. Pareil pour la suivante, pareil pour les rapports avec d'autres femmes. Je répondis du mieux que je pus au reste du questionnaire.

Finalement, j'arrivai à la fin du livret, où des pages blanches m'incitaient à écrire mes impressions, des suggestions ou autres.

J'ai fait de mon mieux pour répondre à toutes les questions, mais je n'ai couché qu'avec mon mari. Dans la position du missionnaire le plus souvent. Quand nous étions jeunes mariés, nous faisions l'amour à peu près deux fois par semaine. Ensuite, une fois par mois, je crois, en général avec la lumière éteinte. Parfois, j'atteignais l'orgasme... je crois. Je ne suis pas vraiment sûre. Scott ne m'a jamais fait de cunnilingus. Il m'est arrivé de me caresser, mais plus depuis longtemps. Scott insistait pour que je le prenne dans ma bouche. Je l'ai fait à une époque, mais je n'en ai plus été capable après qu'il m'a frappée. J'étais incapable de faire quoi que ce soit avec lui après ça. Il est mort il y a quatre ans, mais ça fait encore plus longtemps que je n'ai pas eu de rapports. J'ai fait de mon mieux, mais je ne peux pas finir ce test, j'espère que vous m'en excuserez.

Je posai le crayon et fermai le livret. Le simple fait d'avoir couché par écrit mon expérience avait ôté une partie du poids qui pesait sur mes épaules.

Matilda était revenue dans la pièce sans que je l'entende.

— Comment ça s'est passé ? demanda-t-elle en s'installant à son bureau.

— Pas très bien, je suis désolée.

Elle prit le livret et je dus contenir mon envie de le lui arracher des mains.

— Tu sais, il n'y a pas de bonnes ou de mauvaises réponses, dit-elle, souriante, en passant en revue ce que j'avais écrit. Très bien. Viens avec moi, Cassie, c'est le moment de rencontrer le Comité.

L'espace d'un instant, j'ai eu l'impression que mon corps était soudé au fauteuil. Je savais que franchir le seuil de cette porte impliquait ouvrir un nouveau chapitre de ma vie. Étais-je prête pour un grand saut dans l'inconnu ?

À ma surprise, oui. En prenant rendez-vous avec Matilda, j'avais enclenché un processus qui m'intriguait autant qu'il m'excitait, et je sentais déjà que ma carapace se fendillait... pour le meilleur.

Nous sortîmes du bureau. Danica, toujours à sa table, pressa un autre bouton. La double porte blanche à l'extrémité de la zone d'accueil s'ouvrit, je vis une grande table ovale en verre autour de laquelle une dizaine de femmes discutaient de façon animée. La pièce, qui n'avait pas de fenêtre, était peinte en blanc elle aussi. Des tableaux grand format similaires à ceux du hall ornaient les murs, à l'exception de celui du fond : le portrait d'une belle femme à la peau mate et coiffée d'une longue tresse retombant sur son buste, placé au-dessus d'une console en acajou.

— Chères amies, voici Cassie Ribordy.

— Bonjour, Cassie ! répondirent-elles d'une seule voix.

— Cassie, voici le Comité.

J'ouvris la bouche pour répondre, mais je restai muette.

— Viens t'asseoir près de moi, proposa l'une d'elles en tapotant la chaise à côté de la sienne.

C'était une Indienne menue, qui avait probablement plus de soixante ans et portait un sari aux couleurs aussi lumineuses que son sourire.

— Merci.

Je me laissai tomber sur la chaise. Je voulais tout à la fois regarder chacun de leurs visages et ne regarder personne et, sans m'en rendre compte, je gigotais comme une adolescente, fourrant mes mains sous mes cuisses et battant du pied nerveusement.

Grandis, Cassie. Tu as trente-cinq ans.

Matilda commença à faire les présentations, mais sa voix me parvenait comme un écho lointain, j'étais surtout attirée par les visages et leur beauté, chacune différente.

Bernice était une jeune femme noire, trente ans tout au plus, aux cheveux roux, petite et très pulpeuse. Il y avait deux blondes, une grande, nommée Daphné, aux longs cheveux lisses, et Julie, avec des bouclettes très courtes. Michelle était brune, toute en courbes, elle avait les mains jointes et se pencha pour murmurer à l'oreille d'une dénommée Brenda, à la silhouette athlétique et qui portait des vêtements de sport. À côté de celle-ci se trouvait Roslyn, à la chevelure auburn et aux grands yeux bruns comme je n'en avais jamais vu. Il y avait aussi deux filles latino, jumelles, en tout point semblables physiquement. Mais María avait un regard déterminé alors que Marta me parut plus ouverte et sereine. Je m'aperçus alors que chacune de ces femmes portait un bracelet avec des *charms* au poignet.

— Et finalement, à côté de toi, Amani Lakshmi, la plus ancienne du Comité. Elle a été mon mentor, comme je serai le tien, dit Matilda.

— Je suis très heureuse de faire ta connaissance, Cassie, dit alors Amani avec un léger accent en me tendant la main.

J'observai qu'elle portait un bracelet à chaque poignet et vérifiai d'un coup d'œil rapide qu'elle était la seule.

— Avant de commencer, as-tu des questions à nous poser ?

— Cette femme, sur le portrait, qui est-ce ? m'entendis-je demander.

— Carolina Mendoza, la femme qui a rendu tout ceci possible, me répondit Matilda.

— Qui le fait toujours, ajouta Amani.

— C'est juste. Tant que nous disposerons de ses tableaux, nous aurons les moyens de continuer S.E.C.R.E.T. à La Nouvelle-Orléans.

Matilda me raconta comment elle avait connu Carolina une trentaine d'années auparavant, lorsqu'elle travaillait au service culturel de la mairie. Carolina était une plasticienne originaire d'Argentine qui s'était enfuie de son pays juste avant le coup d'État militaire qui allait rendre impossible pour les artistes et les féministes de créer et de s'exprimer librement. Elles s'étaient rencontrées à une vente aux enchères, Carolina commençait à peine à exposer son travail, de grands tableaux aux couleurs vives très différents de ceux que les femmes peintres produisaient à l'époque.

— Ces tableaux, c'est elle qui les a peints ? Et ceux de l'entrée aussi ? demandai-je.

— Oui. C'est pourquoi nous avons des mesures de sécurité si strictes ici, leur valeur se chiffre en millions de dollars. Nous en avons encore d'autres au Manoir.

Matilda et Carolina avaient commencé à se fréquenter, puis à se voir de plus en plus souvent.

— Ce n'était pas une relation sexuelle, mais nous parlions énormément de sexe. Après un certain temps, elle s'est sentie en confiance pour m'ouvrir son monde, un monde secret où des femmes se réunissaient pour discuter de leurs désirs les plus profonds, de leurs fantasmes les plus secrets. Il faut se souvenir qu'à l'époque parler de sexe n'était pas fréquent et encore moins avouer à quel point on aimait ça. Au départ, poursuivit-elle, c'étaient des réunions informelles d'artistes et de quelques personnalités hautes en couleur comme on n'en trouve qu'à La Nouvelle-Orléans. La plupart de ces femmes étaient célibataires, d'autres veuves, quelques-unes mariées, certaines d'entre elles heureuses en ménage. Presque toutes menaient avec succès leur vie professionnelle. Mais quelque chose manquait à leur couple et dans leur vie intime.

Matilda devint l'agent exclusif de Carolina et la cote de ses tableaux s'envola. Quand l'épouse d'un roi du pétrole au Proche-Orient paya des dizaines de millions pour plusieurs toiles, elle acheta le Manoir et, avec le reste de sa fortune, créa un fonds voué à soutenir les activités de leur « coopérative sexuelle » en herbe.

— Nous avons fini par comprendre que ce que nous voulions, c'était *vivre* nos fantasmes, les vivre tous. Les concrétiser revenait très cher, et trouver les hommes adéquats – ou les femmes – impliquait un recrutement très spécifique. Sans parler de leur formation. C'est ainsi que S.E.C.R.E.T. est né. Après nous être aidées mutuellement à mener à bien nos fantaisies sexuelles, nous avons commencé à sélectionner chaque année une femme à qui nous offririons ce cadeau sans prix qu'est une émancipation sexuelle complète. En tant qu'actuelle présidente du Comité, il me revenait de choisir cette année notre recrue. Qui, selon nos règles, doit, à son tour, nous choisir aussi.

— En d'autres termes, toi, résuma Brenda.

— Pourquoi moi ?

— Il y a plusieurs raisons. Nous t'observons depuis quelque temps. C'est Pauline qui nous a parlé de toi. Elle n'a pas oublié son journal exprès au restaurant, mais nous n'aurions pu imaginer meilleure façon d'entrer en contact. Nous avons déjà discuté de ton cas deux ou trois fois, et nous sommes tombées d'accord.

Je fus stupéfaite d'apprendre qu'on m'avait observée afin de... de quoi, au juste ? De trouver des signes irréfutables de ma solitude cuisante ? La colère m'envahit.

— Que voulez-vous dire ? Que vous avez remarqué que j'étais une pauvre serveuse, esseulée et pitoyable ? m'emportai-je d'un ton accusateur.

Amani posa sa main sur mon bras, alors qu'un murmure rassurant de « Mais non », « Ce n'est pas ça », « Oh, chérie, il ne faut pas le prendre comme ça » s'élevait.

— Cassie, personne ne cherche à t'humilier. Nos actions sont guidées par l'amour et l'envie de venir en aide. Le plus souvent, lorsque quelqu'un se ferme prématurément à la sexualité, il n'en est pas toujours conscient, pourtant les autres le perçoivent. Et parfois, il faut un coup de pouce pour se sortir de cette impasse. Voilà tout, c'était de cela que je voulais parler. Nous t'avons trouvée, tu as été choisie et à présent nous t'offrons la chance d'un nouveau départ. Un réveil. Si tu le souhaites. Cassie, veux-tu te joindre à nous et commencer ce beau voyage ?

Je ne l'écoutais pas, je bloquais sur le fait qu'elles m'aient « surveillée ». Comment s'étaient-elles rendu compte de ma solitude et de mon célibat persistant ? J'avais toujours cru que je cachais bien mon jeu. Je songeai alors à mes cheveux mal coiffés, à mes affreuses chaussures, à ma démarche traînante lorsque je rentrais le soir chez moi pour retrouver mon chat. En fait, n'importe qui doué d'une paire d'yeux aurait pu percevoir l'aura négative qui m'entourait comme un halo de défaite. Il était temps de changer de cap.

— Oui, dis-je en repoussant ce qui me restait de doutes. Je suis partante. Je veux le faire.

Des applaudissements enthousiastes remplirent la pièce. Amani hocha la tête, encourageante.

— Considère les femmes de ce cercle comme tes sœurs. Nous pouvons t'aider à retrouver le chemin vers ton toi véritable, dit Matilda en se relevant.

J'avais le cœur serré par toutes les émotions qui m'assaillaient en même temps : reconnaissance, peur, confusion, joie. Je ne rêvais pas ? Tout cela était-il bel et bien en train d'arriver ? De *m*'arriver ?

— Pourquoi faites-vous tout ça pour moi ? demandai-je, les yeux pleins de larmes.

— Parce qu'on le peut, répondit Bernice.

Matilda posa devant moi un porte-documents zippé. Il semblait en véritable peau de crocodile et mes initiales – C. R. – avaient été gravées en lettres dorées. Elles avaient compris, bien avant moi, que je ne saurais pas refuser une telle chance. Je l'ouvris. Sur le rabat gauche, il y avait une enveloppe confectionnée dans un beau papier crème, sur laquelle on avait soigneusement calligraphié mon nom. Mes faire-part de mariage n'avaient pas été aussi chics.

— Tu peux l'ouvrir, dit Matilda.

Avec délicatesse, je détachai le sceau sur le rabat et sortis le bristol qui se trouvait à l'intérieur.

Ce jour, Cassie Ribordy a été invitée par le Comité à franchir les étapes.

_____ *Cassie Ribordy*

Et juste en dessous :

_____ *Matilda Greene, Mentor*

Dans la pochette du rabat droit je trouvai un petit agenda personnalisé, exactement comme celui de Pauline.

— Cassie, peux-tu nous lire les étapes ?

— Maintenant ?

Je regardai autour de la table, aucun des visages n'était hostile, et puis je savais que je pouvais partir à tout moment. Mais je n'en avais pas l'intention. Je me levai, les jambes en coton.

— J'ai la frousse, avouai-je.

— Nous sommes toutes passées par là, me rassura Matilda. Cassie, notre vie sexuelle est ce que nous en faisons.

Des larmes chaudes coulaient sur mes joues sans retenue, comme si le chagrin que j'avais si longtemps contenu avait trouvé enfin le moyen de s'exprimer.

— La capacité à nous guérir par nous-mêmes nous a donné la possibilité d'aider les autres. C'est la raison, la seule raison, pour laquelle nous sommes ici.

Je fixai le journal en faisant appel à tout mon courage, à toute ma volonté. Je voulais devenir rayonnante, vivante, comme toutes ces femmes. Je voulais éprouver du plaisir et habiter à nouveau mon corps. Je trouvai la page avec les étapes et lus à voix haute ce qui était écrit, le même texte, mot pour mot, que celui du journal de Pauline. Lorsque j'eus fini et que je m'assis à nouveau, une sensation de légèreté avait envahi mon corps des pieds à la tête.

— Merci, Cassie, dit Matilda. Maintenant, j'ai trois questions très importantes à te poser. D'abord, veux-tu obtenir ce que nous avons obtenu ?

— Oui.

— Deuxièmement, veux-tu franchir ces étapes, en toute sécurité et guidée par notre savoir-faire ?

Je laissai mes yeux caresser de nouveau la page. Je voulais le faire. De tout mon cœur.

— Oui, ma décision est prise.

— Et troisièmement, Cassie Ribordy, m'acceptes-tu comme ton mentor ?

— Absolument. Oui.

De nouveau, tout le monde applaudit.

Matilda prit mes mains dans les siennes et les serra.

— Cassie, je te promets qu'on prendra soin de toi, qu'on te chérira. Tu as le pouvoir de décision absolu sur ton corps. Tu auras le choix de tes actions à tout moment. Personne ne t'imposera quoi que ce soit. Je ne peux pas te promettre que tu n'auras pas peur, mais c'est pour cela que nous sommes avec toi. Que je suis avec toi. Et maintenant, j'ai quelque chose à te donner.

Elle avança vers la console située sous le portrait de Carolina, ouvrit le petit tiroir du haut et en sortit avec précaution une petite boîte violette qu'elle m'apporta comme s'il s'agissait de l'objet le plus fragile sur la terre. Pourtant, lorsqu'elle la mit dans mes mains, son poids me surprit.

— Ouvre-la.

Je soulevai le couvercle en velours. Sur un écrin de soie brillait un bracelet en or pâle. Il était en tout point pareil à ceux que portaient les autres femmes, sauf qu'aucun *charm* n'y était attaché.

— C'est pour moi ?

Matilda le prit pour le fermer autour de mon poignet qui tremblait.

— Chaque fois que tu seras venue à bout d'une des

neuf étapes, je te remettrai un *charm* en or en souvenir de ce que tu auras accompli. Le dixième, tu l'obtiendras après avoir décidé de rester dans S.E.C.R.E.T. ou de partir. Es-tu prête à commencer l'aventure ?

Le bracelet donnait du poids à ce qui m'arrivait, m'ancrait dans ce moment de vérité. Il me faisait prendre conscience de l'importance de ce qui venait de se passer et, surtout, de ce qui ne tarderait pas à arriver.

— Je suis prête.

IV

Je rentrai à la maison, frémissant par anticipation. Dans le porte-documents que m'avait remis Matilda, il y avait plusieurs pages avec des propositions de fantasmes. J'étais censée faire mon choix sans délai et appeler Danica ensuite, sans doute pour qu'elle envoie un coursier récupérer le dossier.

« Dès que ton dossier sera revenu au Manoir, nous pourrons commencer, m'avait expliqué Matilda. Toi et moi, nous nous retrouverons chaque fois que l'un de tes fantasmes aura été concrétisé. Mais, bien sûr, tu peux m'appeler à tout moment, je suis à ta disposition. »

Une fois à la maison, comme d'habitude, je pris Dixie dans mes bras et embrassai son ventre tout doux, puis j'allumai les bougies de ma salle de bains et plongeai dans une eau chaude et parfumée avec l'idée de me mettre en situation pour concocter ma meilleure liste de fantasmes possible.

Après mon bain, armée de mon stylo fétiche, je lus la première page de la pochette en croco. Matilda m'avait donné pour consigne de ne pas me censurer et de mettre en lumière mes souhaits sexuels les plus profonds.

« Ne réfléchis pas trop, ne t'embête pas avec des descriptions trop détaillées, avait-elle insisté. Coche les propositions qui te font envie. Et rappelle-toi, il n'y a qu'une règle : c'est qu'il n'y en a pas. »

Il y avait cependant six critères, chacun symbolisé par une lettre de l'acronyme S.E.C.R.E.T. Ainsi, chaque fantasme était une promesse de :

Séduction : puisqu'il s'agissait de mettre au jour le charme indubitable de la participante.

Erotisme : car le fantasme était voué à se concrétiser sexuellement.

Confiance : jamais la participante ne se sentirait en danger.

Romantisme : la participante se sentirait désirée et désirable.

Extase : nous étions dans une quête de plaisir.

Transformation : l'expérience changerait à jamais la participante.

Je regardai ces six lettres et gribouillai quelque chose au-dessus des premières. Je ris toute seule en voyant à quel point le sigle se prêtait à ma situation particulière : Sexualité pour l'Émancipation de Cassie Ribordy... Pour le E et le T de la fin, il me sembla qu'« Excitant Tournant » tombait à pic. Ma vie avait déjà changé en quelques jours, non ? Tout cela était en train de m'arriver. À moi !

Avec Dixie sur les genoux et les bougies qui m'encourageaient de leur flamme guillerette, je commençai par cocher la case à côté de l'assertion « Je veux qu'on s'occupe de moi ». Je n'étais pas sûre de ce que cela impliquait au juste, mais je cochai quand même. Était-ce en rapport avec le sexe oral ? Une seule fois j'avais osé le suggérer à Scott, mais la grimace qu'il avait faite avait tué à jamais l'envie de réitérer ma demande et j'avais rangé ce désir dans un tiroir de mon esprit pour ne plus y penser. Jusqu'à aujourd'hui. Il y avait tellement de pratiques sexuelles qui n'étaient que de la théorie pour moi... Une copine de la fac raffolait de le faire « de l'autre côté » et cela avait éveillé ma curiosité, mais jamais je n'aurais pu demander un truc de ce genre à Scott. D'ailleurs, je n'étais même pas sûre de le désirer vraiment.

Je veux avoir une relation sexuelle discrète en public. Coché.

Je veux être prise par surprise. L'idée me titillait même si, encore une fois, je n'étais pas certaine de ce que cela impliquait. Mais le Comité m'avait promis que je serais en sécurité et que je pouvais arrêter à tout moment, donc j'ai tracé une petite croix.

Je veux sortir avec une célébrité.

Quoi ? Les femmes du Comité avaient le bras assez long pour organiser ça ? Cela me semblait impossible, eh bien, justement, pourquoi pas ?

Je veux être choisie pour jouer la princesse.

Oh, quelle femme n'en rêve pas ? On m'avait toujours considérée comme une chic fille, intelligente, et même drôle. Mais je n'avais jamais été « la plus belle », la princesse, pas une seule fois dans ma vie. Je noircis la case sans hésiter. Même si c'était puéril, je voulais savoir comment c'était. Au moins une fois.

Je veux avoir les yeux bandés. J'imaginais ce qu'il pouvait y avoir de libérateur à faire l'amour dans le noir, donc je cochai la proposition.

Je veux faire l'amour dans un endroit exotique avec

un inconnu exotique. Il me semblait que, à proprement parler, chacun des hommes avec lesquels j'allais faire mon apprentissage était un inconnu que je ne reverrais plus. Ce n'étaient pas des rencontres classiques avec présentation et conversation, juste deux corps qui se croisent, et puis après… peut-être qu'il prendrait mon poignet… Mmm, oui.

Je veux participer à un jeu de rôle. Serais-je capable de me mettre dans la peau de quelqu'un d'autre ? En aurais-je le courage ? Bon, je pouvais toujours me retirer de la partie si je ne me sentais pas à l'aise. OK, je prends.

Voilà donc ma liste, pensai-je en relisant les neufs fantasmes que je venais de cocher. Et, comme Matilda me l'avait demandé, je notai l'ordre dans lequel je voulais les réaliser.

Je les passai en revue une dernière fois. Mon esprit imaginait déjà l'excitation et l'inquiétude, la joie et la peur que la concrétisation de ces fantasmes risquait de susciter. Obtenir tout ce que j'avais coché, et plus encore ? Être désirée pour ce que j'étais, en restant moi-même ? C'était ce qui était en train d'arriver. De m'arriver. J'avais cru que ma vie avait pris une pente descendante sans espoir d'évolution positive, mais, en fait, elle était en train de changer. Et comment !

J'appelai Danica.

— Bonsoir, Cassie.

Je regardai, inquiète, par la fenêtre qui donnait sur la rue.

— Comment tu as su que c'était moi ?
— Le numéro qui s'affiche, tu connais ?

Je me sentis terriblement stupide.

— Ah oui, bien sûr. Je sais qu'il est tard, mais

Matilda m'a dit d'appeler dès que j'aurais rempli le dossier. Ce que j'ai fait. Je les ai... choisis.

— De quoi parles-tu ?

— Tu sais... La liste.

Petit silence sur la ligne.

— La liste de... ? fit-elle d'un ton encourageant.

— De... de mes... fantasmes, murmurai-je.

— Oh, Cassie ! gloussa-t-elle. Franchement, on n'aurait pas pu rêver meilleure candidate que toi ! Tu n'arrives même pas à prononcer le mot à voix haute ! Je t'envoie quelqu'un tout de suite, ma chérie. Et tiens-toi prête. Des choses *très* excitantes sont sur le point d'arriver !

Un quart d'heure plus tard, la sonnette de mon appartement retentit. Je me hâtai d'ouvrir en pensant que j'allais trouver devant ma porte un coursier qui prendrait le dossier sans même enlever son casque... Je me trompais. L'inconnu sur mon paillasson était un bel homme, grand et mince, aux yeux chocolat immenses. Il portait un sweat à capuche, un tee-shirt blanc, un jean, et il devait avoir environ trente ans.

Il sourit.

— Bonsoir, Cassie. Je suis venu récupérer votre dossier. J'ai aussi ceci à vous remettre, et vous devez l'ouvrir devant moi.

Je pris l'enveloppe couleur crème marquée d'un *C* en essayant d'identifier l'origine de l'accent qui rendait sa voix si sexy. Espagnole ?

— C'est pour moi ? demandai-je de façon tout à fait superflue.

Il hocha la tête. Je glissai mon doigt, qui tremblait, sous le rabat et déchirai le papier. À l'intérieur, un bristol avec les mots : *Première étape*. Au verso, un terme décrivait la teneur précise de ce premier pas. Mon cœur battit la chamade.

— Que dit la carte ? murmura-t-il.

Je relevai les yeux vers le beau visage de ce coursier, si tant est qu'il s'agissait bien de sa profession.

— Vous voulez que je la lise à voix haute ?

— Oui, il le faut.

— C'est marqué... *Acceptation*.

J'avais parlé d'une voix à peine audible.

— On vous demandera votre accord avant chacune des étapes, expliqua-t-il. Acceptez-vous de franchir ce pas ?

Je déglutis avec difficulté.

— Quel pas ?

— Celui de l'acceptation. Ou bien, dit autrement, vous reconnaissez avoir besoin d'aide. Sur le plan sexuel. C'est la première étape.

Oh, mon Dieu, on aurait dit qu'il ronronnait, nonchalamment appuyé au chambranle. Et il avait posé la main sur son ventre, *sous* son tee-shirt, en même temps qu'il me dévisageait, de la tête aux pieds.

Ciel ! Je n'avais pas imaginé que le processus allait démarrer aussi vite.

— Je... Avec vous ? Maintenant ?

— Acceptez-vous mon aide ? répéta-t-il en s'approchant d'une façon presque imperceptible.

Mon cœur oublia un instant de battre avant de repartir de plus belle.

— Et qu'est-ce qui va se passer ?

— Rien, à moins que vous n'acceptiez de franchir cette étape. De façon explicite.

Ses yeux... Sa façon de se tenir...

— Je... Oui. J'accepte.

Il sourit.

— Pourriez-vous me faire un peu de place ? fit-il en montrant d'un geste l'espace entre le canapé et le coin repas. Je reviens.

Je courus à la fenêtre du séjour d'où je le vis se diriger vers une limousine – une limousine ! – garée à quelques mètres de ma porte.

Je regardai mon séjour parfaitement rangé et embelli par la lumière des bougies. Je venais de prendre une douche, j'avais mis du parfum, je portais un déshabillé en soie. Elles *savaient* que je serais prête ! Je poussai la méridienne contre le mur et plaquai la table basse contre le canapé.

Mon bel Adonis réapparut deux minutes plus tard avec ce qui avait tout l'air d'une table de massage portable.

— Cassie, je vais vous demander d'aller dans la chambre et de vous déshabiller, voici une serviette pour vous couvrir. Je vous appellerai le moment venu.

J'obtempérai en prenant Dixie au passage, elle n'avait pas besoin d'être témoin de la suite des événements ! Je laissai glisser le déshabillé de mes épaules et regardai mon reflet dans la glace. Bien sûr, ma petite voix intérieure ricana aussitôt, mais, pour la première fois, je la fis taire. Et j'attendis en serrant et desserrant les poings. C'était une situation inimaginable. Pourtant bel et bien réelle !

— Vous êtes prête ? demanda la voix de mon « coursier ».

Sur la pointe des pieds, je retournai dans mon séjour que je trouvai transformé. Mes bougies avaient été placées de chaque côté de la table de massage qu'elles éclairaient d'une lumière tamisée, et les stores descendus. Je resserrai instinctivement la serviette autour de mon buste en avançant d'un pas timide vers le magnifique spécimen mâle qui se tenait au centre de mon salon. Il était grand, autour d'un mètre quatre-vingts, et ses cheveux, ondulés et brillants, étaient assez longs pour qu'il puisse repousser quelques mèches derrière l'oreille. Ses mains étaient grandes et puissantes, ses avant-bras hâlés et joliment musclés. Peut-être était-il masseur professionnel.

Il avait glissé de nouveau la main sous son tee-shirt, ce qui me permit d'avoir un aperçu de son ventre plat recouvert d'un léger duvet. Le sourire entendu qu'il arborait le faisait paraître un peu plus âgé, mais surtout beaucoup plus sexy. Et ses yeux… Ai-je déjà parlé de ses beaux yeux bruns ? En forme d'amande, avec un je-ne-sais-quoi de malicieux. Je trouvais sidérant qu'il puisse avoir un air si gentil tout en étant si sexy. Je n'avais encore jamais vu une telle combinaison chez un homme, mais laissez-moi vous dire que c'était d'une efficacité redoutable.

— Vous pouvez lâcher la serviette, m'ordonna-t-il avec douceur. Laissez-moi vous regarder.

J'hésitai. Dévoiler mon corps ? Moi ? Devant un inconnu, une bombe sexuelle qui plus est ?

Bon sang, Cassie, dans quoi t'es-tu fourrée ?

J'étais allée trop loin pour faire marche arrière. Je lui jetai un coup d'œil furtif avant d'obtempérer.

— Superbe. Mes mains adorent travailler sur une belle femme, dit-il en les frottant l'une contre l'autre.

Je crus que j'allais m'évanouir.

— Je suis venu pour vous faire un massage, c'est

tout, me rassura-t-il. Vous voulez bien vous étendre sur le dos, pour commencer…

Je me hissai sur la table, allongeai les jambes et regardai le plafond qui me parut soudain menaçant. Je recouvris mon visage de mes mains.

— Je n'arrive pas à croire que je me retrouve dans cette situation, chuchotai-je à travers mes doigts.

— Pourtant, cet instant est bien réel, et il vous appartient, je suis ici rien que pour vous.

Il posa ses mains sur mes épaules et y exerça une pression douce afin que je retire les mains de mon visage. Il me fit allonger les bras le long du corps.

— Détendez-vous, dit-il avec un regard bienveillant. Rien de mal ne va vous arriver, Cassie. Plutôt le contraire, en fait.

Il entreprit de me masser avec dextérité et douceur. Ses mains si masculines sur mon corps assoiffé… Ses paumes chaudes sur ma peau… La sensation était presque magique. À quand remontait la dernière fois que quelqu'un m'avait touchée, sans même parler d'être caressée d'une façon aussi sublime ? Impossible de m'en souvenir.

— Voulez-vous vous tourner sur le ventre, s'il vous plaît ?

De nouveau, j'hésitai, mais je finis par lui obéir, les bras croisés sous ma poitrine pour calmer mes tremblements. Il me recouvrit avec une étoffe soyeuse.

— Merci.

Il se pencha.

— Oh, ne me remerciez pas encore, Cassie, murmura-t-il contre mon oreille.

Il posa les mains à plat sur mon dos, à travers le drap.

— Tout va bien se passer, dit-il. Fermez les yeux.
— C'est... Je crois que ce sont mes nerfs qui lâchent. Je n'avais pas imaginé que ça se passerait si vite. C'est trop... C'est un peu...
— Vous n'avez rien d'autre à faire que de rester allongée. Je suis ici pour vous faire du bien. C'est tout.

Ses mains descendirent le long de mes cuisses, sur le creux poplité. Il les posa ensuite sur la plante de mes pieds. Le massage s'arrêta un instant. Je compris qu'il séparait en deux la partie inférieure de la table, pour pouvoir se tenir entre mes cuisses, toujours couvertes du drap.

Oh, mon Dieu. Nous y voilà ?

— Je ne sais pas si je peux aller plus loin, fis-je en essayant de me retourner.
— Si je vous touche d'une façon qui ne vous convient pas, il suffit de me le dire. C'est la règle que je dois respecter. Toujours. Cela dit, Cassie, ce n'est qu'un massage.

Je laissai retomber ma tête et l'entendis prendre quelque chose sous la table. Une délicieuse odeur de monoï titilla mes narines et je sentis ses mains, glissantes, chaudes, saisir mes chevilles.

— C'est agréable ? me demanda-t-il. Répondez-moi franchement.

Agréable ? C'était nettement mieux que ça !

— Oui, confirmai-je, le visage contre la table.
— Et ça ? Tu aimes ? Dis-moi.

Il était passé au tutoiement et je sentis que ses mains se trouvaient à présent juste au-dessous de mes fesses. Il commença à me masser l'intérieur des cuisses. Mes jambes s'écartèrent d'elles-mêmes, et je cambrai les reins.

— Cassie ? Tu en as envie ?
— Oh, oui, m'entendis-je dire.
— Très bien.

Je sentis ses paumes épouser la courbe de mes fesses, puis il commença à dessiner des cercles de plus en plus larges, en frôlant mon... intimité. Et cela me fit un effet incroyable. Le massage se poursuivit ainsi pendant de longues minutes. Il glissait ses doigts doucement vers le haut de mes cuisses, s'arrêtait un instant, les mains enrobant mes fesses, reprenait ses cercles langoureux, approchant toujours plus près de mon sexe sans jamais le toucher. Je n'arrivais plus à décider ce que je voulais : me détendre et profiter de l'instant ou bondir de la table. Mon corps était à la fois en modes « panique » et « vive excitation ». Jusque-là, je ne m'étais jamais trouvée dans cet entre-deux, mais c'était aussi merveilleux qu'étrange et surtout terriblement enivrant.

— Tu préfères un toucher ferme ou doux ?
— Hum... Ferme, je crois. Non, doux. Euh... en fait, je ne sais pas ce que j'aime. C'est normal ?

Il rit.

— Et si on essayait les deux ?

J'entendis le bruit mouillé que faisaient ses mains lorsqu'il les enduisit à nouveau de monoï. D'un mouvement ample, il dégagea le drap, que je vis tomber au sol.

À présent, j'étais nue. Et à sa merci.

— Je vais te demander de libérer tes bras et de les étendre le long du corps, Cassie.

J'obéis et commençai à me détendre sous les effets

d'un massage de dos intense. Avec les pouces, il suivit le tracé de ma colonne vertébrale du coccyx à la nuque, puis fit de même avec mes côtes, effleurant au passage la courbe de mes seins plaqués contre la table. Il répéta l'opération pendant quelques minutes délicieuses avant de redescendre vers mes fesses, qu'il pétrit avec une pression idéale. Je pouvais sentir son érection sous son jean qui effleurait l'intérieur de ma cuisse. Était-il possible qu'il éprouve de l'attirance pour moi ? Soudain, je voulus le sentir, le sentir en moi. Je me trouvai en train de chercher à prolonger le contact, à l'intensifier, d'instinct, de façon presque animale. J'écartai davantage les jambes. Comme il était étrange et excitant de se trouver exposée de la sorte devant un inconnu.

— Remets-toi sur le dos.

La température dans la chambre était montée... à cause des bougies ou de mon corps, qui était en feu ?

Ce qu'il me demandait était difficile. Mais en à peine vingt minutes il avait réussi à me libérer de tant de tensions et d'anxiétés accumulées depuis si longtemps. C'était fou. Je songeai à ce que Matilda avait dit à propos du lâcher-prise. « En matière de sexe, le plus important, vraiment le plus important, c'est d'être capable de se laisser aller et de prendre chaque instant comme il vient. »

J'étais molle comme une poupée de chiffon, tout à la fois légère et alanguie. Finalement, je me retournai, non sans difficulté, car j'étais enduite de la tête aux pieds d'huile et je faillis glisser de la table. Mon masseur, contrairement à moi, gardait le contrôle de la situation et paraissait savoir exactement ce qu'il faisait. Toujours debout, entre mes jambes, il entoura mes cuisses de ses mains et me contempla avec un regard gourmand. Feindre un désir brûlant faisait-il partie de son rôle ? Pourtant, il semblait... comment dire ? Il semblait me trouver infiniment désirable, ce qui rendait cette première étape encore plus extraordinaire.

— Tu as la chatte la plus délicieuse que j'aie jamais vue, dit-il.

Je dus me répéter la phrase dans mon esprit avant d'en comprendre le sens.

— Oh, eh bien... merci, répondis-je platement.

Je m'allongeai complètement, un bras croisé sur le visage. J'étais gênée, mais surtout très curieuse de découvrir ce qui allait suivre.

— Tu veux que je l'embrasse ?

Quoi ? C'était dingue ! Mais cette sensation à la fois bizarre et parfaite qui mettait mon corps tout entier sous tension était aussi absolument fantastique. Mon inconnu n'était pas encore passé à l'acte et pourtant je découvrais un monde dont j'ignorais tout deux semaines auparavant : un monde où un homme beau comme un dieu frappe à votre porte un mercredi soir et vous porte au bord de l'extase sans même vous toucher. Et cet homme, sexy en diable, voulait me caresser de manière intime. Moi, Cassie Ribordy !

J'avais envie de rire et de pleurer en même temps.

— Cassie, dis-moi ce que tu veux. Je peux te le donner, et j'ai envie de te l'offrir. Tu veux que je l'embrasse ?

— Oui, je le veux.

Mon audace me surprit. Je sentis alors son souffle se rapprocher de plus en plus, jusqu'à ce que ses lèvres tièdes frôlent la peau de mon ventre. Par réflexe, je posai une main sur sa tête et refermai mes doigts doucement autour de ses cheveux. Et là... Oh ! Il fit courir son index sur mon pubis et le glissa... plus bas.

— Tu es toute mouillée, Cassie, murmura-t-il. Je sens que tu veux que j'embrasse ta jolie chatte.

— Oui, je... veux que...

— Tu peux le dire, Cassie. Il n'y a pas de mal à prononcer le mot. Tu es trempée et tu veux que...

Son doigt, jouant dans mes plis intimes, s'introduisit en moi.

— Dis-le.

— Je veux que tu... Je veux que tu embrasses ma chatte.

Il titilla alors mon nombril de sa langue impatiente qui suivit ensuite le même chemin que son index, il me lécha et m'embrassa sans cesser un instant de dessiner des cercles avec ses doigts experts autour de mon sexe. C'était une sensation inouïe, j'avais l'impression d'être sur une balançoire qui ne faisait que monter, toujours plus haut... Je ne savais plus si l'humidité entre mes jambes venait de moi ou de lui, son souffle brûlant s'ajoutait à mon plaisir, puis je l'entendis gémir, tout doucement. Oh, c'était comme si un millier de mes terminaisons nerveuses s'éveillaient d'un long, très long sommeil. Je me mis à frissonner.

— Cassie, j'adore ton goût...

Vraiment ?

Il écarta mes jambes encore plus. Je ne m'étais jamais sentie si vulnérable et désemparée. Exposé, mon corps débordait d'envies, croulait sous le besoin. J'étais transie de désir. Et si je me sentais sans défense, j'en étais heureuse. Un maelström de sensations menaçait de me submerger à chaque seconde, et s'il continuait ainsi, j'allais...

Mon beau coursier s'arrêta net.

— Oh, non ! m'écriai-je en relevant le buste. Pourquoi tu t'arrêtes ?

— Tu veux que je continue ?

— Mais oui !

— Alors, dis-moi exactement ce que tu désires.

— Je veux... jouir. De cette façon. Rien que comme ça.

Son visage hâlé brillait à cause de moi, son sourire était renversant. Et très coquin. Je me rallongeai et me cachai de nouveau derrière mes mains. Je ne pouvais pas regarder. La honte, cette vilaine amie, venait de pointer le bout de son nez. Soudain, sa langue chaude et humide commença à dessiner des cercles sur mon mamelon gauche, une main enroba fermement mon sein droit. En même temps qu'il suçait et mordillait le bout de mes seins, son autre main survola mon ventre frissonnant, mon pubis, pour aller se poser plus bas. Cette fois-ci, il glissa deux doigts en moi avec une douceur qui était de la pure torture avant de commencer à entreprendre des va-et-vient à un rythme de plus en plus soutenu. Je vibrais de la tête aux pieds. Dieu que c'était bon ! Je commençai à plier les genoux et me cambrai pour qu'il vienne plus profondément en moi.

— Reste allongée, murmura-t-il sans cesser de bouger sa main. Tu aimes ça ? Dis-moi que tu aimes ça.

— J'aime, oh, oui, j'aime beaucoup, répondis-je dans un gémissement en me cramponnant à la table.

Il s'arrêta et pencha son visage vers le mien.

— Tu es très belle, dit-il. Et je peux te caresser jusqu'à te faire perdre la tête. Tu en as envie, Cassie ?

Je hochai la tête, incapable de parler.

— C'est un oui ?
— Oui.
— Oui, quoi ?
— Oui, je veux que tu me lèches.
— Maintenant ?
— Oui ! Oh, oui !

J'écartai encore plus les jambes. Le temps d'un battement de cœur, il posa la langue à plat sur mon clitoris enflé, je sentais son souffle chaud contre ma chair brûlante qui revenait à la vie. Je ne décidais plus de rien, c'était mon corps qui commandait à présent. Je relevai les hanches, preuve irréfutable, s'il le fallait, de l'impatience de mon désir. Il commença à me lécher, à fureter entre mes plis, lentement d'abord, il s'arrêta un instant pour utiliser ses doigts de nouveau, puis il se mit à embrasser mon clitoris à pleine bouche, de plus en plus vite. Sa salive mêlée à mon miel fit monter un « oui » à ma bouche, puis un autre et un autre. Tout mon sang semblait s'être concentré dans mon sexe. Oh, c'était de la folie, la plus troublante et belle des folies. Lorsqu'il introduisit de nouveau ses doigts en moi, je sentis les prémices d'un orage gronder au plus profond de mon ventre, un orage qui approchait à toute vitesse, un orage que je ne pouvais pas arrêter.

— Je vais jouir, je vais jouir, je vais…

Il choisit ce moment pour remonter une main sur ma poitrine qu'il commença à caresser sans ménagement tout en continuant à tracer des cercles sur mon clitoris dans une cadence parfaite.

— N'arrête pas ! Surtout, continue, m'entendis-je supplier.

C'était vraiment trop pour moi. Je fermai les yeux et laissai toutes ces sensations exquises enfler jusqu'à ce que je jouisse contre sa bouche. Il attendit que mes gémissements soient devenus des murmures de contentement pour s'écarter de moi. Il posa ses doigts, si chauds, sur mon ventre et promena son visage sur ma peau.

— Respire, murmura-t-il.

Je ne pouvais pas m'arrêter de trembler. Mes jambes dérapèrent hors de la table, j'avais l'impression d'être à la fois en train de mourir et de renaître, l'humidité de mon sexe glissait le long de mes cuisses.

— Ça va ?

Je hochai la tête, incapable d'articuler un mot. Jamais je n'avais ressenti un orgasme aussi puissant.

— Tu dois avoir soif.

Il me tendit une bouteille d'eau minérale et je me redressai pour boire. Il me regarda avec une expression de… fierté, je crois, sur le visage.

— Une douche, beauté ? dit-il.

Encore un peu étourdie, je descendis de la table.

— Qui a le pouvoir ? demanda-t-il.

Je me retournai et lui souris.

— Moi.

Je marchai d'un pas chancelant jusqu'à la salle de bains et pris une douche rapide et brûlante. J'étais en train d'essorer mes cheveux avec la serviette lorsque je voulus demander quelque chose à celui qui avait illuminé ma soirée et m'avait révélé ma féminité. Je courus dans le séjour.

— Hé, tu ne m'as même pas dit ton nom !

Il était déjà parti ! Avec la table de massage et la liste de mes fantasmes qu'il était venu récupérer. Mais il avait laissé quelque chose sur la table : mon premier *charm* en or ! En me penchant pour le prendre, je croisai mon reflet dans le miroir sur la cheminée. J'avais les joues en feu, mes traits étaient reposés et mes yeux brillaient d'un éclat incroyable. Je pris la petite breloque et la fis scintiller à la lumière des bougies. Le mot *Abandon* était gravé sur l'un des côtés, le chiffre romain *I* sur l'autre.

Je l'accrochai au bracelet à mon poignet, me sentant différente, plus sûre de moi. C'était grisant. J'avais envie de crier : « Il vient de m'arriver un événement extraordinaire ! D'autres choses extraordinaires m'attendent ! Et plus jamais je ne serai la même ! »

V

On dit que le premier pas est le plus difficile, que le plus dur c'est d'accepter qu'on ne peut pas s'en sortir seul et de déclarer alors : « Oui, j'ai besoin d'aide. » Scott, par exemple, lorsqu'il essaya d'arrêter de boire, ne voulait rien devoir à personne, il n'acceptait aucune main tendue. Moi, j'ai préféré rendre les armes, j'étais épuisée de me battre dans mon coin, c'est pourquoi j'ai accepté l'aide du Comité, cet étrange groupe de femmes.

Et c'est comme ça que je me suis retrouvée dans mon salon éclairé à la lueur des bougies, enveloppée seulement d'une serviette que j'ai, au bout d'un moment, laissée tomber aussi. J'avais décidé de faire confiance à la méthode, à l'homme inconnu qui venait d'arriver chez moi, aux femmes de S.E.C.R.E.T. Ce faisant, j'ai abandonné mon corps, temporairement certes mais sans réserves, à un parfait étranger. Et lorsque je fis le récit de mon expérience une semaine plus tard à Matilda, mon mentor, je ne pus éviter la sensation d'en parler comme si tout cela était arrivé à quelqu'un d'autre, une personne que je connaissais intimement mais dont je découvrais tout à coup des aspects de la personnalité que je n'avais pas soupçonnés jusqu'alors.

J'expliquai à Matilda que je m'étais sentie en sécurité à chaque minute, que j'avais partagé avec mon masseur un instant très érotique et que j'avais été plus que disposée à continuer. Et que, bien que sachant que tout avait été arrangé au préalable, je m'étais sentie désirée, ce qui avait en grande mesure contribué au plaisir que j'avais éprouvé.

— Donc, oui. Je me sens... transformée, je crois, conclus-je avec un gloussement et les joues rouges de confusion.

Deux semaines plus tôt, je n'avais personne à qui parler, sauf si l'on comptait Will. À présent, je partageais des secrets intimes avec une femme que je ne pouvais plus qualifier de parfaite inconnue. De fait, Matilda était en train de devenir mon amie.

Dans les semaines suivant ce premier fantasme, je fus aussi occupée que d'habitude et je remplaçai même Tracina en deux occasions afin qu'elle puisse sortir avec Will. En les voyant partir, je ne détectai pas chez moi la moindre trace d'amertume ou de jalousie. Oh, peut-être une once de jalousie, si je veux être tout à fait sincère, mais pas de regrets ni de tristesse. Je m'étais promis d'être plus aimable avec Tracina et d'essayer de la voir avec les yeux de Will. Peut-être deviendrions-nous amies, et Will pourrait réessayer de me présenter quelqu'un. Après que j'aurais franchi toutes les étapes, cela va sans dire. Je rêvais justement à un charmant dîner entre couples lorsque Dell me surprit en train de siffloter dans la chambre froide. Il m'arrivait d'y rester quelques minutes pour me rafraîchir tout en feignant de chercher quelque chose.

— Tu as l'air bien contente, toi, me dit-elle avec son sempiternel zozotement.
— La vie, tout simplement, Dell. Elle est belle, non ?
— Pas toujours, non.
— Oh, si, quand même, je trouve.
— Eh bien, tant mieux pour toi.

Je la laissai prendre les glaces pour le repas d'anniversaire que des employés de banque célébraient et retournai dans la salle.

Mon couple, mon duo d'amoureux préféré, n'était pas revenu depuis que Pauline avait égaré son journal, mais mes rêveries sur leurs caresses avaient été remplacées par mes propres souvenirs. Des flashs du visage de mon beau masseur entre mes cuisses, son regard gourmand, si appuyé, si pénétrant, me traversaient l'esprit. Je pensais à ses doigts, à comment il savait les déplacer au moment précis sur l'endroit parfait, à ses mains fermes qui me pétrissaient et me soulevaient comme si j'étais aussi légère qu'une plume…

— Cassie, redescends sur terre ! cria Dell en claquant des doigts devant mon nez. Tu es dans la lune aujourd'hui !
— Désolée.
— La table onze réclame la note, la neuf du café.
— Ça marche, dis-je en m'apercevant que les deux filles à la table huit me fixaient.

Une fois les deux commandes dûment accomplies,

je retournai à mes rêveries. Dell n'avait rien compris. Je n'étais pas dans la lune, mais dans le passé récent. Ces choses m'étaient véritablement arrivées, c'était moi qui les avais vécues, mon corps qui les avait ressenties. Je retournai au présent avec un hochement de tête. Si j'étais dans cet état après la première étape, à quoi pouvais-je m'attendre après quelques autres fantaisies à mon actif ?

Début avril, lors de mon seul jour de congé cette semaine-là, une enveloppe crème apparut dans ma boîte à lettres et comme elle ne portait pas de timbre, j'en déduisis que quelqu'un l'y avait déposée. Mon cœur manqua un battement, je regardai dans la rue. Personne. Je déchirai l'enveloppe et trouvai dedans le bristol de l'étape deux et le mot *Courage*, mais aussi une entrée pour un concert de jazz au Halo, le bar au dernier étage du Saint Hotel, un établissement qui venait d'ouvrir et qui participait cette année pour la première fois au festival. Je n'étais pas férue de musique, mais je savais que ces tickets étaient difficiles à obtenir. Je cherchai la date. C'était le soir même ! Mais... impossible de me préparer en si peu de temps. Je n'avais rien à me mettre ! C'était bien moi, ça : je trouvais une excuse plus une autre, et encore une autre jusqu'à ce que la peur me cloue au sol et m'empêche de faire le moindre pas dans l'inconnu. C'était ma façon de fonctionner depuis toujours. D'une certaine manière, ouvrir la porte de mon appartement à un inconnu me semblait plus facile que de me risquer dehors, par un beau soir de printemps, pour aller dans un bar et m'asseoir, seule comme une grande, en attendant que... Quoi, au juste ? Et qu'est-ce que j'allais faire en attendant ? Lire ? Peut-être que mes bonnes fées du Comité avaient laissé passer trop de temps entre les deux fantasmes, peut-être mon courage s'était-il envolé. Pourtant, le courage semblait être au cœur de l'étape deux, me dis-je en décidant de me concentrer là-dessus et d'ouvrir mon esprit, au lieu de, comme à mon habitude, commencer la journée avec un « non » aux lèvres.

C'est ainsi que, quelques heures plus tard, je me trouvai en train d'essayer puis d'acheter une petite robe noire et qu'ensuite je m'installai dans un fauteuil face à une esthéticienne pour qu'elle vernisse de rouge les ongles de mes doigts et de mes orteils. Tout l'après-midi, cependant, je ne cessai de me répéter qu'au besoin je pourrais toujours faire machine arrière, que je n'avais aucune obligation et que je pouvais changer d'idée à la dernière seconde.

En début de soirée, je sortis le porte-documents de ma table de chevet. Qu'est-ce qui rend si difficile de sortir seule, d'aller seule au cinéma, de savourer un dîner en tête à tête avec soi-même ? Pour moi en tout cas, c'était impossible, et je préférais louer un film plutôt que de m'asseoir dans l'obscurité d'une salle de cinéma. Ce n'était pas la solitude qui m'effrayait. J'étais en terrain connu : toute ma vie durant je m'étais sentie seule, même lorsque j'étais mariée. Non, ce qui me terrifiait, c'était que les autres, les gens en couple, verraient en moi un membre de la caste des Malheureux Célibataires, des Tristement Délaissés, des Sexuellement Exclus. Je les imaginais pointer leur index vers moi, faire des messes basses et, bien entendu, me plaindre. Même moi, je traitais les clients esseulés au Café Rose avec un soin excessif, comme s'ils avaient un handicap auditif ou quelque chose dans le genre. Et j'avoue qu'il m'arrivait de traîner autour de leurs tables pour leur tenir compagnie.

Alors que certaines personnes sortent en solo parce qu'elles *veulent* être seules. Il y a des gens comme ça : assurés, à l'aise avec eux-mêmes. Tracina, par exemple, engageait une nounou le samedi pour que celle-ci emmène son petit frère manger une glace afin de pouvoir rester tranquillement sur son canapé et regarder la télévision en paix. Et se faire une toile en solo, m'avait-elle raconté une fois, c'était l'un des luxes qu'elle s'offrait le plus souvent possible.

« Je peux choisir librement le film, me goinfrer de pop-corn sans partager, et je ne suis pas obligée de rester jusqu'à la fin du générique comme lorsque je suis avec Will, qui y tient beaucoup. »

Mais la solitude est beaucoup plus facile à vivre lorsque c'est un choix et non la seule option à notre portée !

J'étais en pleine crise de panique à l'idée d'aller dans ce club de jazz lorsque le conseil sur l'étape deux que Matilda m'avait donné me revint à l'esprit : « La peur n'existe pas en elle-même, c'est nous qui la fabriquons. Face à elle, il faut agir, Cassie, parce que l'action augmente le courage. »

Que diable ! Je peux le faire.

J'appelai Danica pour qu'elle envoie la limousine.

— Elle est en route, Cassie, dit-elle. Bonne chance.

En effet, dix minutes plus tard la voiture de maître

tournait l'angle de Chartres et Mandeville et s'arrêtait devant « l'hôtel des vieilles filles ». Et je n'avais pas fini de me préparer ! Les chaussures à la main, je dévalai l'escalier pieds nus sous le regard médusé d'Anna Delmonte.

— C'est la deuxième fois que je vois cette voiture se garer devant chez nous ! me lança-t-elle. C'est quand même bizarre, non ?

— Je vais me renseigner, Anna, ne vous inquiétez pas.

Elle marmonna une réponse que je n'écoutai pas parce que j'étais déjà à l'intérieur de la limousine. Je secouai mes pieds avant d'enfiler mes chaussures neuves, tout en songeant, amusée, à sa réaction si ma voisine apprenait mes dernières aventures. J'avais envie de crier à tue-tête : « Je ne suis pas une vieille fille ! Je me sens vivante pour la première fois depuis des années ! »

— Vous êtes resplendissante ce soir, mademoiselle Ribordy, me complimenta le chauffeur.

Je répondis avec un « merci » timide qui parvint à peine à traverser la fenêtre de communication avant qu'elle ne soit refermée. J'avais l'impression que les employés de S.E.C.R.E.T. avaient pour consigne de garder une distance professionnelle, attitude que Danica, d'après mon expérience, n'arrivait pas vraiment à maîtriser. Elle était si spontanée !

Installée dans le luxueux habitacle en cuir, j'inspectai ma nouvelle robe, une mousseline légère, serrée au niveau du buste et qui se déployait en corolle à la taille, tombant gracieusement juste au-dessous du genou. Le haut flattait ma poitrine, mon profil reflété dans la vitre fumée me sembla plus pulpeux que d'habitude. Les chaussures me serraient un peu, mais elles allaient s'assouplir au cours de la soirée, et les escarpins noirs allaient avec tout. C'était en tout cas ce que je m'étais dit pour justifier la somme indécente qu'ils m'avaient coûté. J'avais lissé mes cheveux et ils tenaient en place, la raie sur le côté, grâce à un clip en or qui était le seul bijou que je possédais, à l'exception, évidemment, du bracelet S.E.C.R.E.T. et de son premier *charm*.

Au fur et à mesure que nous nous approchions de Canal Street, mon cœur battait de plus en plus vite. Je respirais profondément en essayant de garder l'esprit serein et de suivre le conseil de Matilda : « Essaie de ne pas anticiper. Vis l'instant. »

La limousine s'arrêta pile devant l'entrée du Saint Hotel. J'avais la main si moite que la poignée m'échappa, mais le chauffeur, efficace et professionnel, était déjà descendu pour m'ouvrir la portière.

— Bonne chance, me dit-il.

Je hochai la tête en signe de gratitude et m'arrêtai un instant sur le trottoir pour regarder tout le beau monde qui entrait et sortait de l'établissement : des femmes tout en jambes et qui les montraient sans complexes, laissant au passage des effluves de parfum et d'assurance, des hommes visiblement fiers d'être leurs cavaliers. Je me rendis compte que j'avais oublié de mettre du parfum, mes cheveux frisottaient déjà avec l'humidité ambiante et l'idée que le fantasme de ce soir puisse avoir lieu en public fit plonger mon cœur dans mon estomac. C'était, songeai-je, un bien meilleur endroit pour le cœur, bien au fond du ventre pour qu'on ne puisse pas déceler ces battements affolés qui trahissent nos émotions. Néanmoins, bien que nerveuse, j'étais aussi... curieuse. Je pris une longue inspiration et marchai d'un pas que j'espérais décidé vers les ascenseurs.

Un homme vêtu de l'uniforme de l'hôtel apparut à ma gauche.

— Puis-je voir votre billet, madame ?

— Bien sûr, répondis-je en cherchant dans ma pochette. Voici.

Il regarda le ticket, puis me regarda, moi, et s'éclaircit la gorge.

— Parfait, fit-il en pressant le bouton pour moi. Bienvenue au Saint. Nous vous souhaitons un agréable séjour.

— Oh, je ne reste pas ici. Je viens juste rencont... euh, voir, enfin, je viens pour la musique.

— Bien entendu. Passez une excellente soirée, ajouta-t-il avec une courbette avant de s'éloigner.

La montée vertigineuse de l'ascenseur n'arrangea pas l'état de mon estomac noué. Les yeux fermés, je m'adossai contre le miroir qui recouvrait le fond de la cabine et m'agrippai à la main courante. De la musique et le brouhaha des conversations commencèrent à se faire entendre avant l'arrivée au dernier étage ; lorsque les portes s'ouvrirent, je découvris dans le hall une petite foule élégamment habillée et encore plus de monde dans la pénombre du bar derrière les portes en verre. Je dus ramasser jusqu'à la dernière once de ma volonté pour lâcher la barre d'appui et rejoindre ces inconnus.

Chacun tenait une coupe de champagne à la main et tous entretenaient des discussions apparemment passionnées avec leurs voisins. Je sentis sur moi le regard oblique de quelques femmes, ce regard qu'on jette aux rivales potentielles. Leurs compagnons me remarquaient, aussi. Était-ce de... l'intérêt, que je voyais dans leurs yeux ? Non. Impossible.

J'avançai lentement vers le bar, les yeux baissés en me demandant ce que je fichais dans un endroit aussi chic, surtout lorsque j'aperçus quelques personnalités locales : Kay Ladoucer, membre du conseil municipal et présidente de plusieurs organisations caritatives très en vue, qui discutait avec animation avec Pierre Castille, le génie de l'immobilier, un beau milliardaire célibataire très convoité qui vivait comme un reclus. Il regarda dans ma direction et je détournai la tête. Une seconde plus tard, je crus comprendre ce qui avait attiré son attention : je venais de dépasser toute une brochette de jeunes mondaines de la jet-set du Sud, le genre de filles qui remplissent les pages *people* du *Times-Picayune*.

Le groupe, The Smoking Time Jazz Club Band, n'avait pas encore fait son apparition. Je l'avais entendu au Blue Nile une fois, et j'adorais la chanteuse, une fille peu conventionnelle à la tête partiellement rasée et à la voix puissante et hypnotique. Sauf que je n'étais pas venue pour la musique. D'ailleurs, pour qui étais-je venue ? Comment allait se dérouler la rencontre ? Ma nervosité ne m'empêcha pas de remarquer un homme grand et séduisant qui discutait avec une femme aux jambes interminables, habillée d'une robe rouge vif. Alors que je l'observais – discrètement, me sembla-t-il –, il s'excusa et traversa la salle pour me barrer la route.

Je me sentais en apnée.

— Bonsoir, dit-il en souriant.

Blond, yeux verts magnifiques, il paraissait tout droit sorti d'un magazine de mode. Il portait un costume anthracite magnifiquement coupé avec une chemise blanche barrée d'une fine cravate noire. Il paraissait plus jeune encore que mon masseur. Et plus musclé aussi. Je cherchai du regard la femme en rouge, dont l'expression abattue suggérait une défaite. Il avait planté ce canon pour venir me saluer ? Il était fou ou quoi ?

— Je suis... je suis Cassie, dis-je en espérant ne pas trahir mes pensées.

— Je vois que vous n'avez rien à boire. Permettez-moi d'y remédier.

Il posa sa main au bas de mon dos et me guida jusqu'au bar à travers la salle à présent comble.

— Euh, bien sûr, pourquoi pas ? balbutiai-je.

Le groupe venait de monter sur scène, on entendait les instruments que les musiciens accordaient.

— Et que faites-vous de votre cavalière ? demandai-je.

— Quelle cavalière ?

Il avait l'air sincèrement perplexe, je tournai la tête vers la femme en rouge... qui avait disparu.

Galamment, il attrapa un tabouret près du bar et me l'offrit, puis, comme s'il voulait me dire un secret, il s'approcha de moi et repoussa une mèche de cheveux derrière mon oreille. Je sentais son souffle chaud contre mon cou. Sans même y penser, je fermai les yeux et me rapprochai de lui.

— Cassie, je vous ai commandé du champagne, murmura-t-il. Je dois aller vérifier quelque chose. Mais j'aimerais que vous m'accordiez une faveur.

Ses yeux rivés aux miens, il dessina du bout du doigt la ligne de mon menton. Il était séduisant comme ce n'est pas permis, sa bouche sensuelle à quelques centimètres seulement de la mienne.

— Voulez-vous, quand je serai parti, ôter votre culotte ? Vous la laisserez par terre, sous le bar. Sans que personne vous voie.

— Ici ? Maintenant ?

Je surpris mon reflet dans le miroir qui surmontait le bar, j'avais la bouche ouverte, les yeux écarquillés. L'image même de l'étonnement.

Un sourire malicieux et absolument parfait retroussa ses lèvres. Et sa barbe naissante, au lieu de lui donner un air négligé, ajoutait à son charme.

Je me retournai pour le regarder, il s'éloigna, dépassa l'estrade où se trouvait déjà la jolie chanteuse. J'ai regardé autour de moi, toutes les têtes s'étaient tournées vers la scène. Dans le riff d'ouverture, les cuivres prédominaient, la vibration des basses se répercuta au fond de mon corps. Je regardai vers les toilettes des femmes. Si j'abandonnais mon tabouret, je perdrais ma place au bar. Et mon inconnu ne pourrait pas me retrouver.

Les lumières furent tamisées, le serveur plaça une flûte de champagne devant moi. Je considérai ma situation : j'étais seule dans un bar en train de songer à enlever ma culotte parce qu'un homme sexy à se damner me l'avait demandé. Allais-je oser ? Et si je me faisais prendre ? On me jetterait dehors comme une malpropre pour comportement obscène. Hum. Et quelle culotte avais-je mise ? Oh, ça allait. Un shorty noir, simple et satiné. Cela dit, comment l'enlever, ni vu ni connu, n'était pas une chose qu'on m'avait apprise chez les scouts !

J'ai rapproché le tabouret du bar pour mieux me voir dans la glace et j'ai fait quelques essais afin de trouver la bonne méthode. Si je posais l'avant-bras et la main sur mes genoux, on voyait encore le haut de mon bras et de mon épaule par-dessus le bar. C'était naturel. Bien. C'était donc faisable.

Un, deux... *trois.*

Avec des mouvements rapides j'ai retroussé ma jupe d'une main, glissé l'autre dessous pour accrocher mon shorty d'un doigt en soulevant en même temps les fesses, mes jolis escarpins fermement appuyés sur le traversant du tabouret pour me soutenir. Je tirai sur l'élastique. Rien. Plus fort. Encore plus fort. La chanson se finit alors de façon abrupte. J'espérai avoir été la seule à entendre la maille se déchirer avec le même bruit qu'une aiguille dérapant sur un vinyle. Mais l'homme qui se trouvait devant moi se retourna.

L'horreur.

Tétanisée, j'esquissai un sourire maladroit et laissai échapper un rire nerveux. L'inconnu avait un visage intéressant et les mêmes petites rides pétillantes que Will au coin des yeux, mais son regard était bleu acier. En noir de la tête aux pieds, cravate incluse, plutôt quinqua que trentenaire, il avait néanmoins la carrure d'un jeune joueur de football américain.

Il s'est penché vers moi.

— Vous en êtes-vous débarrassée ? dit-il avec un sourire amusé devant mon expression choquée.

Il finit son whisky d'une longue traite et reposa son verre sur le bar.

— Je parlais de votre culotte, dit-il avec un accent tiré à quatre épingles qui ne pouvait être que britannique. Vous l'avez eue ?

Je regardai autour de nous pour vérifier que personne n'écoutait. Heureusement, le groupe venait d'attaquer un nouveau morceau.

— Qui êtes-vous ? demandai-je.

— La véritable question est : acceptez-vous cette étape ?

— L'étape ? Mais... Vous ? Je pensais que ce serait avec... l'autre... monsieur.

— Croyez-moi, Cassie, avec moi, vous êtes en de bonnes mains. Acceptez-vous de franchir l'étape ?

— Qu'est-ce qui va se passer ?

Paniquée, je regardais sans cesse autour de nous, mais personne n'était intéressé par notre aparté, c'était le groupe qu'on était venu écouter, pas l'histoire de ma vie ni mes conversations surréalistes avec un inconnu. Nous aurions aussi bien pu être invisibles.

— Qu'est-ce qui va se passer ? répétai-je.

— Tout ce que vous voudrez, rien que vous ne voudriez pas.

— C'est une phrase qu'on vous apprend, pendant votre formation ? dis-je, soudain espiègle.

Je pouvais le faire. Je pourrais certainement faire *ça* avec lui. J'ai tiré encore une fois sur mon shorty, et cette fois-ci l'élastique s'est arrêté sur le haut de mes cuisses. Très inconfortable.

— Acceptez-vous cette étape, Cassie ? Je ne peux vous poser la question que trois fois, dit-il d'un ton patient en laissant son regard se promener sur l'ourlet de ma robe.

— Peut-être que je devrais aller aux toilettes...

Il se retourna et appela le barman.

— La note, s'il vous plaît. Avec le champagne de madame. Merci.

— Attendez. Vous partez ?

Il me sourit et posa deux billets de vingt dollars sur le comptoir étincelant.

— Ne vous en allez pas, dis-je en plaçant ma main fermement sur son bras. J'accepte l'étape.

— Brave fille.

Il ôta sa veste de smoking, la laissa sur mes genoux comme si j'étais sa copine, et, debout tout près de moi, feignit de se concentrer sur la musique. Je faillis crier, surprise, lorsqu'il inclina le tabouret un peu en arrière et lui fit faire un demi-tour. Il se pressa contre mon dos, sa bouche chaude à côté de mon oreille. Je pouvais sentir son érection contre mes reins, là où le premier homme avait posé sa main.

— Cassie, tu es superbe dans cette robe, mais cette culotte doit partir sur-le-champ, murmura-t-il d'une voix rauque. Parce que j'ai l'intention de jouer avec toi… Si tu es d'accord, bien sûr.

— Ici ? Maintenant ?

Je déglutis avec difficulté.

— Ici et maintenant, oui.

— Et si on nous surprend ?

— Personne ne nous surprendra. Promis.

Mon dos contre son torse, je fixais la scène. Sa main droite disparut sous ma robe et remonta le long de mes cuisses. J'étais excitée à un point inimaginable. C'était fou ! Le groupe a augmenté le tempo, les vocalises de la chanteuse accompagnaient les instruments comme si sa voix en était un. Au moment précis où elle attaqua le refrain, mon inconnu enroula deux doigts autour de l'élastique de ma culotte.

— Lève-toi un peu, mon ange, ordonna-t-il.

Avec une synchronisation digne d'un duo de champions de patinage artistique, je soulevai mes hanches et il glissa ce qui restait de mon shorty vers mes genoux. Vite, vite, je secouai les jambes pour le faire tomber à mes chevilles. En deux temps trois mouvements, il avait atterri sur le sol.

L'endroit était sombre, bruyant, bondé. J'aurais pu hurler, personne ne m'aurait entendue.

Je sentais sa main qui dessinait des cercles indolents sur l'intérieur de ma cuisse, me taquinait juste assez pour que mon ventre frémisse. Je sentais son souffle contre mon oreille. Nous devions ressembler à un couple affectueux et mélomane. Personne n'aurait pu deviner que sous la robe sa main faisait des ravages… Certain que personne ne faisait attention à nous, mon inconnu devint plus audacieux et survola mon sein droit avec son autre main, puis la bougea en cercles jusqu'à ce que mon mamelon devienne un petit bouton tout dur.

— J'aimerais vraiment prendre le bout de ton sein dans ma bouche. Mais je ne peux pas à cause de ces importuns venus écouter du jazz, murmura-t-il. Ça t'excite ?

Oh que oui ! J'acquiesçai.

— Et si je glisse mes doigts en toi, ce sera mouillé ?

— Oui.

— Promis ?

Je hochai la tête et la main cachée par sa veste passa à l'action, remonta plus loin, jusqu'à ce qu'un doigt osé se faufile dans mon sexe. Je faillis tomber à la renverse, mais il me tenait fermement. Il écarta mes cuisses, je fis semblant de lisser la veste pour être bien certaine que notre petit manège passait inaperçu.

— Bois un peu de champagne, Cassie, dit-il. Je vais te faire jouir.

Le verre était froid, je sentis les bulles pétiller sur ma langue. Il commença à bouger ses doigts en moi, et je faillis m'étrangler. Aucune des personnes qui nous entouraient n'aurait pu deviner que je prenais le chemin du septième ciel.

— Est-ce que c'est bon, Cassie ? dit-il avec son accent si sexy. Cambre-toi vers moi, bébé. Comme ça... Parfait.

Dans cette position, sa main avait quartier libre sur mon sexe. Ses doigts allaient et venaient entre mes jambes tandis que son pouce dessinait des cercles autour du point le plus sensible de mon corps. Je fermai les yeux, m'envolai, sa main me portait dans les airs comme l'aile d'un oiseau.

— Personne ne peut nous voir, dit-il. Si jamais quelqu'un se retourne, il pensera que je t'explique pourquoi j'aime ce morceau. Tu sens ce que je suis en train de faire ?

Oui, oh, oui.

Il se pressa contre moi, je me laissai aller contre son torse délicieusement solide, le bras droit accroché à son épaule, ma main gauche tenant fermement la veste. Je sentais contre ma paume ses muscles puissants en mouvement, alors que ses doigts agiles ne cessaient de me torturer. Il jouait avec moi comme on joue d'un instrument. Je me laissai porter par le rythme entêtant de la musique, que la succession de vagues de plaisir que j'éprouvais semblait épouser. J'avais envie de lui, pas seulement de ses doigts. Je le voulais tout entier, contre moi, en moi. J'écartai encore ma cuisse en une invite pour qu'il vienne plus loin en moi. Je penchai la tête pour donner l'impression que la musique m'emportait alors que je tremblais sous la force du plaisir que mon Anglais me procurait et qui montait et montait, m'approchant délicieusement du point de non-retour.

— Cassie... Tu vas jouir dans ma main, n'est-ce pas, mon ange ? Je le sens, murmura-t-il.

Dans un état second, je me cramponnai au bar, la salle devint obscure, à la musique se mêla un gémissement étouffé. Était-ce le mien ? Submergée par une déferlante, je m'arc-boutai contre lui, qui ne bougea pas, solide comme un roc.

Oh, mon Dieu ! Ce qu'il venait de me faire ! Ce que je venais de faire !

Je n'en revenais pas : j'avais atteint l'orgasme et avais gémi – oui, gémi ! – dans la pénombre d'un bar cossu au beau milieu d'une centaine d'inconnus, dont certains se trouvaient à moins d'un mètre de nous. Mon bel Anglais ralentit ses mouvements, mon corps comblé se détendit peu à peu, j'atterris en douceur dans le monde réel. Je me redressai légèrement et mon partenaire retira sa main avec lenteur le long de ma cuisse.

Il poussa le verre de champagne vers moi.

— Tu es courageuse, Cassie.

Je pris la coupe d'une main tremblante, la vidai

d'un trait et la reposai un peu trop brutalement sur le bar.

Je souris. Il sourit en retour comme s'il me voyait pour la première fois.

— Et tu es magnifique, j'espère que tu en as conscience.

Au lieu de rétorquer avec une repartie d'autodénigrement, pour une fois je pris le compliment pour ce qu'il était.

— Merci.

— Merci à toi.

Il demanda la note au barman en lui tendant deux billets de vingt dollars.

— Gardez la monnaie.

Ses yeux dans les miens, il sortit de sa poche un petit objet et le fit virevolter dans l'air comme une pièce de monnaie avant de le plaquer sur le comptoir. Lorsqu'il retira sa main, je vis le *charm* de l'étape deux qui brillait sur le bar comme un sou neuf. Je lis le mot gravé dessus : *Courage*.

— Ce fut un plaisir, dit-il en embrassant le sommet de ma tête.

Après avoir récupéré sa veste, il tourna les talons avec un petit signe de la main.

J'accrochai le *charm* au bracelet à côté du premier et les admirai sous la lumière tamisée.

Les jambes encore en coton, je faillis tomber en descendant du tabouret. J'eus un regard furtif vers ma culotte abandonnée. Ma respiration n'était pas encore redevenue normale et je traversai la salle presque à tâtons. Je voyais un peu flou, au point que je percutai une fille très mince juchée sur des sandales à plateforme.

Je mis quelques secondes à reconnaître Tracina sous son maquillage de fête et ses boucles. Et franchement, j'aurais pu passer à côté de l'homme en smoking et nœud pap qui l'accompagnait sans reconnaître Will.

Il était sexy à se damner.

— Tu vois ? dit-elle en lui tapant sur la poitrine avec toute la force de son bras musclé de serveuse. Je t'avais bien dit que c'était elle !

Oh, non ! Pourquoi eux ? Pourquoi maintenant ? Pourquoi ici ?

— Salut !

J'espérai que mon enthousiasme feint compenserait mes airs de somnambule. Heureusement, Tracina était trop excitée pour s'apercevoir de quoi que ce soit.

— J'en étais sûre ! J'ai dit à Will : « Regarde, c'est Cassie avec un mec ! »

Elle souligna le mot « mec » par un claquement de doigts. Le balancement de tout le corps qui accompagnait ses gestes indiquait qu'elle était, tout au moins, pompette.

Will semblait mal à l'aise. M'avaient-ils vue, plaquée contre cet inconnu, la main accrochée à son épaule ? Avaient-ils perçu mes tremblements ? Deviné ce qu'on faisait ? J'essayai de me raisonner, non, il aurait fallu une vision infrarouge, dans le noir, avec le bruit, les gens qui allaient et venaient... Oui, mais où étaient-ils placés ? J'étais paniquée, mais je n'avais d'autre choix que de sourire et discuter musique jusqu'à ce que je puisse leur fausser compagnie.

— Où est-il passé ? demanda Tracina.

— Qui ?
— Ce canon que tu avais au bras !
— Oh. Il est allé chercher la voiture. Nous partons. Nous devons y aller. C'est que...

La sueur coulait sur mon décolleté et trempait ma nuque.

— Mais le groupe n'a pas fini, ce n'est que l'entracte !
— Peut-être qu'ils ont entendu assez de musique pour ce soir, intervint Will, peu amène, en buvant sa bière directement au goulot.

C'était de la jalousie, que je devinais là ? En tout cas, il ne m'avait pas adressé un seul regard. Il fallait que j'échappe à cette situation épouvantable.

— Bon, je ne veux pas le faire attendre. On se voit demain, marmonnai-je.

Et avec un petit au revoir de la main, je décampai.

Heureusement, l'ascenseur ne se fit pas attendre. Je m'engouffrai dedans et sautillai comme si cela pouvait lui faire atteindre le rez-de-chaussée plus rapidement. Il fallait que je prenne l'air, que je me ressaisisse. J'avais laissé un inconnu me toucher, me toucher et même me faire jouir en public alors que mon patron et sa petite amie se trouvaient à seulement quelques mètres.

Qu'avaient-ils vu ? Comment quelque chose de si merveilleux pouvait-il tourner si mal ? Je soupirai. Je ne pouvais pas revenir en arrière. J'en parlerais à Matilda, elle saurait me conseiller.

Les portes de l'ascenseur s'ouvrirent, je traversai le hall d'un pas vif et franchis les portes vitrées. La soirée était belle, l'air vivifiant.

Je trouvai la limousine qui attendait exactement à

l'endroit où elle m'avait laissée. J'ouvris la portière avant que le chauffeur ait eu le temps de réagir et m'écroulai sur la banquette. Il se mit en route sans rien demander. Je fermai les yeux, épuisée mais satisfaite, le goût du champagne encore sur mes lèvres.

VI

Chaque année en mai, le Spring Fling en centre-ville, opération commerciale devenue presque une tradition, mettait en évidence le manque d'attrait diurne de notre quartier. Dans le Lower Garden District, en revanche, huit kilomètres de boutiques à faire en musique dans des rues temporairement piétonnes séduisaient un public chaque année plus nombreux pour le plus grand profit des restaurants et des cafés. La folie consommatrice n'atteignait pas notre vieille Frenchmen Street, vivant plus la nuit, où l'on venait écouter du jazz et boire. Si je n'avais pas été au courant de ces particularités locales, l'expression abattue que Will arborait en vérifiant la recette des derniers jours me l'aurait dit. Je le regardais additionner les petites sommes sur la vieille calculatrice mécanique héritée de son père.

— Mais pourquoi il a fallu que papa achète un resto dans ce quartier ? Et pourquoi ces salauds de spéculateurs ont construit un bloc d'apparts pile en face ?

Il lâcha le crayon, défait. Le chiffre d'affaires des dernières semaines avait été véritablement catastrophique.

Je lui avais préparé un café allongé, exactement comme il aimait.

— Livraison spéciale, dis-je en le posant sur son bureau pour essayer de détendre l'ambiance.

Il ne daigna même pas le regarder.

— Et si nous mettions une demi-douzaine de tables à l'arrière, sur le parking ? suggéra-t-il, songeur. On explique que c'est un patio, on tire des guirlandes lumineuses, un peu de musique, et le tour est joué ! Cela serait sympa. Et plus calme qu'ici, dit-il soudain d'un air inspiré.

Il s'adressait à moi parce que j'étais là, mais le facteur ou moi, ça aurait été pareil.

Tracina débarqua juste à ce moment.

— Si tu comptes faire des travaux, les chaises bancales et les dalles cassées du sol devraient passer en priorité, mon chou.

Elle jeta son sac sur une chaise et ôta dans la foulée l'ample tee-shirt blanc qu'elle portait afin d'en enfiler un autre, bien plus serré et rouge, celui qu'elle mettait toujours pour le service du soir. J'enviai le naturel avec lequel elle s'était déshabillée devant Will et moi, et surtout l'assurance avec laquelle elle exhibait son petit corps menu et parfait.

Je détournai les yeux.

Le Spring Fling donnait à Will plus de cheveux blancs que le manque de clients le Mardi gras ou au moment du festival de jazz. Cela dit, plus il était grisonnant, plus il était séduisant. C'était un de ces hommes qui s'améliorent avec l'âge, et j'étais sur le point de le lui dire quand Tracina avait fait irruption. Mes nouvelles aventures m'avaient rendue beaucoup plus audacieuse, verbalement au moins. D'ailleurs, je jurais de plus en plus, au grand dam de la pauvre Dell, qui passait son temps à poser la main sur sa petite bible de poche, comme si le livre avait des oreilles que j'aurais pu offenser.

— Du monde, aujourd'hui ? demanda Tracina en ajustant son tee-shirt.

C'était la fin de mon service et je n'avais pas eu à nettoyer une seule table, c'est dire si c'était calme. Mort, en fait.

— Pas vraiment.

— Pas du tout, grogna Will. Spring Fling.

— Au diable le Spring Fling ! fit-elle en repartant vers la salle.

Je la regardai s'élancer dans le couloir, sa queue-de-cheval bondissant comme un ressort au sommet de sa tête.

— Elle est incroyable, dis-je.

— C'est le mot qui convient, répondit-il en se passant la main dans les cheveux.

C'était un geste qu'il répétait tellement souvent que je m'étais demandé plus d'une fois s'il ne creusait pas des sillons dans son crâne. Enfin, il sembla s'apercevoir de ma présence et leva les yeux.

— Des plans pour ce soir ?

— Non.

— Tu ne vois pas l'autre gars ?

— Quel gars ? demandai-je, sincèrement perplexe.

— Celui du Halo.

Mon cœur s'accéléra.

— Oh, lui…

Des semaines s'étaient écoulées depuis ce fameux soir sans que ni Tracina ni lui m'en reparlent. Tracina parce qu'elle avait trop bu pour s'en souvenir et Will parce qu'il ne mettait jamais son nez dans les affaires des autres. Était-il possible qu'il ait aperçu quelque chose, après tout ?

— C'était… Je ne l'ai vu qu'une fois. Pas de véritable étincelle entre nous… Tu vois.

Il plissa les yeux, sceptique.

— Pas d'étincelle ? On n'aurait pas cru.

Il retourna à sa caisse enregistreuse et frappa les chiffres suivants comme s'il voulait clouer les touches à la table.

J'avais demandé à Matilda comment je devais réagir si jamais je tombais sur une connaissance lors d'un de mes rendez-vous S.E.C.R.E.T., et elle avait répondu que la vérité posait toujours moins de problèmes qu'un mensonge, aussi convaincant soit-il. Mais devant Will, voyez-vous, je n'assumais pas.

— Puisque Tracina est arrivée je vais y aller, dis-je en joignant l'acte à la parole. À demain.

— Cassie ! m'appela-t-il.

Je sursautai.

Non, pitié, pas d'autres questions.

Il me regarda dans les yeux.

— Merci pour le café, dit-il.

Je souris et tournai les talons.

— Cassie !

Mais quoi encore ?

— Tu étais… très jolie ce soir-là. Superbe, en fait.

— Oh. Euh… merci, dis-je en rougissant comme une adolescente.

Oh, Will. Pauvre Will. Pauvre Café Rose. Il fallait vraiment faire quelque chose.

Et l'inévitable, en toute logique, arriva. Ce soir-là, Tracina coinça le talon d'une de ses chaussures fluo dans une fissure du sol, et foula sa cheville de biche. Elle connaissait bien les dangers de ces dalles capricieuses et on l'avait souvent prévenue contre les risques de porter des talons vertigineux pendant le service. Mais ainsi va la vanité des femmes et ainsi allait ma vie ; ce fut moi qui en supportai les conséquences : il fallait bien la remplacer jusqu'à ce que sa cheville enflée retrouve sa finesse habituelle et je n'allais pas laisser tomber Will.

Je m'en plaignis à Matilda, que j'avais appelée pour la tenir au courant de mes horaires de travail ainsi qu'elle me l'avait demandé. Je ne pus cacher mon agacement, car j'attendais avec impatience le prochain fantasme dont je m'étais mise à espérer qu'il aurait lieu au Manoir. Malheureusement, ce mois-ci j'allais devoir me passer de ma dose d'aventure.

— Ne t'inquiète pas, me rassura Matilda. Nous allons tout simplement programmer deux rendez-vous pour le mois prochain.

N'empêche, le souvenir du beau moment au bar de l'hôtel commençait à s'estomper et, pour être sincère, j'avais hâte de recommencer.

Merci, le Spring Fling, après tout, songeai-je en essuyant les tables. Je n'aurais pas survécu à une semaine de doubles journées si nous avions eu autant de monde que d'habitude. Les jours s'écoulaient dans un silence morne et en début de soirée l'ambiance tournait carrément à la dépression. En l'absence de clients, la lueur des lampadaires de la rue colorait les murs et les vitres, donnant au Rose un air de décor abandonné. Will restait chez Tracina pour l'aider à se déplacer et nous laissait seules, Dell et moi. Sa présence rassurante à l'étage me manquait. Je me suis fait une raison. J'avais quelques bons bouquins sous la main et je ne me gênais pas pour griffonner mes pensées dans mon journal à fantasmes, comme convenu avec les femmes de S.E.C.R.E.T.

J'étais précisément en train d'écrire, installée au bar, lorsque le carillon de la porte me fit lever la tête pour accueillir, pensai-je, un client tardif. Je me trompais, ce n'était pas un client, mais le livreur de pâtisseries. Drôle d'horaire, songeai-je, ils passaient toujours tôt le matin, quand Dell était là pour signer le bordereau de commande. Cette dernière venait de partir, je lui avais dit de rentrer, car après 19 heures on ne servait plus que des cafés et des gâteaux. J'ai regardé le jeune homme habillé d'un sweat gris à capuche qui poussait vers moi un chariot.

— Bonsoir, dis-je en me levant, cachant mon journal à fantasmes dans mon dos. Excusez-moi, mais… vous n'êtes pas un peu en retard ? Ou en avance. Normalement, vous venez le mat…

Il passa devant moi, retira sa capuche et me lança un sourire par-dessus son épaule. Je fixai les tatouages de son avant-bras, ses cheveux coupés très court, puis son visage finement ciselé, ses yeux si bleus… Soudain, comme dans un trombinoscope, je revis les visages de tous les mauvais garçons qui m'avaient fait craquer au lycée.

— Je vais les déposer dans la cuisine. Je vous y retrouve.

Il était décidément atypique, ce livreur, me dis-je en commençant à comprendre que j'allais recevoir quelque chose de plus doux que deux dizaines de beignets et un plateau de tartes au citron. J'entendis s'ouvrir les portes battantes de la cuisine, puis, la seconde d'après, un fracas métallique suivi d'une fanfare d'éclats se terminant par un tintamarre de vaisselle cassée décidément alarmant.

Oh, mon Dieu ! Heureusement que Will n'était pas là.

— Ça va ? criai-je en bondissant vers la cuisine. Vous ne vous êtes pas blessé ?

J'entendis un gémissement.

Je poussai la porte, tâtonnai le long du mur pour trouver l'interrupteur. Les néons du plafond éclairèrent le jeune homme, allongé par terre, se tenant les côtes. Le couloir qui menait à la chambre froide était une bérézina de tartes et des gâteaux éventrés.

— J'ai carrément foiré, là, grogna-t-il.

J'aurais ri, mais mon cœur n'avait pas encore recouvré son calme.

— Ça va ? répétai-je en m'approchant doucement comme s'il s'agissait d'un animal blessé qui risquait de s'enfuir.

— Je crois, oui. Ouh là ! Désolé pour le désordre.

— Vous travaillez pour... vous savez... ?

— Ouais. J'étais censé vous « prendre par surprise »... Aïe !

Il porta la main à son coude en laissant aller de nouveau sa tête sur le plancher. La boîte d'une tarte à la noix de pécan vint amortir le choc.

— Eh bien, pour une surprise, c'en est une ! dis-je en riant.

Il ne s'était pas loupé, ça non. Son chariot avait heurté l'îlot de la cuisine en envoyant valser les casseroles de Dell.

— Laissez-moi vous aider, dis-je en lui tendant la main.

Quel beau visage il avait ! Je n'aurais pas cru qu'il soit possible de posséder à la fois une dégaine de mauvais garçon et cet air angélique, mais mon faux livreur y parvenait sans le moindre effort. Il avait trente ans tout au plus, probablement moins, et un léger accent cajun, courant à La Nouvelle-Orléans, très sexy. Il ôta son sweat pour jeter un œil sur son coude blessé, dévoilant un torse de boxeur serré dans un débardeur blanc. Un dédale complexe de tatouages lui couvrait les bras et les épaules.

— Je vais avoir un beau bleu demain, marmonna-t-il, debout à côté de moi.

Il n'était pas grand, mais dégageait une sensualité brute qui compensait les quelques centimètres manquants. Il se frotta le bras et pencha la tête en arrière pour me regarder, comme s'il me jaugeait.

— Waouh ! Tu es vraiment jolie, dit-il, passant au tutoiement sans s'en rendre compte.

— Je... pense que nous avons une trousse de premiers soins quelque part au bar.

Je tournai les talons, mais avant que j'aie pu franchir les portes battantes, il me prit par le bras et m'attira doucement contre lui.

— Tu ne m'as pas dit si tu veux ou pas ?
— Si je veux quoi ?

En fait, ses yeux n'étaient pas bleus, mais noisette. Ou gris ?

— Veux-tu faire ce pas avec moi ?
— Ce n'est pas comme ça que tu es censé me le demander...
— Ah, la loose...

Il se gratta la tête comme s'il se creusait littéralement la cervelle. Il était vraiment craquant mais ce n'était pas un rapide, celui-là. Et après tout, songeai-je, quelle importance ?

— Tu es censé demander : « Veux-tu franchir cette étape ? »

— Ah, oui ! Veux-tu franchir cette étape ?

— Là, tout de suite ? Ici, avec toi ?

— Oui, ici, tout de suite, avec moi.

Il pencha la tête et me décocha un sourire fripon.

Ses manières un peu brutes de décoffrage, sa cicatrice toute fine au-dessus de la bouche et ses dents d'une blancheur incroyable formaient un mélange détonant.

— Tu veux que je supplie ? Très bien, alors. S'il te plaît, s'il te plaît, dis oui.

C'était en vérité plaisant de l'entendre me supplier. Très plaisant même. J'avais envie de faire durer ce plaisir.

— Oh, j'hésite... Qu'est-ce que tu vas faire pour moi ?

— Je ne sais pas vraiment. Mais je ferai tout ce que tu voudras, rien que tu ne voudrais pas.

— Bonne réponse.

— Tu vois ? Je ne suis pas si mauvais que ça.

Si attendrissant et si sexy...

— Alors, dit-il. Tu franchis l'étape ?

— Et c'est laquelle ?

— Euh. La troisième, je pense. Confiance, non ?

— C'est cela, dis-je en passant en revue de façon appuyée les dégâts. Voyons... Tu te rends compte que tu es arrivé pile à l'heure de la fermeture alors que je m'apprêtais à rentrer chez moi, que tu as mis un bordel pas possible dans la cuisine, et qu'il va me falloir un temps fou pour tout remettre en état ?

Je mis les mains sur mes hanches et plissai les yeux, comme si j'étais vraiment en train de soupeser mes options. Oh, comme c'était amusant ! Je poursuivis :

— D'ailleurs, tu crois que tu es en état de…

— Je ne comprends pas ? Tu veux dire que tu ne veux pas de cette étape ? Putain, j'ai vraiment foiré.

Il grimaça comme s'il avait mal physiquement.

— En fait… non. Je vais franchir cette étape.

— Yesss ! fit-il en frappant l'air du poing, ce qui me fit rire. Je ne te décevrai pas, Cassie.

Il éteignit les lumières, la cuisine resta dans une pénombre douce éclairée par la lumière de l'éclairage urbain qui s'insinuait à travers le passe-plat.

Il se rapprocha et prit mon visage entre ses mains.

Finalement, l'élément le plus surprenant de la soirée ne fut ni la livraison tardive ni même l'entrée fracassante. Ce fut ce moment-là : celui du baiser. Il me plaqua contre le carrelage froid avec une fougue qui ne pouvait pas être feinte. Et l'érection que je sentais contre ma cuisse, elle non plus, ne pouvait être du flan.

Une seconde plus tard, mon chemisier tomba par terre à côté de son sweat. Lors des deux premiers fantasmes aucun baiser n'avait été échangé et cela ne m'avait pas manqué. Mais là… Mes jambes ne me soutenaient pas, ce n'est pas une image, il dut m'enlacer par la taille pour éviter que je ne m'effondre. À quand remontait la dernière fois où j'avais été embrassée avec une telle urgence ? Réponse facile : jamais. C'était la première fois de toute mon existence.

Sa langue explora ma bouche, exigeante, vorace. Je lui rendis la pareille. Il avait un léger goût de chewing-gum à la cannelle, mon parfum préféré. Puis il me mordit doucement la lèvre avant de commencer à promener sa bouche gourmande sur mon menton, s'attarda à la base de mon cou, attendant mon feu vert pour continuer. Je soupirai, et, enhardi, il libéra mes seins du soutien-gorge et commença à les embrasser. Sa langue titilla un mamelon, le fit pointer, se déplaça vers l'autre. Sa main glissa alors à l'intérieur de mon jean. Il grogna avec plaisir en découvrant ce que je savais déjà : j'étais trempée. Il cessa de m'embrasser pour me fixer d'un regard intense, retira sa main, porta un doigt à sa bouche. J'ai cru que j'allais jouir sur-le-champ.

— Je meurs de faim. Enlève ton jean, veux-tu ? Je vais préparer la table.

Ce regard animal, le voile de sueur sur son corps parfait, et ce sourire de gamin qui ne croit pas à sa chance… Trop craquant. Je regardai le massacre de gâteaux autour de nous.

— Ici ? demandai-je en défaisant ma ceinture. Dans la cuisine ?

— Ici, c'est parfait.

D'un seul geste de son bras tatoué, il dégagea la table de préparation en inox. Bols, fouets, gamelles, l'arsenal complet de Dell atterrit sur le carrelage dans un tintamarre ahurissant. Mon livreur fougueux attrapa une nappe à carreaux sur une étagère et la jeta sur le plan de travail. J'avais enlevé mon jean et le regardais, bras croisés pour couvrir ma poitrine.

— Tu sais ce qu'il y a en dessert ? dit-il en se tournant vers moi, gourmand. Toi.

Il franchit en deux foulées l'espace qui nous séparait et m'enveloppa dans ses bras pour m'embrasser de nouveau. Sans effort apparemment, il me hissa sur l'îlot. Mes jambes ne touchaient pas le sol. Il s'engouffra dans la chambre froide.

— Alors, qu'est-ce qu'on a là ?...

Il en ressortit les bras chargés de flacons et à la main le siphon à chantilly.

— Qu'est-ce que tu fais ?
— Allonge-toi et ferme les yeux.

Ce disant, il saisit mes chevilles pour me déplacer vers le bord du plan de travail et écarta mes jambes avec une aisance déconcertante. Je gloussai comme une gamine puis je laissai échapper un hoquet de surprise lorsque, sans prévenir, il déposa une noisette de crème fouettée sur mon nombril. Puis une autre, et une autre, sur chacun de mes seins. Il me regarda, apparemment content du résultat.

— Tu es fou ! Qu'est-ce que tu fabriques ?
— Le dessert. Je suis chef pâtissier dans la vraie vie, tu n'aurais pas dit, hein ? Et maintenant...

Il dessina une ligne de crème fouettée jusqu'à mon pubis, la décora d'un zigzag de glaçage au chocolat et couronna le tout d'une cerise confite. Je ne pouvais pas m'arrêter de rire, déroutée par le mélange délicat des ingrédients froids et des sensations brûlantes que sa « préparation » me faisait ressentir. Il contempla longuement son œuvre avant de se pencher sur mon ventre. Il récupéra la cerise d'un coup de langue, puis lécha jusqu'à la dernière goutte de chantilly sur mon nombril, avant d'étaler sur mon buste le chocolat qui décorait mes seins pour me nettoyer ensuite avec des baisers avides. Ses mains collantes me caressaient sans répit, poitrine, ventre, hanches... Il écarta mes jambes. Je sentis sa langue, très chaude, contre ma chair palpitante. Il m'aguichait, tournait autour de mon clitoris sans jamais le caresser directement. Je crus que j'allais mourir s'il ne le faisait pas. Mes hanches se soulevaient à la rencontre de sa bouche, de manière instinctive, primitive.

Finalement, il le prit dans ses lèvres et commença à bouger la pointe de sa langue en cercles. Oh. C'était doux et chaud. Je flottais dans un nuage d'odeurs sucrées. Et des plaisirs sans nom. Ses doigts commencèrent à jouer autour de mon sexe, et le contraste de ce toucher viril avec ses caresses tendres et humides me porta en quelques secondes au bord de la jouissance. Je m'agrippai aux bords de la table, prise d'un vertige délicieux.

Tout à coup, il s'arrêta.

— Pourquoi tu t'arrêtes ? soufflai-je, à court d'haleine.

Il essuya un reste de crème sur sa joue et me fixa, les yeux agrandis par le désir. Ange ou démon ?

— Cassie, tu as senti ce que je faisais avec ma langue ?

Oh, ça oui. J'avais senti quelque chose, sans problème ! Un truc dément.

— Oui, répondis-je en essayant de paraître calme.

— Je veux que tu fasses la même chose avec tes doigts. Face à moi. Pour moi.

— Tu veux que je quoi ??

Je relevai la tête, ayant l'impression d'être ivre de sucre et de caresses, et sûre d'avoir mal compris.

— Je veux que tu te touches, et je veux te regarder pendant que tu le fais.

— Mais. C'est que... je suis très mauvaise, à ce jeu. Je commence mais ensuite je ne peux plus... sais plus... surtout si tu me regardes...

— Donne-moi ta main.

J'obéis à contrecœur. Sans hésiter, il guida ma main vers mon sexe. Je sentis ma toison trempée. Il prit mon index, le posa sur mon clitoris et commença à le faire bouger tout en me caressant au même endroit avec sa langue. C'était incroyable.

— Je ne sais pas ce qui a meilleur goût, toi ou la crème, dit-il.

Une fois que j'eus trouvé le rythme, il lâcha ma main. J'ai continué à me caresser tandis qu'il reposait doucement mes cuisses contre le plan de travail. Puis il me regarda. Je tremblais de tout mon corps, la tête renversée, concentrée sur les sensations que je suscitais moi-même. Son regard sur moi me faisait l'effet de mille caresses, mais lorsqu'il a remis la bouche sur mes doigts... sa langue m'a fait l'effet de mille regards.

— Tu sens ça ? Tu aimes ? demanda-t-il en me léchant sans répit.

— Oui, oui. Oui.

Ma main suivait le rythme qu'il m'imposait. Je sentais l'orgasme grandir en moi, mais ce n'était pas comme d'habitude, le plaisir naissait quelque part au fond de mon ventre, comme si la langue de mon *bad boy* le tirait d'un endroit profond et secret dont j'ignorais l'existence.

Alors que d'une main il tenait encore mes cuisses écartées, il glissa ses doigts en moi jusqu'à ce qu'ils ne puissent aller plus loin. J'étais en feu, un volcan sur le point d'entrer en éruption.

Je jurai, soudain effrayée par ce que j'éprouvais, je n'étais pas sûre de pouvoir le supporter, c'était trop fort. Un éclair me traversa de la tête aux pieds, je soulevai le bassin pour que ses doigts aillent encore plus loin en moi, pour qu'il me dévore, et me lèche, et me morde. L'explosion de plaisir fut si violente que je crus que j'allais défaillir.

— Ohmondieumondieumondieu...

Je n'arrivais à rien dire d'autre, d'ailleurs je n'étais même pas vraiment consciente de parler, je me retenais au bord de la table, mais j'aurais pu tomber que je ne m'en serais pas aperçue. J'étais comblée, étourdie de bonheur. Il me tint fermement jusqu'à ce qu'il me sente recouvrer mes esprits. Puis il frotta doucement son visage contre l'intérieur de mes cuisses.

— C'était... Waouh, puissant, Cassie. Je l'ai senti.

— Oui, c'est vrai, dis-je, le bras en travers du front comme si je me réveillais après un drôle de rêve.

— Tu veux recommencer ?

J'éclatai de rire.

— Je ne crois pas être capable de le refaire un jour...

Il s'écarta de moi et attrapa deux torchons propres qu'il alla humidifier dans l'évier.

— Oh, si, tu le referas.

— Où est-ce qu'elles vous trouvent ? demandai-je en me relevant avec difficulté.

— De quoi tu parles ?

Il revint vers moi et commença à me nettoyer gentiment. Délicieux, mais très salissant, le mélange crème et chocolat !

— Les femmes de S.E.C.R.E.T.

— Je ne suis pas autorisé à en parler sauf si tu deviens membre, dit-il, en essuyant avec application mon visage et mes mains.

— Tu as des enfants ? demandai-je.

Je fus surprise de ma question. Il marqua une longue pause. Puis :

— J'ai... un fils. Mais je t'en ai déjà trop dit, Cassie.

Je pouvais imaginer parfaitement son fils, un petit garçon ressemblant comme deux gouttes d'eau à son père, mais avec des joues rebondies. Et sans les tatouages.

— Est-ce qu'on vous paie, pour... ça ?

— Bien sûr que non. Ils n'ont pas besoin de me payer pour ce que je viens de faire. Pour toi, je recommencerais sans souci.

— Alors, il est où ton intérêt, là-dedans ?

Il s'arrêta alors, et me dévisagea, l'air soudain sérieux.

— Tu n'en es pas consciente, hein ?

— De quoi ?

— De ta beauté. À quel point tu es belle.

Sa réponse me laissa sans voix, mon cœur battant la chamade. Son ton était d'une telle sincérité que je ne pus que le croire. Il finit de m'essuyer et me passa mes vêtements avant de récupérer sa veste. Nous nous rhabillâmes en silence.

— Je vais t'aider à remettre tout ça en état, dit-il en envoyant une poubelle vide d'un coup de pied au centre de la pièce.

En dix minutes, nous avions dégagé le sol. Seules deux boîtes avaient survécu au crash pâtissier. Je remplis un seau d'eau chaude.

— C'est bon, je peux finir seule.

— Je n'ai pas envie de partir, mais il le faut. Ce sont les règles. Et merci pour... le dessert. Et pour la côte fêlée. Et le coude cassé, plaisanta-t-il.

Il hésita un instant avant de se pencher et de déposer un baiser bref sur mes lèvres.

— T'es cool, dit-il.

— Toi aussi, tu es cool, répondis-je. Je vais te revoir ?

— C'est possible. Mais il n'y a pratiquement aucune chance.

Puis avec un clin d'œil il quitta la cuisine et le Café. Je le vis descendre la rue sombre d'un pas élastique, le carillon tintant comme un au revoir.

Je croyais avoir réussi à éliminer les preuves de mon forfait, mais le lendemain, à la lumière implacable du jour, je vis Dell qui récurait l'inox avec un zèle particulier. C'était peut-être mon imagination, mais j'avais l'impression qu'elle me tançait de son regard sévère qui semblait dire : « Je ne sais pas pourquoi il y a l'empreinte d'une paire de fesses sur ma table, mais je préfère ne pas demander. »

Je récupérai mon plateau sans faire de bruit et filai vers la salle où, de façon inattendue, je tombai sous le coup d'un regard tout aussi accusateur. Celui de Matilda, cette fois-ci. Elle était assise, raide comme un piquet, à la table huit. Je me dirigeai vers elle.

— Matilda ? Qu'est-ce que tu fais ici ? murmurai-je, en regardant autour de nous.

— Quelle drôle de question, Cassie ! Le Rose est

l'un de mes cafés préférés. Tu as une petite seconde à m'accorder ?

— Pas plus d'une seconde, mentis-je, en posant la carte sur la table. On n'a pas arrêté et comme l'autre serveuse est en arrêt maladie, je travaille comme une dingue.

En vérité, je cherchais à éviter toute conversation avec elle parce que je craignais d'avoir enfreint les règles de l'organisation en parlant de choses trop personnelles avec le faux livreur-vraie crème. Le restaurant était presque vide, le rush du petit déjeuner ne commencerait que dans une demi-heure. Will devait se trouver encore chez Tracina puisqu'il m'avait demandé de prendre en charge l'ouverture. Je m'installai à la table huit en me sentant coupable sans savoir ni pourquoi ni même de quoi.

— Tu as pris du plaisir hier soir ? Avec Jesse ? me demanda-t-elle.

— Jesse ? C'est son prénom ?

Un essaim de papillons voleta dans mon ventre.

— Oui. Jesse. Tout d'abord, je suis désolée si son arrivée tardive t'a prise au dépourvu...

— Tout s'est bien passé. Vraiment bien, en fait, dis-je, les yeux rivés à la table. Il... il m'a beaucoup plu.

— C'est l'autre raison pour laquelle je suis ici. Je pense que tu lui as fait une forte impression aussi, Cassie.

Je ne savais pas si cette nouvelle, trop étrange et improbable, pouvait être vraiment bonne.

— Écoute, Cassie. Ça arrive, les gens se lient. Il peut y avoir un déclic, et avec, l'envie d'en savoir plus sur l'autre. Ce que je voulais te dire, c'est que je peux organiser une rencontre entre toi et Jesse. Mais si tu choisis de le revoir, ce sera fini. Ton voyage s'arrêtera à la troisième étape. Tu seras exclue de S.E.C.R.E.T. Et lui aussi.

Je déglutis avec difficulté.

— Cela dit, ajouta-t-elle, je ne pense pas que Jesse soit ton type. Il est très sexy, je te l'accorde, mais il est...

— Marié ?

— Divorcé. Je ne peux pas t'en dire plus, Cassie. Réfléchis-y. Tu as une semaine pour prendre ta décision.

— Est-il... a-t-il dit qu'il voulait me revoir ?

— Oui, dit-elle d'un ton un peu désolé. De façon très claire. Écoute-moi bien, Cassie. Je ne te dirai pas ce que tu dois faire, mais je peux te dire en revanche que tu commences à peine à ouvrir tes ailes. Je ne voudrais pas te voir briser ton élan pour un homme dont tu ne sais rien, alors que ton voyage ne fait que commencer, juste parce que tu as passé un bon moment avec lui.

— Ça arrive souvent, ce genre de situation ?

— De nombreuses femmes s'arrêtent prématurément sur le chemin de la connaissance de soi. La plupart le regrettent, non pas seulement par rapport à S.E.C.R.E.T., mais par rapport à leur vie en général.

Matilda posa sa main sur la mienne, et juste à ce moment, Will arriva de la cuisine, traversant la salle au pas de charge. Devant le restaurant, Tracina tentait de garer sa camionnette sur une place évidemment trop petite.

— Tracina ! Mais arrête ! Je t'avais dit de m'attendre ! cria-t-il depuis la porte.

Je ne compris pas distinctement la réponse de Tracina mais je pus entendre son ton, franchement cavalier. Sa camionnette, de guingois au beau milieu de la rue, bloquait la circulation.

Voilà ce que c'est que d'être en couple, songeai-je. Les journées deviennent un balancement continuel entre le bonheur et la déception, l'amour et l'agacement, chacune de nos actions est soumise à l'examen de son partenaire, à son approbation ou à sa réprobation. On n'appartient pas à l'autre, pas plus qu'il ne nous appartient, mais on devient responsable de ses besoins et de ses désirs, de ceux qui sont à notre portée comme de ceux que jamais on ne pourra satisfaire. Était-ce ce que je voulais pour moi à ce moment de ma vie ? Voulais-je devenir la petite amie de quelqu'un ? Que savais-je de Jesse, à part qu'il était pâtissier, qu'il avait des tatouages et un enfant ? Certes, l'alchimie entre nous avait été renversante. Mais j'ignorais tout de lui.

Pendant que je ruminais mes doutes, Tracina sortit de la camionnette en boitillant et claqua la portière. Laisser le véhicule en plan ne semblait pas la déranger le moins du monde. Elle agita les clés sous le nez de Will et les balança à ses pieds.

Il ramassa le trousseau et se redressa, le regard figé.

— En fait, je n'ai pas besoin d'une semaine pour réfléchir, dis-je en me retournant vers Matilda. Je sais déjà ce que j'ai décidé. Je veux aller plus loin. Je reste avec vous.

Avec un sourire, elle posa discrètement le *charm* de la troisième étape dans ma paume et replia mes doigts dessus.

— Jesse avait oublié de te le donner. Mais je crois que je suis la personne indiquée.

J'ai regardé le mot gravé sur le *charm* : *Confiance*. D'accord. Mais pouvais-je vraiment me faire confiance ? Le choix que je venais de faire était-il le bon ?

VII

Trois semaines après avoir failli abandonner le programme S.E.C.R.E.T., le bristol de la quatrième étape arriva par la poste, tout simplement. Je remontai chez moi quatre à quatre. La réception de ces enveloppes m'excitait presque autant que la réalisation des fantasmes, j'avais l'impression d'être invitée à une fête incroyable chaque mois. Il m'arrivait, bien sûr, de penser à Jesse, et chaque fois je me demandais ce qui avait incité le Comité à penser que ce pâtissier tatoué saurait me plaire. Mais surtout, le fait qu'elles aient vu juste me fit prendre conscience que, jusqu'à présent, je n'avais pas fait preuve d'une grande originalité concernant les hommes. Néanmoins, j'étais désormais convaincue d'avoir pris la bonne décision concernant Jesse, j'étais en train d'apprendre trop de choses sur moi-même pour m'arrêter en si bon chemin. Pourtant, parfois, le souvenir fugace de ses bras, ou de son sourire malicieux, traversait mon esprit et je me couvrais de frissons.

Je déchirai l'enveloppe en papier kraft, en trouvai une autre à l'intérieur, plus petite et plus élégante : le bristol de la quatrième étape, au verso duquel on avait imprimé le mot *Générosité.* Il y avait aussi une invitation pour un dîner *concocté sur mesure* au Manoir, le deuxième vendredi du mois. Au Manoir ! Un repas préparé rien que pour moi ! Généreux, en effet. En revanche, le code vestimentaire souhaité m'étonna : *Pantalon de yoga noir, tee-shirt blanc, cheveux attachés, maquillage minimal.* Je fus un peu déçue d'apprendre que ma soirée au Manoir n'impliquait pas une tenue sexy ou au moins sophistiquée, et me consolai en songeant à l'après-midi de shopping qui m'était épargné. Mais surtout, j'allais enfin pénétrer dans ce lieu mythique qui suscitait chez moi une grande curiosité mêlée d'un peu de crainte.

Quelqu'un frappa à la porte, me tirant de mes rêveries. Will ! Je lui avais promis que je l'accompagnerais à Metairie pour une vente aux enchères de matériel professionnel. Nous avions besoin de nouveaux plateaux, de chaises qui ne menaçaient pas de s'écrouler sous les clients et d'une table de préparation pour remplacer celle qui était *mystérieusement* devenue bancale. Will désirait aussi acquérir un robot pétrisseur et une autre friteuse afin de proposer des desserts et des beignets maison aux clients. En temps normal, il aurait été accompagné de Tracina, mais, bien qu'elle puisse désormais se passer des béquilles, elle boitait encore et se fatiguait vite. Will culpabilisait énormément et elle l'avait même charrié en disant que si elle n'avait pas été sa copine, elle lui aurait collé un procès. Tout le monde avait ri, mais je n'étais pas sûre que ce soit une blague. L'un dans l'autre, je me trouvais, comme d'habitude, à remplacer Tracina, cette fois-ci dans son rôle de petite amie de Will.

— J'arrive tout de suite ! criai-je.

Je rangeai l'enveloppe dans le porte-documents, celui-ci sous le matelas, et courus ouvrir la porte.

Will portait une chemise rouille que j'aimais bien et que Tracina lui avait offerte. Même si elle m'agaçait, je devais reconnaître que Will s'habillait mieux depuis qu'il la fréquentait et que la coupe de cheveux qu'elle avait suggérée, plus courte, lui seyait.

— Salut ! Comment ça va ? Entre !

— Je suis en double file. Tu ne m'as pas entendu klaxonner ?

— Désolée, j'étais... en train de passer l'aspirateur.

Il jeta un œil dubitatif à mon salon en friche qui n'avait pas vu l'aspirateur depuis un bon bout de temps.

— Bien sûr. Bon, je t'attends en bas.

Pendant le court trajet en voiture, je le sentis distrait, lointain. Il changeait la station de radio dès qu'une chanson ne lui plaisait pas ou lorsque les plages de pub duraient trop longtemps.

— Tu n'as pas l'air dans ton assiette, dis-je.

— Je suis un peu... sur les nerfs.

— Qu'est-ce qui t'arrive ?

— Depuis quand ça t'intéresse ?

— Comment ça ? Depuis toujours. Je suis ton amie, je veux savoir comment tu vas.

Il continua à conduire en silence, je regardais le paysage. Finalement, incapable de supporter la tension, je le relançai :

— Ça va, Tracina et toi ? Je vous ai vus vous prendre le chou l'autre jour devant le Café.

— Tout va très bien, Cassie. C'est très gentil de demander.

Et pan dans les dents ! Aussi loin que je me souvienne, c'était la première fois qu'il se montrait aussi sec avec moi.

— Très bien, alors. Ce n'est pas mes oignons. Mais si j'avais su que tu serais autant de mauvais poil, je ne serais pas venue. C'est dimanche, mon jour de congé, au cas où tu l'aurais oublié. Je croyais que ce serait une sortie sympa...

— Ah, excuse-moi, m'interrompit-il. Ce n'est pas *sympa* ? Je devrais peut-être bosser plus dur pour que tu passes plus de moments *sympas*. Peut-être aussi que je devrais te laisser discuter avec tes amies si *sympas* pendant tes horaires de travail...

Il parlait de Matilda, à qui j'avais dû demander de ne plus venir me voir au Café Rose, car, après notre conversation à propos de Jesse, Will m'avait fait une remarque.

— C'est une habituée qui est en train de devenir une copine. Où est le problème ?

— Une habituée qui t'achète un bijou assorti aux siens ? dit-il avec un regard vers mon poignet.

J'adorais mon bracelet, sa finition martelée, sa pâleur scintillante, et j'avais du mal à ne pas le porter tout le temps.

— Ça ? fis-je en levant le bras. Eh bien... c'est une amie à elle qui les fabrique, je l'ai trouvé joli et j'ai eu envie de me l'offrir... C'est un truc de fille, enfin, Will.

J'espérais avoir été convaincante.

— Et combien ça t'a coûté ? On dirait de l'or massif.

— J'ai mis de l'argent de côté exprès, mais il me semble que ça ne te regarde pas.

Will soupira et tomba de nouveau dans un silence obstiné.

— Je n'ai plus le droit de parler aux clients, maintenant ? Excuse-moi, mais je crois que je travaille assez dur et que j'ai assez montré que le Café compte pour moi. Tu sais que je ferais n'importe quoi pour...

— Je suis désolé.

— ... pour...

— Cassie. Je *suis* désolé. Vraiment. Je ne sais pas pourquoi je suis si... Les choses vont bien avec Tracina. Mais elle est à la recherche d'un... Disons qu'elle veut qu'on passe à des choses plus sérieuses alors que moi, je ne suis pas sûr d'être prêt. C'est pour ça que je démarre au quart de tour. J'ai... plein de choses dans la tête, en ce moment.

— Vous parlez de... mariage ?

J'eus du mal à prononcer le mot. Qu'est-ce qui me prenait ? J'avais éconduit Will. Il avait tous les droits au monde d'épouser la fille qu'il aimait, non ?

— Pas du tout ! Je parlais d'emménager ensemble, mais bien sûr, à terme, elle voudrait qu'on se marie.

— Et toi aussi, c'est ce que tu veux ?

Il était près de midi, le soleil tapait à travers le toit ouvrant directement sur le haut de mon crâne, ce qui me rendait un peu groggy.

— Bien sûr ! Je veux dire, pourquoi pas ? C'est ce dont tout le monde a envie, non ? Et Tracina est une fille formidable.

Il dévia son regard de la route pour me jeter un bref coup d'œil et m'offrir un pâle sourire.

— Je vois que la passion te dévore, dis-je.

Nous rîmes ensemble.

Le parking de l'hôtel des ventes était à moitié vide.

Tant mieux. Le manque d'affluence impliquait moins d'acheteurs et donc des prix plus intéressants.

— Allons faire nos emplettes, dit-il en coupant le moteur.

Je fus prise par l'envie soudaine de rester assise près de lui pour le réconforter et lui montrer mon affection, pour lui dire que tout irait bien, qu'il n'avait qu'à être honnête avec lui-même. Je ressentis toutefois une pointe de jalousie. À ma connaissance, mon amitié avec Will ne semblait pas gêner Tracina, elle n'avait jamais rien trouvé à redire, même pour la forme, sur le temps que nous passions ensemble. Je savais que je n'étais pas une menace pour elle, pourtant il y avait une partie de moi qui s'insurgeait contre ce rôle de figurante qu'on m'avait collé, une partie de moi qui, de plus en plus, voulait démontrer que j'étais une force sur laquelle il fallait compter, même si je n'étais qu'un second rôle. Mais je n'ai pas eu le temps de dire quoi que ce soit, Will avait déjà quitté la voiture et se dirigeait à grands pas vers la salle des ventes. Je n'avais plus d'autre choix que de le suivre.

Après une semaine qui me parut interminable, vendredi arriva enfin. J'avais mis mon nouveau pantalon de yoga noir et un tee-shirt blanc que j'avais décidé de porter sur un débardeur noir près du corps. J'étais déjà assez complexée à cause de ces vêtements de salle de gym, aussi je gardais Dixie loin de ma tenue, pour éviter d'arriver au Manoir les jambières couvertes de poils de chat comme une vieille fille folle de ses matous. À l'heure précise du rendez-vous, la limousine s'arrêta devant mon immeuble. Je sortis avant que le chauffeur ait pu sonner.

— Je suis là, dis-je sans pouvoir dissimuler ma nervosité.

Il m'accompagna à la voiture et ouvrit la portière arrière de sa main gantée.

— Merci, dis-je en m'installant.

Je me retournai pour regarder l'immeuble. Au premier étage, un rideau de dentelle s'écarta brièvement. La pauvre Anna Delmonte devait se poser beaucoup de questions.

On avait mis à ma disposition un seau rempli de glace pour garder à la bonne température une bouteille de champagne et une d'eau minérale. Je choisis la dernière option, n'ayant aucune envie d'être à moitié ivre à mon rendez-vous. Il était 19 heures, la circulation était fluide et nous arrivâmes devant le siège de S.E.C.R.E.T. en un rien de temps. Jusqu'à ce soir-là, j'étais toujours entrée par la petite allée de l'ancien relais de poste qu'une haie séparait de la propriété principale. Cette fois, les doubles portes menant directement au Manoir s'ouvrirent automatiquement à l'arrivée de la limousine. En passant devant la maisonnette, je vis, par-dessus la haie, de la lumière aux fenêtres, et je me demandai ce qu'on y faisait un vendredi soir, quels scénarios on y mettait en place pour moi, ou… peut-être pour d'autres femmes ? Y en avait-il d'autres ou étais-je la seule ? Autant de questions auxquelles Matilda ne répondrait pas à moins que je ne devienne membre à part entière du Comité.

Si le jardin qui entourait l'ancien relais semblait presque à l'abandon avec son enchevêtrement de lianes et de buissons, le terrain entourant le Manoir était tondu avec le soin le plus extrême, et une lueur verdoyante se dégageait de la pelouse si impeccable qu'elle semblait artificielle. L'air embaumait la rose à cause des rosiers multicolores qui poussaient jusqu'à mi-hauteur des murs comme une crinoline géante rose, jaune et blanc. La façade imitait le style italien comme la plupart des demeures aristocratiques du quartier et une colonnade blanche soutenait le porche surmonté d'un balcon en arrondi. Mais le Manoir avait une grandeur qui manquait à ses voisines. Aussi, bien que magnifique, il paraissait distant, presque trop parfait. La façade était recouverte d'un stuc gris pâle rehaussé par la blancheur des corniches, et de coquets balconnets adornaient les fenêtres du deuxième et du troisième étage. De l'intérieur émanait une lumière chaude et veloutée, accueillante et étrange à la fois.

La limousine s'arrêta devant l'entrée latérale, mais je constatai que l'allée pavée conduisait à un garage dans la cour arrière. C'était un de ces lieux extraordinaires qu'on voudrait ne jamais quitter tout en sachant qu'il serait impossible d'y habiter en permanence.

Une femme vêtue d'un uniforme de soubrette apparut sur le seuil et salua d'un geste de la main. Je baissai la vitre.

— Vous devez être Cassie, dit-elle. Mon nom est Claudine.

J'avais enfin appris à attendre que le chauffeur sorte de la voiture pour m'ouvrir la portière. Une fois à l'extérieur, j'ai remarqué plusieurs hommes en costume sombre et lunettes noires, vraisemblablement des gardes du corps. L'un d'eux avait une oreillette et parlait tout bas.

— Il vous attend dans la cuisine, dit Claudine. Il

n'a pas beaucoup de temps, mais il est très excité de vous rencontrer. Venez avec moi.

— Qui est-ce ? ai-je demandé en lui emboîtant le pas.

Et que voulait-elle dire par « il n'a pas beaucoup de temps » ? C'était mon fantasme à moi, non ? Et j'étais en droit d'attendre de passer une soirée complète pour ma quatrième étape.

— Vous allez le découvrir très vite, répondit-elle en posant une main rassurante sur mon dos pour me guider à l'intérieur du Manoir.

Le hall était en marbre au damier noir et blanc. Deux angelots joufflus hissés sur une fontaine vidaient l'eau de leurs amphores dans un petit bassin, des bouquets de pivoines ornaient des vases géants. J'aperçus un vestibule spectaculaire à ma droite, devant lequel un autre garde du corps, assis sur une chaise, lisait le journal.

— Et si vous attendiez dehors, monsieur ? suggéra Claudine.

Le malabar, les sourcils froncés, hésita avant de partir.

Nous avons parcouru un long couloir, suivant une musique, un son hip-hop ou rap, je n'ai jamais vraiment su s'il y avait une différence. Mon cœur battait la chamade et je me demandais pourquoi on m'avait obligée à porter une tenue aussi ordinaire qui jurait affreusement dans un lieu aussi raffiné. Les gardes du corps, le timing serré, la musique... C'était déconcertant. Je me demandais aussi quelle était la raison d'être des chaises rembourrées alignées contre les murs du couloir. Nous étions à présent, me sembla-t-il, à l'arrière de la maison, la musique s'entendait de plus en plus fort au fur et à mesure que nous approchions d'une double porte en chêne. Je remarquai que les œils-de-bœuf étaient voilés par du papier de soie noir. Quel était le sens de toute cette mise en scène ?

Claudine ouvrit l'un des battants et s'effaça pour me laisser entrer. Je fus frappée par le volume de la musique et les odeurs de soupe chaude et de fruits de mer, de tomates aussi, me sembla-t-il, et d'un mélange indéfinissable d'épices. Je me retournai pour demander à Claudine où je devais me diriger et qui j'allais rencontrer, mais la porte s'était déjà refermée silencieusement.

Je regardai autour de moi. Je venais d'entrer dans une immense cuisine avec des murs dont le soubassement était peint en blanc brillant et la partie supérieure en noir, comme dans les offices des anciennes maisons.

Des dizaines de casseroles en cuivre brillaient au-dessus de l'îlot, suspendues à une grille. Les éléments et placards étaient de la taille d'une petite voiture, et je m'y connaissais assez pour savoir qu'en dépit de leur aspect ancien ils étaient du dernier cri. Le réfrigérateur Sub-Zero ressemblait à celui du Rose, en beaucoup plus récent et d'une propreté irréprochable. Et le piano de cuisson, en fer noir et avec huit brûleurs, n'avait rien à voir avec celui que Dell utilisait chaque jour.

C'était le genre de cuisine digne d'un château.

Puis je *le* vis devant le fourneau, sans chemise, dos tourné à moi. Il était occupé à touiller quelque chose dans une grande marmite tout en parlant très fort dans son téléphone, coincé entre son menton et son épaule. Son dos était musclé mais de manière naturelle, c'était évident qu'il ne l'avait pas peaufiné en soulevant de la fonte, sa peau était mate et parfaite. Le jean baggy qu'il portait assez bas soulignait la finesse surprenante de sa taille. Il parlait sans cesser de tourner sa cuiller en bois.

— Excusez-moi ! dis-je en criant plus fort que la musique, mais pas assez pour qu'il se retourne.

— Je ne dis pas que je n'aime pas le morceau, disait-il, c'est juste ce passage. Écoute-moi ça.

Il tint le portable en l'air.

— Tu as entendu ? Je ne crois pas que ce soit le bon *sample*. Tu lui as demandé si je pouvais embaucher Hep pour me concocter quelque chose de bien ? Je sais qu'il veut l'utiliser dans son prochain album, mais dis-lui de me le céder comme une faveur perso.

Tout à coup, il fit volte-face et sursauta en découvrant ma présence. Il me regarda de la tête aux pieds, sa main libre sur la hanche. Oh, ces abdos ! J'essayai de ne pas trop m'y attarder, mais c'était difficile. Il était la perfection incarnée, cet homme. Je jetai un regard par-dessus mon épaule, vers la porte. Sans cesser d'écouter son interlocuteur, il me décocha un sourire comme seules les personnes au charisme inné savent en offrir et qui fit monter la température dans la pièce. Puis il leva l'index, comme s'il me demandait une petite minute.

Ce sourire, ces yeux bruns qui frisaient... ça me disait quelque chose.

— Dis-lui que je lui paye le double s'il mixe le morceau pour moi, poursuivit-il sans me quitter des yeux.

J'étais intimidée. Il n'était pas très grand, mais il

se comportait comme s'il était un géant ou quelqu'un de très connu, ce qui, évidemment, ne pouvait pas être le cas.

— On l'installera au Ritz. En France. C'est là qu'on mixe l'album.

Il couvrit le micro et murmura à mon intention :

— Désolé. Une minute. Mets-toi à l'aise, Cassie.

Il connaissait mon prénom ! Il continua sa conversation :

— Je ne sais pas. Peut-être deux jours. Je dois voir ma grand-mère à La Nouvelle-Orléans, je vais ensuite à New York, puis en France. La tournée commence dans huit semaines, mais je veux préparer deux singles et les sortir pendant la tournée. Ce n'est pas un souci, tu peux lui dire que j'en ai plein les tiroirs. Cet album, on va le faire.

Il sembla se rappeler qu'il avait un plat sur le feu et se retourna pour donner un autre tour de cuiller et goûter. Il paraissait chez lui dans cette cuisine, trouvant le bon tiroir pour le bon ustensile sans hésiter. Chacun de ses mouvements relançait le jeu des muscles de son dos et de ses bras, c'était un cours d'anatomie ambulant. Un régal pour les yeux. Le rythme hypnotique de la musique semblait parfois l'entraîner dans un monde qui lui était propre. Le téléphone toujours coincé à l'épaule, il se retourna vers moi, la cuiller tendue, l'autre main en creux juste dessous.

— J'essaie la recette de grand-maman. Ouais, je t'en apporterai un Tupperware. Mais là, j'ai à faire, fit-il en soufflant sur la sauce fumante.

Il l'approcha de ma bouche, je goûtai. C'était chaud. Mmm. Du gombo ! Le plat le plus typique de la cuisine du Sud. Il était incroyablement bon, meilleur même que celui de Dell.

— On dit dans deux heures, OK ? Je t'appelle dès mon retour à l'hôtel... Voilà. Bye.

Il posa la cuiller, raccrocha. Pendant au moins dix secondes, il m'étudia en silence, sans paraître le moins du monde pressé de parler, comme si le temps et l'espace lui appartenaient. Les pulsations de la musique nous enveloppaient. Cet homme était quelqu'un de connu, j'en étais certaine. Je décidai de briser la glace.

— J'espère ne pas avoir interrompu quelque chose d'important, dis-je en forçant ma voix pour dépasser le son qui sortait des haut-parleurs.

Il prit une télécommande, la pointa par-dessus ma tête et le volume diminua. Mais il ne m'avait pas répondu.

— Je suis sûre de te connaître, dis-je alors. Qui es-tu ?

Il faillit dire quelque chose, se ravisa, hocha la tête.

— Je suis celui que tu veux que je sois, bébé.

— Mais... ces gardes du corps. Ce sont les tiens, non ?

— Sans commentaire, répondit-il avec un sourire. Nous ne sommes pas ici pour parler de moi, mais plutôt pour parler... de ce que tu portes. Parle-moi de tes vêtements.

Il croisa les bras et me fixa, le pouce appuyé sur les lèvres. Il fit un pas de côté et m'inspecta de la tête aux pieds. C'était comme passer un casting.

J'avais dû mal à ne pas fixer la boucle de la ceinture qu'il portait si bas et qui m'évoquait des idées qui donnaient le tournis. Sa capacité de séduction était totale, et je me sentais vieille et mal fagotée dans mon pantalon de yoga.

— Euh, on m'a demandé de porter ça, murmurai-je, les yeux rivés sur mes tennis stupides.

— Pas mal. En fait, quand j'ai parlé d'une mère au foyer, je ne prétendais pas être pris au pied de la lettre, mais je dois dire que c'est à peu près ce que j'avais à l'esprit. Néanmoins, je n'avais pas osé rêver que les vêtements arriveraient sur un cintre aussi sexy.

— Je peux ? demandai-je en montrant un tabouret.

Je tremblais tellement que je risquais de m'écrouler si je ne m'asseyais pas.

— Bien sûr. Tu aimes le gombo ? fit-il en retournant son attention de nouveau vers son ragoût.

— J'adore. C'est excellent. Mais, excuse-moi. Tu vas cuisiner pour moi ? Je ne me rappelle pas avoir parlé de cuisine, dans mes fantasmes.

— Je vais cuisiner pour toi. Et toi, tu vas faire quelque chose pour moi, fit-il en me pointant avec la cuiller.

— Ah bon ?

— Absolument.

— Je pensais que c'était *mon* fantasme !

— Ça pose un problème ? dit-il avec un aplomb déstabilisant.

De toute évidence, il n'avait pas l'habitude qu'on lui dise non.

— Tu vas me dire ton nom, au moins ? demandai-je dans un sursaut d'audace.

— Pour mon travail, j'utilise un pseudo, mais mon véritable prénom est Shawn.

Il éteignit le feu et fit le tour de la cuisinière pour s'approcher de moi. Sa taille en imposait encore plus de près, surtout que j'étais assise. Il portait les cheveux coupés très court et un méli-mélo de bracelets au poignet droit. Parmi les liens en cuir et les élastiques, je vis une chaîne en or, plus épaisse et brillante que la mienne et sans les *charms*. Je sentis un soupçon de parfum, subtilement musqué, qui sortait sans doute d'un flacon payé très cher.

Je carrai la mâchoire. Son outrecuidance éveillait en moi une insolence que je ne me connaissais pas.

— Tu vas me dire qui tu es ou pas ?

— C'est à toi de trouver. Plus tard. En ce moment précis, j'incarne ton fantasme de coucher avec une célébrité. C'est la façon de fonctionner de S.E.C.R.E.T., elles font en sorte que ça marche dans les deux sens, tu as déjà commencé à t'en rendre compte, j'imagine. Alors, veux-tu franchir cette étape ?

— Tu veux dire que mon fantasme correspond d'une certaine manière au tien ?

— Ouais.

— Et je dois donc te croire sur parole quand tu me dis que tu es connu ?

— C'est la vérité.

Il a posé sa main sur le tabouret, juste entre mes jambes. Il était si près que j'aurais pu croquer ses biceps incroyables.

— D'accord. Jusque-là, je comprends. Mais, en revanche, comment est-ce possible que je sois ton fantasme ?

— Cassie, dit-il, ses yeux dans les miens. Quand on est célèbre, tout le monde veut un morceau de toi, tout simplement parce que tu es célèbre. Tu as demandé une rencontre avec une personnalité connue, mais tu n'as pas précisé qu'il fallait qu'elle te soit connue. J'ai dit que je le ferais tant que ça serait avec quelqu'un qui n'aurait aucune idée de qui j'étais, comme par exemple une mère au foyer trop occupée avec ses enfants pour prendre la peine de porter autre chose qu'une tenue de sport bien pratique. Parce que j'en ai ma claque des nanas qui paradent en continu. Tu vois ce que je veux dire ?

Il souligna sa question en faisant courir une main ferme le long de ma cuisse. Je frémis.

— Mère au foyer. C'est ce que je suis censée être ?

J'éclatai de rire, il m'imita.

— Tu as déjà fait ça ? demandai-je. Avec S.E.C.R.E.T. ?

Il ignora la question pour ouvrir le four encastré derrière moi et vérifier quelque chose.

— Ça m'a l'air bon, annonça-t-il en refermant la porte. Pain de maïs.

Une seconde plus tard, il était derrière moi, tout près. Il posa ses doigts sur mes épaules et les fit glisser lentement, rassembla mes mains derrière mon dos et tint mes deux poignets d'une seule main. Mon pouls s'accéléra, je pouvais sentir son souffle contre mon cou.

— Veux-tu franchir l'étape, jolie maman au foyer ?

En même temps qu'il posait la question il attrapa ma queue-de-cheval et libéra mes cheveux de l'élastique pour y enfouir son visage.

— Oui, parvins-je à dire avec un gloussement.

Des hommes comme celui-là fantasmaient sur les mères au foyer ? Première nouvelle !

— Très bien, fit-il en approchant ses lèvres de mon oreille. Tu veux savoir qui je suis ?

Je hochai la tête. Il a murmuré son nom, son nom

de scène, le nom que ses fans criaient aux concerts. Et qu'il ne soit pas en face de moi ce fut une bonne chose, car en l'entendant j'ouvris des yeux grands comme des soucoupes. Même moi qui ignorais tout du hip-hop, je connaissais cet artiste !

Shawn avait commencé à remonter ses mains sur mon buste, retroussant au passage mon tee-shirt, et il s'arrêta pour caresser mes seins à travers le petit haut en lycra noir.

— On s'en débarrasse, aussi. Haut les mains !

Il passa le top par-dessus ma tête, le jeta à une extrémité de la cuisine et fit tourner le tabouret pour que je lui fasse face. Il m'attira contre lui de sorte que j'avais les genoux coincés entre ses jambes. D'une main il leva mon menton pour plonger dans mon regard, de l'autre il frôlait mon mamelon gauche. Sans me brusquer, il glissa son pouce dans ma bouche, je sentis sur ma langue le goût des épices qu'il avait mises dans son plat. Il ferma les yeux, son visage tout à coup vulnérable. Je sentis que le désir était son point faible, l'idée de le déstabiliser davantage était trop tentante... Je pris son doigt presque entier dans ma bouche.

— Je parie que tu es très bonne à ça, souffla-t-il en rouvrant les yeux. Je suis sûr que tu pourrais tuer de plaisir un homme avec les lèvres que tu as.

J'arrêtai. Jusqu'à présent, mes fantasmes n'avaient impliqué que de recevoir du plaisir sans que j'aie à fournir le moindre effort. Là, j'avais très envie de donner à mon tour, d'être généreuse, c'était le but de cette étape et, en même temps, j'étais plutôt ignorante dans ce domaine.

— Je veux faire quelque chose pour toi, murmurai-je.

— Et que veux-tu faire ?

Je fermai la bouche autour de son index, cette fois-ci. Il se mordit la lèvre, à l'agonie. Je le fixai un instant, ma langue pressée contre son doigt, et m'écartai. Je dus prendre mon courage à deux mains pour répondre :

— Je te veux… dans ma bouche.

J'oubliai de respirer en prenant la mesure de ce que je venais de dire. Oui, c'était bel et bien moi qui venais de proposer une fellation à une star internationale. Et ensuite ? Qu'allais-je faire ? Et surtout, comment ? Je n'avais fait qu'une fellation de toute ma vie, et j'étais encore au lycée. Il m'était arrivé de réessayer avec Scott, alors qu'il était ivre et d'humeur exigeante, mais chaque fois l'expérience s'était soldée par des ronflements de son côté et une triste douleur à la mâchoire du mien.

La perspective d'essayer de nouveau, et surtout d'échouer, me rendait très nerveuse. Mais, puisque j'étais en train de vivre un fantasme sexuel avec une célébrité, je décidai de le laisser faire ce à quoi les stars excellent : exiger un service haut de gamme.

— Je veux que tu me montres comment… comment te donner du plaisir.

Il traça de son doigt mouillé une ligne sur mon menton et prit mon visage entre ses mains.

— Je peux faire ça.

Cet homme, beau comme un dieu, voulait que je lui taille une pipe !

— En fait… c'est que je ne suis pas très bonne, enfin, je n'y connais rien et si ton fantasme est de te faire sucer... Crois-moi, ce n'est pas que je fasse la fine bouche, mais...

Il me fallut une seconde pour comprendre qu'il rigolait à cause du mauvais jeu de mots que j'avais fait de façon complètement involontaire.

— Voilà, comme ça, tu vois à quel point je suis larguée, dis-je, penaude.

Il arrêta de rire pour me dévisager. Oh, j'aurais pu plonger dans ses yeux noirs tellement ils étaient intenses et profonds. Il avait beaucoup de présence, un aplomb à toute épreuve et du charisme à revendre.

— Je vais donc essayer de t'apprendre quelque chose, fit-il d'un ton doctoral. Te déshabiller serait un bon début.

Je me relevai et reculai d'un pas pour finir de me dévêtir sous son regard attentif. Tennis, pantalon, culotte. Il ne me quittait pas des yeux. C'était ça qu'il voulait, moi qu'il voulait ! Même si j'avais du mal à le croire, je pouvais sentir la force de son désir.

Cassie, tu peux, il va te guider, ça va bien se passer.

Il tira une chaise près de la table et s'y installa. J'étais tellement sous le charme que j'oubliai même mon anxiété.

— N'aie pas peur, Cassie, tu ne peux pas te rater sauf si tu me mords, donc, ne serre pas les dents et tu feras de moi un homme heureux. Approche.

Je fis un pas vers lui. Puis un autre. Je me retrouvai devant lui. Nue. Il entoura mes poignets de ses grandes mains et les tira, vers le bas, pour me faire m'agenouiller. Il avait une odeur chaude et épicée, ou alors c'était celle du pain et du gombo. Je bouillonnais, lui aussi. Il prit mes mains et les posa sur son torse en les faisant glisser lentement vers son ventre incroyablement lisse et musclé.

— Ouvre mon pantalon, Cassie.

Je défis la ceinture, je me sentais fondre, mais mes mains ne tremblaient plus. Son sexe était tendu d'une manière imposante.

— Nom d'un... murmurai-je en refermant mes mains autour, ma paume contre sa peau soyeuse. C'est incroyable, si dur et si doux à la fois...

— Maintenant, penche-toi et embrasse le haut, dit-il. Comme ça. Doucement d'abord. Voilà. C'est parfait.

Lentement, j'enroulai ma langue autour de son sexe, du haut vers le bas.

— Mmm. Comme ça, mais un peu plus vite.

Ma bouche et mes mains bougeaient en cadence. Je m'enhardis en le sentant trembler. Il serra doucement sa main autour de l'une des miennes, la glissa vers le bas. Je le caressai.

— Ouais, dit-il en jouant avec mes cheveux. Tu as tout compris. C'est bon, très bon.

Il gémit lorsque je pressai mes lèvres et l'aspirai dans ma bouche, le relâchai et, sans tout à fait m'écarter, titillai l'extrémité de son sexe avec la langue. Je levai les yeux vers lui en même temps qu'il se penchait, nos regards se rencontrèrent. L'expression de simple bonheur peinte sur son visage m'emplit d'une sensation de puissance. J'avais beau être à genoux, c'était lui qui était à mes pieds. Je fermai ma bouche de nouveau pour créer le vide. Sa réaction, une secousse du bassin, me rendit encore plus audacieuse. Je le pris tout entier, je sentais à la fois son impatience et la faiblesse qui s'emparait de lui...

Et c'était moi qui provoquais tout ça. J'étais celle qui détenait le contrôle, celle qui décidait. D'une minute à l'autre, j'allais faire jouir le beau Shawn, dans ma bouche.

— Ma belle, tu n'as pas besoin de mes conseils…

Plus je lui donnais du plaisir, plus mon excitation montait. Cela ne m'était jamais arrivé. Pourquoi avais-je cru si longtemps que fellation était synonyme de corvée ? Je continuai, son corps me dit qu'il était sur le point de jouir et je ralentis.

— C'est trop bon. N'arrête pas, surtout pas…

Sa voix rauque mit de l'huile sur le feu de ma passion. Je passai le bras autour de sa taille pour l'attirer et pouvoir le prendre plus profondément dans ma bouche, et encore plus. Il s'agrippait à la table comme s'il avait peur de tomber et quand je cherchai son visage, et que je vis qu'il suffirait d'un geste de ma part pour le faire jouir, je me sentis sexy comme jamais.

— Oh, Cassie, dit-il, une main dans mes cheveux. Oh, mon Dieu…

Je l'aspirai encore une fois, il se raidit, le souffle coupé, puis je sentis sur ma langue le goût de sa jouissance. Après un instant d'un silence rempli de contentement, il se retira lentement de ma bouche. J'embrassai l'arête de sa hanche, un endroit délicieux, avant d'attraper mon tee-shirt, avec lequel je m'essuyai la bouche. Une sensation inouïe de triomphe me donnait un sourire irrépressible.

— Je ne suis pas mort mais il s'en est fallu de peu, fit-il. Tu sais, tu n'avais pas besoin de conseils, vraiment pas. C'était… incroyable.

— C'est vrai ? demandai-je, mi-aguicheuse, mi-sérieuse, en me rapprochant de lui.

Ma poitrine frôlait son torse de statue.

— Vraiment, dit-il, son front contre le mien. In-croy-able.

Il semblait sincèrement secoué, sa respiration peinait à retrouver son rythme. Et moi, j'étais toujours complètement nue. Je baissai les yeux.

— T'es vraiment adorable. Et si tu veux il y a une salle de bains là, derrière le garde-manger.

Mon déguisement de mère au foyer sous le bras, je me dirigeai vers la porte qu'il venait de montrer du doigt.

— Attends.

Il vint vers moi et déposa un long baiser sur mes lèvres.

— C'était exactement ce dont j'avais besoin, dit-il.

Une fois dans la salle de bains, j'aspergeai mon visage et mon cou d'eau froide. Même cette petite pièce était décorée de façon luxueuse. La colonne du lavabo était un bras féminin dont les mains formaient la vasque. Des robinets dorés, du papier peint gaufré vert et or avec des motifs cachemire bordeaux. Je pris une longue gorgée d'eau, des gouttelettes coulèrent de mon menton à ma poitrine, je suivis leur trace mouillée du bout des doigts. Je venais de donner du plaisir à quelqu'un, j'avais été généreuse, juste comme ça. Pour le plaisir de le faire.

J'avais commencé à me rhabiller lorsque j'entendis frapper à la porte.

— C'est moi, ouvre.

Peut-être que, à la différence du masseur, Shawn voulait me dire au revoir. J'entrouvris la porte, il se glissa avec souplesse dans la salle de bains. Mon pouls s'accéléra. Il me fit me tourner, de sorte que je me retrouvai dos à lui et tous les deux face au miroir. Il enfouit sa tête au creux de mon cou, comme il l'avait fait dans la cuisine.

— C'est pour toi, dit-il.

Il avait remis son jean, mais je sentais le contour de son sexe dressé à travers le pantalon. Je remontai le bras pour enlacer son cou, son bassin pressé contre le bas de mon dos, la fraîcheur de la porcelaine contre mes cuisses. Mon sexe se liquéfia. Doucement, il mordilla mon cou en glissant une main dans mon entrejambe. Le souffle court, je me penchai vers son reflet dans le miroir. Les yeux fermés, il laissait son autre main voyager sur mon corps, mes seins, mon ventre... Dans mon sexe. Ses doigts de musicien bougèrent en moi. Il cherchait le rythme, compris-je, même en cet instant, il cherchait la musique propre à mon corps. Ses doigts jouaient avec moi, à l'intérieur de moi. Me sentir si désirée, être embrassée et caressée avec tant d'intensité, fut une renaissance. La vie si longtemps recroquevillée en moi resurgissait, comme une fleur au printemps. Je croisai son regard dans la glace et après... Je me souviens seulement d'une explosion de rythme et de couleurs, d'un plaisir liquide et brûlant, de la délivrance qui me laissa étourdie et comblée.

— Ça y est, ça y est, murmura-t-il comme s'il me berçait.

Sans vraiment m'en rendre compte, je l'avais poussé jusqu'au mur derrière nous et j'éclatai de rire sans raison.

— Merci, dis-je, encore tout essoufflée.

Je me souvins de mes vêtements et que j'étais

venue dans la salle de bains pour les enfiler. Ma tenue de mère de famille formait un petit tas noir et blanc au pied du lavabo.

— J'imagine qu'il faut que tu remettes ça.

— Oui, je crois aussi.

Il déposa un baiser délicat sur mon cou et partit en fermant la porte derrière lui. Je vis dans le miroir mon visage rayonnant de joie et de vie. Je finis de m'habiller, me rafraîchis de nouveau.

— Tu l'as fait, murmurai-je en souriant à mon reflet. Oui, jusqu'au bout. Tu viens de faire une fellation à une star du hip-hop, primée aux Grammy à plusieurs reprises. Et... il vient de te faire jouir ici, dans ces toilettes.

Je lançai mon poing en l'air avec un cri de victoire muet.

Bravo, Cassie !

Enfin rhabillée, mes cheveux dans ce désordre sexy qui suit l'orgasme, je retournai dans la cuisine. La musique s'était tue, la casserole n'était plus là. Ni le cuisinier. Mais sur le plan de travail, je trouvai un petit Tupperware rempli de gombo chaud et, dessus, le *charm* de l'étape.

Je m'assis sur un tabouret, fermai les yeux et songeai à ce qui venait de se passer.

Claudine arriva quelques minutes plus tard.

— Cassie, votre limousine vous attend. J'espère que vous avez passé un agréable séjour chez nous, dit-elle avec son accent du Sud légèrement traînant.

— C'était fabuleux, merci, répondis-je.

Je la suivis jusqu'à la porte du Manoir et me glissai dans l'habitacle confortable de la limousine.

Nous roulions sur Magazine Street, je regardais

dehors sans vraiment voir le paysage qui défilait. Pourquoi est-ce que j'avais toujours eu peur de donner ? me demandai-je, le *charm* serré dans ma main. Qu'est-ce que je craignais ? De me sentir utilisée ? Sans doute. Comme si donner risquait de me diminuer. Alors qu'au contraire, comme je venais de l'apprendre, donner du plaisir avait été un plaisir.

Je baissai la vitre et sentis la brise fraîche sur mon visage, le gombo chaud sur mes genoux. C'était sans doute le but poursuivi par S.E.C.R.E.T. : nous faire comprendre comment nous mettre au service de nos corps et comment aider les autres à faire de même. Pourquoi avais-je mis si longtemps à comprendre ? Qu'y avait-il de si difficile là-dedans ? J'ouvris les doigts et lus le mot qui brillait sur la surface dorée : *Générosité.*

— En effet, fis-je à voix haute en accrochant le quatrième *charm* à mon bracelet.

VIII

L'été enveloppait la ville comme une épaisse couverture de laine. Et comme la climatisation du Rose laissait à désirer, le seul salut possible était de se réfugier dans la chambre froide de temps en temps. Tracina, Dell et moi, nous nous couvrions les unes les autres pour éviter que Will n'apprenne comment on gaspillait l'électricité qu'il payait.

« Il suffit de se déplacer doucement, nous avait-il conseillé un jour. C'est ce qu'on faisait dans l'ancien temps. »

— Marcher au ralenti, ça ne devrait pas poser de problème à Dell, ronchonna Tracina en posant un tas d'assiettes sales à côté de moi.

J'aurais voulu blâmer la chaleur pour son humeur de chien, mais je savais bien qu'il n'y avait pas vraiment de rapport. Un morceau de hip-hop de mon nouvel artiste préféré passa alors à la radio, je montai le volume. Tracina grogna encore.

— Mais pourquoi une fille blanche écoute la musique de ce beau Black ? dit-elle en baissant le volume.

— Je suis fan.

— Fan de lui ? Toi ?

— En fait, je connais assez bien... son travail, répondis-je sans tout à fait parvenir à dissimuler un sourire.

Elle s'en alla en secouant la tête et je remontai le volume, poursuivant le nettoyage à la Javel des planches à découper, en dansant sur place. Je n'aurais jamais fait partie des hordes de fans qui se rendaient à ses concerts, mais le frisson que ce beau moment avec lui m'avait procuré ne s'effaçait pas. Le souvenir soudain de sa peau contre la mienne envahit mon esprit, je vis son visage plissé en pleine jouissance... Je frémis. Se raconter des histoires inventées de toutes pièces pour tromper la solitude ou l'ennui n'a rien à voir avec des expériences vécues et gardées en mémoire. C'est cela qui rendait le travail de S.E.C.R.E.T. si exceptionnel. Grâce aux fantasmes que le Comité avait permis, j'avais constitué une base de souvenirs sensoriels que je pourrais conserver à jamais et utiliser à l'envi ou au besoin. Je n'étais plus une simple spectatrice. J'étais au cœur de l'action.

Cependant, en dépit de ces scénarios palpitants, j'avais commencé à fantasmer sur un certain type de rapports sexuels que je n'avais pas encore essayé. Je voulais... eh bien, je voulais un homme couché sur moi, en moi. Voilà, le mot était lâché. C'était encore un exploit accompli grâce à S.E.C.R.E.T. : j'admettais enfin mes envies et mes besoins.

Ce fut plus difficile pour moi, cependant, de l'admettre à voix haute devant Matilda, que je retrouvai un peu plus tard ce même jour, au Tracey's, sur Magazine Street. Le Tracey's était devenu notre lieu de rendez-vous habituel et pas seulement parce qu'il était dans la rue du Manoir. L'ambiance bruyante de ce bar pour sportifs nous permettait de parler des choses les plus intimes sans être entendues.

Je m'étais résolue à lui demander enfin pourquoi aucun des hommes que j'avais rencontrés n'avait voulu faire l'amour avec moi. Bien sûr, mon esprit avait décidé que c'était un rejet, mais je savais que c'était une autre des tristes séquelles que ma relation avec Scott m'avait laissées. Mon mari était passé maître dans l'art de me faire sentir peu attirante. Et comme j'avais fini par comprendre que, lors de la réalisation des fantasmes, il existait une sorte de réciprocité, je commençais à craindre de ne pas être à la hauteur des attentes des hommes que j'avais rencontrés. Que j'étais, en un mot – ou plutôt en deux –, pas désirable.

— Allons donc, Cassie ! Tu es très désirable ! dit Matilda, un peu trop fort à mon goût. Ou serais-tu en train de me dire que les fantasmes ne t'ont pas donné satisfaction ?

— Non ! Absolument pas ! Au contraire, je suis comblée. Mais je ne peux pas m'empêcher de me demander pourquoi... pourquoi personne n'a voulu... Bon, tu vois.

— Cassie, il y a une raison pour laquelle ces fantasmes ne se sont pas achevés sur un rapport sexuel complet. Pour certaines femmes, les rapports sexuels se transforment systématiquement en sentiment amoureux. Elles confondent sensations et émotions, et oublient que le plaisir physique et l'amour peuvent être deux choses distinctes. Nous n'essayons pas de t'aider à tomber amoureuse. Il est évident que tu n'as pas besoin d'aide pour ça. Ce que nous voulons, c'est que tu tombes amoureuse *de toi*. Tu ne t'aimes pas assez, et c'est là-dessus qu'il faut agir en premier. Ensuite, tu seras beaucoup mieux armée pour choisir un partenaire, un qui te convienne, te mérite et te corresponde.

— Ce que tu m'expliques, c'est que je ne peux pas coucher avec mes, hum, partenaires de fantasme parce que tu crains que j'en tombe amoureuse ?

— Non, ce que je veux dire, c'est qu'il vaut mieux attendre que tu aies pris conscience des tours que ton corps peut jouer à ton esprit. Lorsqu'on fait l'amour, le corps produit des substances chimiques, les endorphines, dont l'effet ressemble à s'y méprendre à celui de l'amour. Ignorer le fonctionnement du corps provoque trop de malentendus et de souffrances inutiles.

— Je comprends.

Je regardai autour de moi. Les clients du Tracey's étaient majoritairement des hommes qui buvaient leur bière en compagnie de leurs pairs. Gros, petits, jeunes ou vieux, je m'étais souvent demandé comment nos amis les mâles faisaient pour coucher avec des femmes et les oublier l'instant d'après. Selon certaines théories, il ne fallait pas leur en vouloir, car c'était une question de chimie. Cela dit, Matilda avait raison. Je m'attachais trop facilement. J'avais épousé le premier homme avec qui j'avais couché parce que mon corps avait cru que c'était la chose à faire, la *seule* chose à faire, même si mon bon sens avait deviné que je courais à la catastrophe. Et de nouveau, j'avais failli descendre du train de S.E.C.R.E.T. à l'arrêt Jesse parce qu'il m'avait fait rire et qu'il embrassait formidablement bien.

— Cassie, s'il te plaît, ne cogite pas trop et crois-moi quand je te dis que tout ça tourne autour du sexe. L'amour, ma chère, c'est une tout autre chose.

Le bristol pour le fantasme suivant est arrivé six longues et atroces semaines plus tard, après que des orages eurent balayé la vague de chaleur, comme si les éléments reproduisaient ma frustration. Les neuf fantasmes étaient censés se produire dans une période de douze mois, et le Comité faisait son possible pour les échelonner. Ne voyant rien venir, j'avais téléphoné à Matilda pour lui communiquer mon inquiétude. Elle m'avait confirmé que six semaines étaient un délai inhabituel.

— Mais patience, Cassie. Tu sais ce qu'on dit : on ne peut pas aller plus vite que la musique.

Quelques jours plus tard, il faisait déjà nuit, un coursier sonna à mon interphone. Je descendis presque en courant pour signer l'accusé de réception, si excitée que j'aurais pu l'embrasser sur la bouche.

— J'ai vu que vous étiez là, dit-il en montrant d'un geste les fenêtres de mon étage.

Il était jeune, peut-être vingt-cinq ans, et il possédait le genre de corps que seuls les cyclistes les plus rapides pouvaient développer dans une ville aussi plate. Il était mignon comme tout, et je songeai un instant à l'inviter à monter.

— Merci, dis-je en lui arrachant l'enveloppe des mains.

Le vent fouettait mes cheveux autour de mon visage et jouait à remonter la robe sur mes cuisses.

— Et il y a cela aussi, dit-il en me tendant une enveloppe à bulles de la taille d'un petit coussin. L'orage arrive, habillez-vous en conséquence !

Et après un regard éhonté à mes jambes, il tourna les talons et s'en alla avec un geste d'adieu.

Je n'attendis pas d'être remontée jusqu'à chez moi pour ouvrir l'enveloppe. Je lus : *Cinquième étape : Audace*. Je frémis. Une limousine viendrait me chercher le lendemain à la première heure et je devais *porter la tenue appropriée, ci-jointe.*

En entendant le vent taper contre les volets, je me réjouis d'être arrivée à La Nouvelle-Orléans une année après que l'ouragan Katrina et ses sœurs, Wilma et Rita, l'eurent ravagée. Depuis, sauf pour Isaac et quelques autres tempêtes tropicales qui avaient brisé des arbres et cassé des vitres, la ville n'avait pas eu à subir de catastrophe comparable, ce pour quoi la native du Michigan comme moi était on ne peut plus reconnaissante. Je ne craignais ni le froid ni la pluie, mais ces ouragans apocalyptiques étaient une tout autre catégorie d'intempéries.

J'ouvris l'enveloppe à bulles et vidai son contenu sur le lit : un pantalon corsaire blanc près du corps, une tunique bleu pâle en soie au décolleté généreux, un foulard blanc, des lunettes de soleil noires style Jackie O et des espadrilles compensées. Tout m'allait comme un gant, évidemment.

Le lendemain matin, je fis attendre la limousine le temps de choisir la meilleure façon de porter le foulard avant de me décider à couvrir mes cheveux et à l'attacher autour de mon cou avec un nœud coquet. Un coup d'œil dans le miroir me montra une silhouette franchement chic, et même Dixie sembla impressionnée. Et je n'oublierai jamais le regard sur le visage d'Anna, native pure souche du Bayou, lorsque j'attrapai un parapluie pliant sur le portemanteau de l'entrée.

— Si l'orage vous surprend, ça vous sera aussi utile qu'une de ces ombrelles qu'on met dans les cocktails, commenta-t-elle.

Je me demandai s'il ne serait pas mieux que je m'invente un petit ami riche pour éviter que la curiosité de ma voisine au sujet de la limousine ne se mue en quelque chose de moins sympathique. Mais je n'avais pas le temps aujourd'hui.

— Bonjour, Cassie, me salua le chauffeur en m'ouvrant la portière.

— Bonjour, dis-je en essayant de ne pas donner l'impression que j'avais pris l'habitude d'être cueillie à ma porte par une limousine noire aux vitres fumées.

— Vous n'en aurez pas besoin là où je vous emmène, dit-il en montrant du menton mon petit parapluie. Nous allons nous éloigner de ce mauvais temps.

C'était une perspective terriblement excitante. Il n'y avait pas trop de circulation ce matin-là, et les rares voitures que nous croisâmes roulaient dans l'autre sens. En arrivant vers Pontchartrain Beach, nous tournâmes à droite et dépassâmes South Shore Harbor pour longer le rivage. Je percevais de temps à autre l'eau, agitée et houleuse, mais pas une seule goutte n'était encore tombée. Sur Paris Road, le chauffeur prit à gauche et suivit la route cahoteuse au bord de la lagune. Plus qu'une route, c'était un chemin en graviers, et lorsque la pente s'accentua, je m'accrochai à la banquette en cuir en tentant de ne pas céder à l'anxiété qui m'envahissait. Finalement, nous arrivâmes à une clairière, au milieu de laquelle se trouvait un hélicoptère bleu dont l'hélice tournoyait au ralenti avec un vrombissement menaçant.

— Euh, c'est vraiment un hélicoptère ?

La question ne pouvait pas être plus stupide, mais celle que j'aurais voulu formuler – « Vous allez m'obliger à monter dans ce monstre ? » – était coincée au fond de ma gorge.

— Vous allez effectuer un voyage très spécial.

Moi ? Ah ! Il ne me connaissait pas, c'était évident. L'idée d'embarquer à bord d'un hélicoptère m'était inconcevable en dépit des monts et merveilles promis à l'atterrissage.

La limousine s'arrêta à cinq mètres de la piste. Je paniquais. Le chauffeur sortit et m'ouvrit la portière, mais j'étais clouée au siège, le mot « non » transpirait par tous les pores de mon corps.

— Cassie, il n'y a rien à craindre ! cria-t-il par-dessus le vent qui soufflait, le bruit, encore plus fort, du moteur et celui, encore plus fort, du rotor. S'il vous plaît, vous devez suivre ce jeune homme ! Il prendra bien soin de vous ! Je vous le promets !

C'est alors que je remarquai le pilote qui venait vers nous en courant. Lorsqu'il fut plus près, il mit un peu d'ordre dans ses cheveux blondis par le soleil et vissa la casquette qu'il portait à la main sur son front, d'une façon qui me donna à croire qu'il la mettait rarement. Il me salua très gentiment, un peu timide.

— Cassie, je suis le capitaine Archer. Je suis chargé de vous emmener à destination. S'il vous plaît, venez avec moi. Soyez sans crainte, ça va bien se passer.

Je n'avais pas vraiment le choix. Enfin, si. J'aurais pu me cramponner au siège et exiger que le chauffeur me ramène chez moi. Finalement, je me forçai à sortir de la limousine avant que mon appréhension ne prenne le pas sur ce que me réservait ma cinquième étape – une folie à coup sûr ! Le capitaine Archer saisit mon poignet de sa grande main et nous courûmes, tête baissée, jusqu'à l'appareil.

Dans l'hélicoptère, la même main bronzée frôla ma taille en cherchant la ceinture de sécurité, effleura mes cuisses en la fixant. Les quelques cheveux qui s'étaient échappés du foulard me chatouillaient les joues, et je me félicitai de l'avoir noué autour de ma tête.

Jusqu'ici tout va bien, me répétais-je, une fois puis une autre. Il n'y a rien à craindre, Cassie. Le capitaine plaça délicatement de gros écouteurs sur mes oreilles, son haleine sentait le chewing-gum mentholé. Il me regarda. Ses yeux étaient gris et orageux, comme la mer.

— Vous m'entendez ?

Sa voix me parvenait à présent à travers les écouteurs. En dépit de la brièveté de la phrase, je crus déceler les voyelles élastiques de l'accent australien.

J'acquiesçai.

— Je veille sur vous, Cassie, ne vous inquiétez pas. Vous êtes en sécurité. Détendez-vous et profitez de la balade.

Cela devenait agaçant que tous les membres de S.E.C.R.E.T. connaissent mon prénom ! C'est ma vie, pensai-je. Une limousine vient me chercher. Normal. Pour me conduire à l'hélicoptère qui m'attend. Le train-train. Et je m'envole avec un pilote incroyablement beau vers une destination inconnue. Bref, la routine.

Après le décollage, une fois au-dessus des nuages, le ciel se montra aussi bleu que sous les tropiques, du moins tel qu'on l'imagine. Le capitaine Archer surprit mon regard rivé à la masse grise et menaçante que nous laissions à nos pieds pour mettre cap vers l'est.

— Un méchant orage se prépare, dit-il. Mais là où nous allons, il ne nous atteindra pas.

— Et où allons-nous ?

— Vous le verrez bientôt, répondit-il en me fixant avec un sourire qui éclairait ses yeux.

Je regardai devant moi. La peur qui nouait mon ventre commençait à se calmer. Cinq mois plus tôt, il aurait été impensable pour moi de monter à bord d'un hélicoptère alors qu'un orage était sur le point d'éclater, puis de voler vers Dieu sait où pour faire allez savoir quoi avec je ne savais qui. Pourtant, à cet instant précis, au-delà de mes craintes habituelles, je pus reconnaître une émotion que ressemblait à s'y méprendre à de l'excitation pure et simple.

L'hélicoptère avait pris sa vitesse de croisière. J'observais tour à tour la mer en bas, un golfe d'un merveilleux bleu vif, et les mains habiles du pilote qui tournaient les mille et un boutons du tableau de bord avec assurance. Il avait des avant-bras hâlés, couverts d'un duvet blond pâle. Était-il mon homme du jour ? Faisait-il partie de mon fantasme ? Si c'était le cas, chic alors !

— Où allons-nous ? répétai-je en défaisant mon foulard pour laisser retomber mes cheveux sur mes épaules.

Je flirtais, et, pour la première fois de ma vie, cela semblait naturel.

— Vous allez voir. On arrive bientôt, répondit-il avec un clin d'œil.

Je soutins son regard et, cette fois-ci, j'attendis que ce soit lui qui détourne les yeux. Je n'avais jamais fait ça avant et c'était terriblement exaltant de voir que j'étais capable d'oser le draguer.

Quelques minutes plus tard, l'hélicoptère entama sa descente. De mon siège à l'arrière, je ne voyais pas où nous nous dirigions, ce qui me donna l'impression qu'on fonçait sur la mer. Je retins mon souffle et fermai les yeux. Lorsque les patins touchèrent quelque chose de solide, je m'aperçus que nous venions de nous poser sur un bateau. Un très gros bateau. Un yacht, en fait.

Le pilote sauta sur le pont, fit glisser ma porte et me tendit la main. Je descendis et regardai autour de moi, une main en visière pour me protéger du soleil aveuglant qui brillait au-dessus de nous. Que le temps pouvait changer vite !

— C'est incroyable.

— Absolument incroyable, renchérit mon pilote.

Son intonation laissa entendre que ce n'était pas au bateau qu'il faisait allusion.

— Ma mission était de vous transporter saine et sauve, et maintenant, je dois repartir.

— C'est dommage, dis-je, sincère.

Nous étions sur le pont supérieur d'un yacht, je ne m'étais pas trompée. C'était le plus beau bateau que j'avais vu de ma vie. Le pont en bois brillait sous le soleil, comme la coque et les cloisons, d'un blanc étincelant.

— Vous ne pouvez pas rester pour un verre ? Un seul ?

Que m'arrivait-il ? Les fantasmes étaient censés se dérouler selon un plan préétabli, et voilà que je commençais à mettre mon grain de sel dans le scénario.

— Je suppose qu'un verre ne peut pas faire du mal, dit-il. Vous me rejoignez à la piscine ?

Piscine ? Je me penchai au-dessus du bastingage et découvris un bassin ovale sur le pont inférieur. Des chaises longues étaient disposées tout autour, avec des serviettes aux rayures rouges et blanches posées sur les dossiers. C'était pour moi, tout cela ? Quoi qu'il puisse m'arriver ici, je m'en fichais, tant que je pouvais nager dans cette piscine à bord de ce yacht, songeai-je. Je ne voyais aucun des membres de l'équipage qui devait forcément peupler un navire pareil. Et même si les eaux devenaient de plus en plus agitées, c'était un bâtiment énorme dont la stabilité ne semblait pas souffrir, même avec l'hélicoptère perché sur le pont supérieur. Tout à coup, je me suis rendu compte qu'on ne m'avait pas fourni de maillot de bain. Je me retournai pour voir si Archer pouvait m'aider, mais il descendait déjà vers la piscine en laissant derrière lui une traînée de vêtements.

Il disparut à l'angle du pont, je le suivis. Le bateau semblait désert, les fenêtres teintées du poste du commandant ne laissaient pas la possibilité de savoir si quelqu'un nous observait.

Quand je suis arrivée au bord de la piscine, Archer avait déjà plongé, et d'après les nombreux vêtements que j'avais enjambés, il devait être nu.

— Viens ! m'appela-t-il. Elle est très bonne.

— Tu ne vas pas avoir des soucis ? demandai-je, intimidée.

— Non, à moins que tu ne te plaignes de ma présence ici.

— Oh, non, je ne ferais pas ça ! Mais... est-ce que ça te dérangerait de te tourner ?

— Absolument pas.

Il était très bronzé, et je distinguais sous l'eau la peau très blanche de ses fesses. J'hésitai quelques secondes puis secouai les derniers vestiges de ma peur. C'était moi, apparemment, qui tenais les rênes de ce fantasme et il n'y avait personne pour m'arrêter. Je me déshabillai entièrement et je disposai mes vêtements soigneusement sur une des chaises longues. J'entrai dans l'eau, qui me parut presque chaude en contraste avec la brise fraîche qui soufflait, sans doute à cause de l'orage pas si éloigné que cela. Des nuages barraient l'horizon, il y avait quelque chose d'électrique dans l'air.

— C'est bon, tu peux te retourner maintenant, dis-je, les bras croisés sur mes seins déjà recouverts par l'eau.

D'où me venait cette timidité ? Je m'aperçus aussi que mon pilote ne m'avait pas demandé si je voulais franchir l'étape, question rituelle à laquelle je m'étais habituée de façon presque pavlovienne et qui me permettait de glisser dans un état d'esprit en accord avec le fantasme du moment. Cette fois-ci, c'était moi qui avais fait le premier pas avec un inconnu, qui, si j'avais bien compris, n'était pas celui qu'on avait prévu pour moi, bien qu'il soit parfait pour le rôle. Je n'ai jamais eu un penchant particulier pour les blonds, mais celui-là était terriblement viril. Ses bras bronzés m'attirèrent vers lui.

— Tu as une peau incroyable, dit-il en faisant courir ses mains sur mon dos avant de me soulever pour m'installer sur ses genoux.

Je sentis son érection contre ma cuisse. En même temps que sa bouche hardie se fermait autour de mon sein, il enveloppait mes fesses nues d'une main. Nos ébats agitaient l'eau qui nous éclaboussait, en tout cas c'est ce que j'ai cru jusqu'à ce que je rouvre les yeux. La lumière avait changé, des nuages noirs avaient fait leur apparition, le ciel ne nous souriait plus. Le capitaine Archer s'en aperçut aussi et cessa de mordiller mon épaule.

— Ces nuages... ça ne promet rien de bon... fit-il en se redressant d'un bond. Je dois faire décoller l'hélicoptère du bateau, ou il plongera dans le golfe. Va sur le pont, ma belle, et ne bouge pas jusqu'à ce que quelqu'un vienne te chercher, d'accord ? Je suis navré, mais ce gros temps n'était pas au programme. J'appelle les gardes-côtes par radio.

Une seconde plus tard, il était sorti de la piscine. Je le suivis sans hésiter, il n'y avait pas de temps pour la pudeur. Il me tendit une serviette qui me couvrit de la tête aux pieds et me passa mes vêtements. Le vent soufflait en rafales de plus en plus violentes qui nous déportaient de côté. Il me poussa à l'intérieur d'un bar désert et décrocha un gilet de sauvetage sur une cloison près de la porte.

— Va en bas, habille-toi et enfile ce gilet.

L'idée de rester seule alors que les forces de la Nature se déchaînaient sur nous me terrorisait.

— Je ne peux pas venir avec toi ? dis-je en trottinant derrière lui jusqu'à l'hélicoptère, les pieds mouillés et les cheveux dégoulinants.

— Trop dangereux, belle Cassie. Tu es plus en sécurité sur le bateau, il est plus rapide, tu seras loin de l'orage en un clin d'œil. Retourne à l'abri maintenant et ne bouge pas jusqu'à ce que quelqu'un vienne te chercher. Ne panique pas, tout va bien se passer, conclut-il en m'embrassant sur le front.

— Mais est-ce que quelqu'un sait que je suis ici ?
— Ne t'inquiète pas, ça va aller.

Blottie dans la serviette, je regardai les hélices commencer à tourner lentement. Au moment du décollage, alors que l'hélicoptère était à quelques mètres seulement du pont, une rafale plus forte que les autres le déstabilisa un court moment. Je me réfugiai dans le bar et observai Archer bravant les éléments, horrifiée et pantelante mais soulagée, surtout, de ne pas être à côté de lui en train de vider mon estomac sur ses chaussures.

Je sentis soudain une vibration puissante sous mes pieds, entendis ensuite le vrombissement des moteurs du yacht qui s'étaient mis en route. Je claquais des dents, à cause du froid ou de la peur, impossible à dire. Puis, silence de nouveau. Où était passé l'équipage ? me demandais-je en me rhabillant à la hâte. Il fallait du monde, pour piloter cet engin, non ? Où étaient les skippers, le capitaine ? Je traversai le bar et pris l'escalier menant au pont de commandement.

Au moment où j'ouvrais la porte de la dunette, la pluie tombait déjà à verse sur le pont, si fort qu'on aurait dit qu'il pleuvait des pierres. Le ciel noircissait à vue d'œil.

— Pas bon, murmurai-je en refermant.

L'eau aveuglait les hublots et il faisait sombre à l'intérieur, mais j'avais besoin de trouver quelqu'un pour qu'on sache que j'étais là et pour qu'on m'explique quoi faire, si tant est qu'on avait prévu quelque chose. Je rouvris la fichue porte et fonçai sous la pluie, la tête rentrée dans les épaules. J'étais sur le point de traverser la coursive lorsque j'entendis une voix. Sur le coup, je crus qu'elle venait d'un haut-parleur sur le yacht, mais je ne tardai pas à comprendre qu'on s'adressait à moi depuis une vedette de la garde côtière qui s'approchait du navire. C'était un homme grand, en tee-shirt blanc et jean, un mégaphone à la main.

— Cassie ! Mon nom est Jake ! Vous devez débarquer tout de suite ! Il faut que vous quittiez ce bateau avant que la tempête ne s'aggrave. Approchez-vous de moi, je vous aiderai à sauter. On m'a envoyé vous secourir.

Me secourir ? Moi ? Sans les conditions atmosphériques infernales qui éveillaient en moi une peur bien réelle, j'aurais imaginé qu'il s'agissait, tout simplement, du fantasme qui correspondait à mon envie d'« être sauvée ». Mais l'expression tendue de Jake ne laissait pas place au doute sur la gravité de la situation. J'étais en danger. Je m'agrippai à la rambarde. Était-ce bien raisonnable de quitter ce yacht énorme et solide pour ce bateau minuscule ? Devais-je écouter cet inconnu ?

— Cassie ! Approchez-vous et prenez ma main !

J'avançai vers le parapet, l'écume tourbillonnait sur la crête des lames qui déferlaient sans discontinuer sur le pont, fouettant mes jambes, atteignant la piscine où elles rejoignaient l'eau bleue. J'étais affolée. Une vague me renversa, je tombai en me cognant la hanche. Je suis restée par terre, jambes écartées, tétanisée comme toujours quand je suis paniquée. Je n'entendais plus la voix de Jake, seulement le grondement coléreux de l'océan déchaîné. Je m'accrochai à la barre inférieure du bastingage, j'avais peur de me relever, certaine que si je lâchais mon seul point d'ancrage, je serais emportée par les eaux. Soudain, je sentis un bras gros comme un tronc d'arbre m'entourer la taille et me soulever.

— Nous devons sortir de ce bateau, maintenant ! hurla Jake.

— Oui !

Je ne peux pas dire que ce fut un moment glorieux. Je tremblais comme un chaton apeuré sous la pluie battante. J'ai essayé de m'accrocher où je pouvais, à Jake, mais son tee-shirt trempé m'a glissé entre les mains. Le bateau a tangué et je suis passée par-dessus bord. L'eau glacée m'a engloutie, j'avais beau battre des mains et des jambes, je n'arrivais pas à remonter à la surface. J'ai crié sous l'eau, le corps ballotté par la houle jusqu'à ce qu'enfin ma tête émerge et que j'entende mon propre cri percer mes oreilles. J'avais à peine eu le temps de remplir mes poumons d'air lorsque j'ai compris que, si le yacht et la vedette des gardes-côtes continuaient à se rapprocher, ils allaient m'écraser. Je crus ma dernière heure arrivée. J'étais affolée, essoufflée, ne sachant que faire. Tout à coup, je vis Jake qui fendait les flots pour venir à mon secours.

— Cassie ! Calme-toi ! cria-t-il en nageant vers

moi. Il ne va rien t'arriver, mais il faut que tu te calmes.

J'ai essayé de l'écouter et de me rappeler qu'en fait je savais nager. Mon hystérie maîtrisée, j'ai pu atteindre avec lui la vedette d'où pendait une échelle. Après s'être assuré que j'avais accroché mes deux mains au barreau inférieur, Jake a grimpé devant moi pour ensuite se pencher, me prendre sous les bras et me hisser à bord comme si j'étais une poupée en chiffon. Je me suis laissée tomber sur le pont, à bout de souffle. Il a secoué la tête pour faire sortir l'eau de ses oreilles, puis a pris mon visage entre ses mains.

— Bien joué, Cassie.

— Comment ça, « bien joué » ? J'ai failli nous tuer tous les deux ! J'ai paniqué !

— Oui, mais ensuite tu t'es calmée et tu m'as aidé à arriver jusqu'ici. Nous sommes sains et saufs, tout va bien.

Il repoussa avec douceur les mèches dégoulinantes de mon visage.

— On va se mettre à l'abri.

Lorsqu'il se releva, je pus enfin avoir un aperçu précis de mon sauveur. Il était grand, frôlant sans doute le mètre quatre-vingt-quinze, avec une tignasse de cheveux noirs ondulés. Il avait le profil d'une statue grecque, des yeux noirs et… il connaissait mon prénom !

— Êtes-vous l'un des hommes de…

— Oui, fit-il en posant sur mes épaules une couverture en laine épaisse. Et maintenant que nous sommes au sec et que tu vas bien, je crois qu'on peut reprendre le plan initial. Qu'en dis-tu ? Tu veux franchir cette étape ?

— Je… je suppose que oui.

— Avant tout, il faut encore nous sortir d'ici. Et… je suis plongeur et sauveteur certifié, au cas où tu te poserais la question.

Il posa les mains sur mes épaules encore frissonnantes et me conduisit dans une cabine aussi petite qu'accueillante. Je ne regrettais pas le grand yacht, sauf pour sa stabilité, car les vagues frappaient sans pitié la vedette. Irrésistiblement attirée par le calorifère allumé dans un coin, je me postai devant.

J'ai regardé autour de moi en essayant de garder mon équilibre dans le roulis permanent. Même si la pièce était dans la pénombre, éclairée seulement par des appliques à gaz, je pouvais voir les lambris en chêne et les oreillers éparpillés sur un lit très haut. Il y avait aussi une kitchenette pittoresque avec une cuisinière à l'ancienne et un évier en céramique. Je devais me trouver dans la cabine du capitaine.

— Je suis désolée d'avoir paniqué, répétai-je. Je pensais que nous nous *éloignions* de la tempête alors que la seconde d'après j'ai eu l'impression d'être dans l'œil du cyclone.

Tout à coup, j'éclatai en sanglots en prenant la mesure des événements de la dernière demi-heure.

— Chut, ma belle… c'est bon, dit Jake en franchissant la cabine en deux enjambées pour me prendre dans ses bras. Tu es en sécurité maintenant, mais je vais devoir y aller, il faut qu'on arrive à mettre de la distance entre nous et cet ouragan !

— Un ouragan ? !

— Eh oui, on a cru d'abord qu'il ne s'agissait

que d'une tempête tropicale, mais nous nous sommes trompés. Attends-moi ici et débarrasse-toi de tes vêtements mouillés. Nous serons en sécurité dans pas longtemps, promis.

Sa beauté était tellement hypnotisante qu'en dépit de la gravité de la situation qu'il venait de m'annoncer je ne pouvais détacher mon regard de son torse dessiné par le tee-shirt mouillé. Il aurait pu poser pour la couverture d'un roman sentimental. Et, bien que je n'aie pas eu la moindre envie de me retrouver seule de nouveau, sa voix, apaisante et pleine d'autorité, parvint à me rassurer.

— Mets-toi bien au chaud sous les couvertures, je serai de retour très vite.

Il tourna les talons, puis, se ravisant, revint vers moi. Lorsqu'il se pencha pour m'embrasser, je faillis éclater de rire en pensant au duo improbable que nous formions, moi, une petite femme nue sous une couverture rêche, et lui, le marin géant aux boucles de jais ruisselantes. Il posa ses lèvres sur ma bouche que je lui offris sans me faire prier, sa langue rencontra la mienne un bref instant. Sa main enveloppait mon crâne avec douceur comme s'il n'était pas plus gros qu'un œuf. Quand il s'écarta, je pus sentir sa réticence à me quitter.

— Je ne serai pas long.
— Reviens vite, soufflai-je.

« Reviens vite » ? Je me prenais pour qui ? Scarlett O'Hara faisant ses adieux à un soldat de la Confédération ? Nous courions un véritable danger et je me pâmais comme une collégienne !

Je laissai tomber la couverture pour inspecter les lieux. Dans un placard, je découvris quelques chemises, toutes bleues, qui faisaient sans doute partie d'un uniforme de travail. J'enlevai mes vêtements, les étendis soigneusement sur une chaise en face du chauffage, et me glissai dans la chemise en flanelle que j'avais choisie. Étant donné la taille de son propriétaire, elle m'arrivait aux genoux.

Je grimpai dans le lit, essayant de me laisser bercer par le roulis. J'avais l'impression que la mer commençait à se calmer. Je songeai au capitaine Archer en espérant de tout mon cœur qu'il avait pu retourner sain et sauf à sa base. Je demanderais à Jake de s'en assurer pour moi. Il devait forcément avoir un numéro, une personne ou un lieu que l'on pouvait appeler lorsqu'il fallait joindre un membre de S.E.C.R.E.T.

Le bruit du moteur qui s'arrêtait me tira de l'assoupissement dans lequel je m'étais laissée aller. Je n'avais aucune idée du temps que j'avais dormi, mais la mer s'était calmée de façon perceptible. J'entendis des pas au-dessus de la cabine. J'espérai que c'était Jake qui descendait me rejoindre. Attendre, ce n'est pas mon truc, pas plus que le calme dans la tourmente ! Mais après tout, c'était mon fantasme de sauvetage. Et même si je venais de découvrir que finalement je n'aimais absolument pas tout ce qui précédait le sauvetage, j'étais prête à prendre activement part à la suite.

— Salut, toi, dit Jake avec un large sourire en me découvrant dans son lit.

— Salut.

— Tout va bien là-haut. Nous sommes en sécurité et à l'abri de la tempête. Ça te dérange si j'enlève mes vêtements ? Ils sont trempés.

— Ça ne me dérange pas du tout, répondis-je en me laissant retomber sur les oreillers.

S'il était mon sauveur, je devais jouer le jeu.

— Tu es bien sûr que nous sommes en sécurité ?

— Tu n'as jamais été en danger, fit-il en se débattant avec son jean qui lui collait aux jambes.

Sa réponse fit exploser ma bulle de fantaisie et me laissa, perplexe, au beau milieu d'une réalité déroutante.

— Tu plaisantes ? Je suis tombée d'un bateau dans le golfe pendant un ouragan !

Jake était si grand qu'il était obligé de courber le dos à certains endroits pour ne pas se cogner contre le plafond.

— Oui, c'est vrai. Mais, Cassie, je suis formé pour sauver des vies. Et la tienne n'a jamais été véritablement en danger. Crois-moi.

Son corps musclé était si lisse de la tête aux pieds qu'on aurait dit qu'il était taillé dans le marbre.

— Mais... mais qu'est-ce que tu aurais fait s'il m'était arrivé quelque chose ?

— C'était une simple tempête qui s'est transformée en ouragan très rapidement. Personne ne l'avait vu venir, même pas le bureau central de la météo.

Je dois avouer qu'il y a quelque chose de très excitant à l'idée d'avoir survécu à une catastrophe. On se sent vivant d'une façon plus viscérale, tout à coup, on perçoit le pouls dans ses veines, l'air autour de sa peau, chaque mouvement est un cadeau. On se voit plus fragile et humain que jamais, et en même temps presque immortel.

Jake s'approcha du lit, hésitant. Il avait les cils les plus longs que j'aie jamais vus chez un homme, et je pouvais sentir sur lui l'odeur iodée de la mer qui ne parvenait pourtant pas à masquer une autre odeur, plus animale et veloutée.

— Est-ce que tu veux toujours franchir l'étape ? me demanda-t-il en me fixant de ses grands yeux sombres.

Il repoussa ses cheveux en arrière d'une façon qui me rappela Will.

— Je... je crois, dis-je, le menton au-dessus des couvertures comme une enfant effrontée. Mais je ne sais pas si je peux me détendre alors que je suis terrifiée...

— Je crois que je peux t'aider, dit-il en prenant le bord de la couverture.

Il la repoussa et la plia au niveau de ma taille. Il me regarda longuement, puis, en se penchant sur moi, me recouvrit de sa poitrine et posa ses lèvres salées sur les miennes. Il était si grand que je me sentais tout à la fois fragile et protégée, en sécurité. Il a murmuré des mots doux et rassurants, et répété que tout irait bien en même temps qu'il faisait glisser la couverture par terre et qu'il m'étendait sur le lit. Je sentais autour de mon visage ses cheveux encore humides et sa peau, d'une douceur délicieuse, qui épousait chaque parcelle de la mienne. J'aspirai son odeur : c'était l'océan que j'avais dans mes bras.

— Je vais bien prendre soin de toi, tu le sais ? Dis-moi que tu le sais.

Je hochai la tête, trop médusée pour parler. Un homme comme celui-là, je n'en avais jamais rencontré, ni même croisé. Il me faisait sentir petite et délicate d'une façon totalement nouvelle. Dans ma quête d'indépendance à tout prix, j'avais oublié qu'il était possible qu'un homme me protège et me rassure, qu'il devienne mon point d'ancrage... Je ne mens pas quand je dis que je me suis mise à trembler comme une feuille lorsqu'il a encerclé délicatement ma cheville de sa grande main, qu'il a porté mon pied vers sa bouche et qu'il a dessiné du bout de la langue la voûte, puis les orteils, qu'il a embrassés avant de les sucer.

J'étais dans une sorte d'état second, mais je ne pus m'empêcher de pouffer nerveusement. En appui sur les coudes, je le regardai glisser les doigts le long de mes mollets, de mes cuisses. Il marqua une pause pour me dévorer des yeux, et ensuite, à genoux sur le matelas, il plaça mes jambes de part et d'autre des siennes et remonta ses mains sur mes cuisses qui tremblaient, mais qui tremblaient ! avec des caresses langoureuses. C'était exquis. Avec ses pouces, il effleura mon sexe sans tout à fait le toucher avant de s'occuper de mes seins, avec une douceur inattendue chez un géant pareil. Je me suis cambrée, poussée par mon désir impatient qu'il comprenne que je le voulais, tout de suite, sur-le-champ. Je savais qu'il avait compris, et pourtant, il continua à me titiller, à présent aussi avec sa langue. Le vilain, l'allumeur. J'avais envie de m'emporter et de le gronder, de lui demander d'arrêter de me torturer. Mais j'étais sans voix. Jamais je n'avais été avec un homme si attirant, si magnifique. C'était une sculpture vivante.

— Tu me veux en toi, Cassie ? demanda-t-il à brûle-pourpoint, la tête sur un coude, sa main libre sur mon sein.

Est-ce que je le voulais ?

— Euh... oui.

— Dis-le. Dis que tu me veux.

— Je... je te veux en moi, dis-je, étranglée par l'envie.

Ses yeux de velours dans les miens, il glissa la main jusqu'à mon pubis puis plus bas et mit un doigt dans mon sexe trempé.

— C'est vrai que tu me veux, dit-il avec un sourire qui finit de m'achever.

Je faillis faire une blague à propos de jeter les formes par-dessus bord mais je la gardai pour moi.

Son visage approcha du mien, je flambai dans son baiser plein de feu, je devins ce baiser, je le lui rendis. C'était différent du baiser de Jesse ou de tout autre baiser que j'aie reçu. Je l'embrassai comme si ma vie en dépendait. Il glissa la main sous un oreiller et en sortit un préservatif, brisant notre étreinte juste le temps de déchirer le petit emballage avec les dents et de couvrir son sexe. Allongé sur moi, il se guida à l'intérieur de mon corps.

— Tu n'auras plus jamais peur, Cassie, murmura-t-il.

Je soulevai mes hanches et, paupières closes, savourai l'instant. Combien de temps s'était-il écoulé depuis qu'un homme était venu en moi ? Des années, oui, plus d'un lustre. Mais peu importait. J'éprouvais un désir si intense, si différent de ce que j'avais connu jusqu'alors, que j'avais l'impression que c'était ma première fois.

Il me pénétra avec une lenteur délibérée, laissant à mon corps le temps d'absorber la sensation, de recevoir ce qu'il me donnait. Ensuite, il commença à bouger, d'abord doucement puis de plus en plus vite avec des coups de reins cadencés, sans à-coups. Un gémissement m'échappa et je serrai mes cuisses autour de son bassin tandis qu'il m'entourait de son bras pour me serrer fort, fort, et venir encore plus loin en moi... Je n'avais jamais été aussi mouillée de ma vie.

— Cassie, c'est fantastique, dit-il en roulant sur le dos pour que je me mette sur lui.

Il posa ses mains sur ma taille et m'aida à le chevaucher jusqu'à ce que nos corps retrouvent leur rythme. Comme s'il me connaissait mieux que moi-même, il se mit à caresser mon clitoris. Je crus que j'allais défaillir.

— Je pourrais passer ma vie à te faire l'amour, murmura-t-il.

Oh, si seulement... Le plaisir était si intense qu'il en devenait insoutenable. Je renversai la tête, les mains à plat sur son torse. Le contact était si profond, si total, que je ne savais plus où mon corps finissait et où commençait le sien. Son sexe de plus en plus dur toucha alors un point si intime et si secret que j'en ignorais l'existence, et le plaisir jaillit du fond de mon ventre et prit le dessus.

— Oh, chéri, tu vas me faire jouir...

Les mots étaient sortis de ma bouche sans que ma volonté y soit pour quelque chose. Il me pénétra de plus belle et je ne pus plus résister. C'était une vague qui montait et montait à la fois en moi et autour de moi. Le va-et-vient affolé de mes hanches s'accéléra, Jake poussa un râle, je sentis son sexe se tendre encore en moi. J'avais oublié que j'étais tombée dans l'océan, le danger, le froid et même où j'étais. Seul m'importait ce qui se passait dans mon corps, dans ce lit haut, dans cette cabine douillette, avec cet homme sorti d'une légende grecque et qui m'avait sauvée des eaux.

Enfin, je m'écroulai sur sa poitrine avec un cri qui ne me ressemblait pas. Il m'enveloppa encore une fois de ses bras protecteurs avant de se retirer, aussi doucement que la marée baisse. Il me caressa le dos et les cheveux, langoureux, ébahi, en répétant à deux reprises le même mot : « Fantastique. »

J'étais on ne peut plus d'accord avec lui.

La nuit qui suivit, alors que j'étais dans mon lit avec mon petit carnet et Dixie blottie contre moi, je ressentais encore les effets de mon séjour sur le bateau : « l'hôtel des vieilles filles » semblait tanguer mollement dans un roulis bénin.

J'essayai de mettre en mots la transformation incroyable que cette aventure en mer m'avait apportée. Était-ce le moment vécu sur le yacht et le fait d'être tombée par-dessus bord ? Je songeai en lâchant un soupir à l'étreinte incroyable dans la cabine avec cet homme qui connaissait mon corps mieux que moi-même, au moment que nous avions partagé ensuite, un chocolat chaud sur le pont, alors que le soleil se couchait dans un ciel comme lavé après la tempête. Il avait déposé dans ma paume le *charm*, j'avais souri en lisant le mot *Audace* gravé dessus.

Audace... J'écrivis dans mon journal que l'ensemble de l'expérience était supérieur à la somme de ses instants. Quelque chose que Matilda m'avait dit me vint alors à l'esprit : « La peur ne peut partir si nous ne la lâchons pas, c'est nous qui la créons et c'est à nous de la faire disparaître. »

Et c'était exactement ce que j'avais fait. J'avais repéré ma peur et, finalement, j'avais pu m'en débarrasser.

IX

Quelques semaines après ma version perso du *Titanic*, je m'aperçus que j'étais, en effet, devenue plus audacieuse au quotidien. J'ai par exemple arrêté de tolérer que Tracina abuse de ma gentillesse. Si elle arrivait en retard, je partais à l'heure au lieu de l'attendre pour rendre service. J'avais décidé que c'était à Will de la remplacer et de la réprimander s'il l'estimait nécessaire. J'ai aussi commencé à me coiffer avec une queue-de-cheval basse qui mettait en valeur les mèches blondes que j'avais enfin osé demander à ma coiffeuse. J'ai même, à l'encontre de mon âme de fourmi, entamé la somme que l'assurance m'avait versée à la mort de Scott pour m'acheter de nouveaux vêtements, un luxe inouï que je ne m'étais jamais accordé. J'ai fait l'acquisition de quelques pantalons noirs près du corps et de plusieurs tee-shirts à col en V de couleur vive, et, comble de la folie, j'ai même fait une razzia aux Dessous de la Diva, un magasin de lingerie dans le Quartier français que Tracina fréquentait, où je me suis fait plaisir avec quelques ensembles acidulés et une nuisette terriblement sexy. Rien de vraiment osé, mais certainement plus audacieux que mes habituels dessous en coton. Je n'étais pas devenue dépensière, je voulais juste que mon look reflète la femme gaie et légère que j'étais en train de devenir. Aussi, je repris le jogging de façon régulière, j'effectuais une boucle de cinq kilomètres en m'amusant à varier les trajets et j'ai visité des quartiers de la ville où je n'avais jamais mis les pieds parce que je m'étais enfermée dans une routine dont je brisais à présent les limites.

Un autre exploit de la nouvelle « moi », ce fut de proposer que le personnel de Rose prenne en charge la collecte d'argent au bal de charité organisé par la Société pour la revitalisation de La Nouvelle-Orléans. Convaincre Will ne fut pas chose aisée.

« Tu ne crois pas qu'on a déjà assez de boulot en essayant de revitaliser le café ? m'avait-il rétorqué. Je suis débordé, avec les travaux. »

C'était vrai, la renaissance du Rose était un processus long et douloureux qui consumait presque tout le temps libre de Will, au grand dam de Tracina. Il avait commencé par peindre les murs intérieurs et acheter de nouveaux éléments pour la cuisine, afin d'ouvrir une salle à l'étage où offrir des dîners plus élaborés et des concerts. Malheureusement, alors qu'il avait déjà installé des toilettes sur le palier et qu'il travaillait sur la nouvelle carte, les services de la mairie avaient bloqué les permis. Depuis, il dormait sur un matelas jeté par terre quand il n'était pas chez Tracina, et c'est là que je le trouvais en train d'échafauder des projets, de réfléchir ou parfois, tout simplement, de faire la tête. Lorsqu'il se trouvait d'humeur optimiste, il rongeait son frein en transportant à la décharge des vieilleries qui traînaient là depuis que son père avait acheté les locaux.

« Allez, Will, l'altruisme est bon pour notre image, avais-je rétorqué. Et donner, bon pour l'âme. »

Je revis dans mon esprit la scène dans la cuisine du Manoir, quelques mois auparavant, lorsque j'avais appris le bonheur que la générosité apportait. Que de choses avaient changé en si peu de temps !

Avec mon projet de bénévolat, je m'essayais pour la première fois au hobby préféré des Néo-Orléanais : adhérer à un groupe. Jusqu'à présent, je n'avais eu aucun penchant pour les activités sociales, que ce soit au sein d'un club, d'une association ou d'une amicale quelconques. En revanche, en lisant les pages mondaines des journaux, même si je n'enviais ni l'argent ni le prestige de ceux qui y apparaissaient, j'avais toujours senti qu'un monde qui m'était inconnu tournait sans moi, un monde où le sens de la communauté était important et la camaraderie une source d'amusement. J'avais vécu dans la ville environ six ans et je n'avais pas oublié ce que l'un des habitués du Rose m'avait dit une fois : « C'est au bout de sept ans que La Nouvelle-Orléans s'ancre en vous. » Je commençais à comprendre ce qu'il voulait dire, peu à peu, je parvenais enfin à me sentir chez moi. J'en parlai à Matilda lors d'une de nos conversations d'après étape au Tracey's.

— Il faut sept ans pour créer un foyer, me répondit-elle.

Bien qu'originaire du Sud, elle-même avait été « transplantée » dans la ville bien des années plus tôt et savait de quoi je parlais. Elle m'offrit aussi ses plus plates excuses pour l'accident sur le yacht et la grosse frayeur.

— Ta chute ne faisait pas partie du scénario, crois-moi. Notre idée était de feindre une avarie du moteur de sorte que Jake vienne à ta rescousse. On n'avait pas prévu que l'engin tombe en panne pour de bon, et encore moins en pleine tempête tropicale !

— Une tempête ? Carrément un ouragan, Matilda ! J'ai eu la frousse de ma vie.

— Je suis sincèrement navrée. On peut dire que tu l'as mérité, ce *charm*-là, fit-elle avec un coup d'œil vers mon bracelet magnifiquement alourdi de breloques.

Je hissai mon bras pour regarder les *charms* se balancer doucement en tintinnabulant. J'étais ravie de les collectionner et, en même temps, je commençais à désirer une vie plus stable, et j'avais un fantasme, pour lequel Matilda ne me serait d'aucun secours : avoir, dans un futur que j'espérais proche, un homme dans ma vie qui prendrait soin de moi comme moi de lui. Même si les fantasmes que S.E.C.R.E.T. m'avait aidée à concrétiser avaient changé ma vie et la façon dont je me comportais, la vérité, c'était qu'il y avait un vide dans mon existence. Mais je préférais ne pas l'avouer à mon mentor. J'avais encore quatre étapes à franchir et je savais qu'elle allait me dire de vivre chacune d'elles en son temps, de ne pas hâter les choses et, surtout, de ne pas me précipiter dans une relation sérieuse avant d'être réellement prête. Pourtant, j'aurais bientôt franchi toutes les étapes. J'ignorais encore ce que j'allais décider. Devenir un membre actif du Comité ? Ou me servir de mon expérience afin de trouver ce quelqu'un si spécial qui me donnerait envie de partager ma vie avec lui ? Mais serais-je prête ? Et dans l'affirmative, est-ce que quelqu'un voudrait de moi ? J'avais tellement de questions à poser à Matilda !

— Tu es en pleine recherche, me dit-elle en levant son verre. Toi, la personne que tu es, tes goûts et tes dégoûts, c'est cela qui doit passer en premier. Ensuite, tu pourras penser à ton partenaire et à ses envies. Tu comprends où je veux en venir, Cassie ?

— Mais si je rencontre un homme, que la relation devient sérieuse et que, lorsque je lui avoue que j'ai été membre de S.E.C.R.E.T., il le prend mal ?

— Cela voudra dire qu'il n'est pas l'homme qu'il te faut, tout simplement. Si un homme s'insurge parce qu'une femme, jeune, célibataire et pleine de vie, a pris du bon temps avec d'autres adultes consentants, en toute harmonie et sécurité, ce n'est pas la peine de perdre ton temps avec lui, Cassie. En outre, tu n'es pas obligée de lui réciter ton CV sexuel par le menu, surtout si cela ne le concerne pas, et qu'en plus il en bénéficie.

Je caressai encore une fois mon bracelet. Je ne le mettais plus tous les jours, mais lorsque je l'avais sur moi, je me sentais portée par quelque chose de spécial. C'était peut-être à cause des mots gravés sur les *charms* : *Abandon*, *Courage*, *Confiance*, *Générosité* et, à présent, *Audace*. En dehors du commentaire de Will le jour de la vente aux enchères, personne au Café Rose ne paraissait l'avoir remarqué. Alors que Tracina était aussi friande des objets brillants qu'une pie.

— Ces mots font vraiment sens pour moi, dis-je à Matilda.

Je fus surprise de me l'entendre dire à voix haute.
— Eh bien, c'est là le paradoxe, Cassie, et j'espère que tu en tireras le meilleur parti possible. À certains égards, un moment de bonheur ne veut rien dire. Mais lorsqu'on apprend à accepter qu'il arrive puis qu'il finisse, il peut alors se charger de sens.

J'avais connu des hommes qui n'auraient même pas imaginé une seconde rester avec une seule femme et qui auraient tué pour avoir la chance de vivre leurs fantasmes sexuels avec des filles de rêve recrutées dans le but de satisfaire leurs moindres désirs, et sans le moindre engagement, par-dessus le marché. Ce n'était pas que je n'étais pas reconnaissante envers Matilda et le Comité, bien au contraire, mais l'envie de créer un lien durable, d'avoir un compagnon de route, devenait de plus en plus prégnant. Pourquoi avais-je rejeté Will, autrefois ? Après tout, je l'avais toujours trouvé séduisant. Très séduisant, même. Mais, à l'époque, je croyais que si nous devenions intimes, il finirait par réaliser à quel point j'étais ennuyeuse, craintive, indigne d'amour. À présent, pour la première fois de ma vie, je commençais à comprendre qu'il n'en était rien. Je prenais conscience de ma valeur, je ne doutais plus de mériter un homme comme lui. Malheureusement, cette révélation, aussi merveilleuse soit-elle, arrivait précisément au moment où sa relation avec Tracina devenait sérieuse.

En même temps, cela ne m'empêchait pas d'attendre avec impatience son arrivée au café chaque jour. J'étais toujours heureuse lorsque j'entendais le moteur de son pick-up, toujours un peu nerveuse si lui et moi nous retrouvions seuls dans le bureau. Et avec mon projet de tenir le stand pour le bal de la Société pour la revitalisation de La Nouvelle-Orléans, qui incluait aussi la confection de bannières pour l'occasion, nous passions plus que jamais du temps ensemble, et en conséquence, à mon grand – et malin – plaisir, beaucoup moins avec Tracina.

La veille du bal, Tracina me recruta pour que j'aide Will avec son déguisement. Elle savait à peine enfiler une aiguille, mais Dieu qu'elle était douée pour me commander pendant que je cousais ! Le thème du bal s'intitulait : « Il était une fois… » Les invités étaient censés se déguiser en personnages de fiction ou de conte de fées.

Après le dîner, les célibataires, hommes et femmes, les plus convoités de la ville allaient être « vendus » aux enchères devant un public d'« acheteurs » triés sur le volet, dont les plus offrants gagneraient le droit à une danse avec leur « lot ». Tracina s'était inscrite tout de suite sur la liste et avait insisté pour que Will s'inscrive aussi. Bien que n'appartenant pas à l'élite néo-orléanaise, elle était un véritable canon et elle allait sans doute faire gagner une belle somme aux organisateurs. Quant à Will, en dépit de sa situation de patron d'un resto en déficit, il venait d'une des familles les plus anciennes de l'État de Louisiane. Mais il n'était pas enchanté par l'idée, loin s'en fallait.

— Allez, Will ! On va s'amuser ! s'écria Tracina. Et c'est pour la bonne cause !

Accroupie, la bouche pleine d'épingles, j'étais en train de marquer l'ourlet du pantalon du déguisement de Will. Son choix s'était porté sur Huckleberry Finn, il porterait donc une culotte en loques, des bretelles, un chapeau de paille et une canne à pêche. Tracina comptait s'habiller en Fée Clochette, avec un tutu blanc, des ailes et une baguette à paillettes. Incarner cette petite chipie capricieuse de Clochette lui correspondait à la perfection, pensai-je en la regardant parader dans la cuisine. Elle tenait sa baguette entre deux doigts et touchait la tête de tout le monde.

— Dell, j'ai le plaisir de t'accorder un vœu ! fit-elle en touchant le crâne de la cuisinière.

— Si tu me touches encore avec ce truc, je le casse en deux et te le fourre où tu sais.

Tracina lui tira la langue puis braqua la baguette comme un revolver vers moi.

— Bang ! Cassie, vraiment, je crois que je ne pourrai pas aider, pour le stand. Ma place est sur la piste de danse ! Et toi aussi, tu devrais danser.

— Je n'y vais pas pour m'amuser, j'y vais pour aider.

— Allez, c'est un bal ! Tu ne sors jamais ! D'ailleurs, en quoi tu vas te déguiser ?

— En rien. Ma présence au stand se finit après le dîner, et si tu ne veux pas prendre ma place, il faut que je trouve quelqu'un pour le faire...

— Je m'en occuperai, intervint Will.

— Mais tu es mon cavalier, pleurnicha Tracina. On va demander à Dell ! Mais, Cassie, il faut que tu portes un costume... J'ai trouvé ! Cendrillon !

— Moi ? En robe de princesse ? Tu es folle, répondis-je en éclatant de rire.

— Mais non ! Je voulais dire Cendrillon *avant* le bal, expliqua-t-elle en riant aussi. Tu sais, quand elle se charge des corvées de la cuisine alors que ses demi-sœurs se préparent pour le bal du prince... Je t'y vois déjà !

Difficile à dire si elle cherchait à m'insulter ou

à faire de l'humour. Pendant ce temps-là, Will se tenait au-dessus de moi, torse nu, la main à la taille pour éviter que le pantalon, trois tailles trop grand, ne tombe. Il aurait pu, tout aussi bien, représenter David défiant Goliath. Même s'il ne fréquentait pas les salles de gym, il avait un ventre parfaitement plat et des biceps terriblement tentants. Je faisais mon possible pour ne pas trop le regarder.

— Cassie, on dirait que tu veux être élue « Miss Je-reste-dans-mon-coin », me provoqua-t-il. Ce n'est pas très Nouvelle-Orléans, ça.

— J'imagine que je n'ai pas encore passé assez de temps ici pour que ce soit naturel chez moi.

Tracina prévint alors Will qu'elle voulait « absolument » danser au moins une fois avec l'invité d'honneur, Pierre Castille, le milliardaire qui avait hérité de l'immense propriété que sa famille détenait depuis des générations au lac Pontchartrain. C'était un homme très secret qui, d'après ce que j'avais lu dans la presse à potins, avait l'habitude d'arriver et de repartir en douce des soirées mondaines.

Kay Ladoucer, une des douairières les plus en vue de la ville et aussi le membre le plus conservateur du conseil municipal, présidait le gala depuis quatre ans déjà et, cette année, elle avait réussi à convaincre Pierre de faire acte de présence.

Si la stratégie de Tracina avait rendu Will jaloux, il s'efforça de ne pas le montrer. En outre, la présence de Pierre Castille n'était jamais assurée. À l'une des réunions d'organisation, j'avais entendu Kay se plaindre parce qu'il n'avait pas voulu s'engager à arriver à une heure précise, qu'il avait formellement interdit de mentionner sa venue dans les communiqués de presse, qu'il avait refusé de participer à la vente aux enchères et qu'il n'avait même pas confirmé sa participation au dîner.

Will me regarda avec un air de chien battu. Je haussai les épaules, compatissante, et remontai l'ourlet de quelques centimètres, en me rappelant qu'il sortait toujours avec Tracina, indépendamment du fait que, ces derniers temps, elle semblait moins « assidue » dans sa relation avec lui. Depuis quelques semaines, elle disparaissait pendant des heures sans que personne sache où elle se trouvait ni comment la joindre, et en dépit des efforts de Will pour ne rien laisser transparaître, je le connaissais assez bien pour sentir que la jalousie le rongeait.

« Elle a probablement dû accompagner son frère à un rendez-vous, disait-il tout en surveillant du coin de l'œil la rue pour guetter son arrivée. Ou peut-être qu'elle est sortie faire les boutiques. C'est une folle du shopping. »

Je souriais et hochais la tête en prenant bien soin de ne pas le contredire, tout en trouvant fascinante cette capacité que nous avons, nous autres humains, à nous voiler la face lorsque la réalité ne nous convient pas. J'étais bien placée pour le savoir, puisque je m'étais menti des années durant à propos de Scott. L'un des plus grands services que S.E.C.R.E.T. m'avait rendus, c'était de m'apprendre à cesser de me mentir à moi-même.

Ce jour-là, dans la cuisine, alors que je m'occupais de son costume, nos regards s'étaient croisés et il avait soutenu le mien un peu plus longtemps que d'habitude, mais j'avais préféré penser que cela ne voulait rien dire. Lorsque plus tard il m'a proposé de me ramener chez moi, je n'ai pas voulu non plus chercher midi à 14 heures. Après tout, mon appartement se trouvait sur son chemin.

En revanche, lorsqu'il attendit au volant de son pick-up que je sois rentrée à l'intérieur de l'immeuble et qu'il m'envoya un baiser du bout des doigts, je fus bien obligée de me demander si je n'étais pas, à nouveau, en train de me voiler la face.

La Société pour la revitalisation de La Nouvelle-Orléans était l'une des plus anciennes de la ville, elle datait, en fait, de l'après-guerre civile. À l'époque, son but était de réunir des fonds pour construire des écoles dans les quartiers où commençaient à s'installer les esclaves affranchis. Après les ravages de l'ouragan Katrina, la Société avait dédié ses efforts à la reconstruction des écoles dans les quartiers défavorisés, car les délais prévus par les plans du gouvernement risquaient de laisser plusieurs générations d'enfants à l'abandon. Mon bénévolat pour la Société faisait partie de mes efforts pour m'enraciner vraiment dans la ville et devait m'aider à rencontrer des gens en dehors de mon quartier.

Ma mission pour la soirée était de tenir le stand des dons, de collecter les chèques et d'encaisser les sommes payées par carte de crédit. Pas de déguisement pour moi, pas de danse non plus. Je prenais très au sérieux mon engagement. En contrepartie de mon travail, Kay nous avait accordé le droit d'accrocher des bannières avec le nom du Café Rose autour de la table. Elle n'était pas commode, Kay. Je ne la connaissais pas beaucoup, mais je savais que Will ne la portait pas dans son cœur, surtout depuis son différend avec elle lorsqu'il avait tenté de mettre en route son projet d'expansion du café. Kay avait mis son veto en arguant qu'il ne pouvait pas agrandir tant qu'il n'aurait pas changé l'installation électrique de tout le bâtiment, à quoi Will lui avait opposé qu'il ne pourrait jamais payer ce genre de rénovation s'il n'augmentait pas, justement, le nombre de couverts. C'était ainsi que la procédure administrative s'était trouvée dans une impasse. Will était d'autant plus en colère qu'il savait, comme tout un chacun, que plus de la moitié des bars et restaurants du quartier possédaient des câbles aussi vétustes que ceux du Rose.

Cette année, le bal avait lieu au musée des Beaux-Arts, l'un de mes bâtiments préférés dans la ville. J'aimais sa façade néoclassique, l'atrium carré en marbre, le balcon surélevé qui en faisait le tour. Quand j'étais encore mariée et que la tension avec Scott devenait insupportable, j'errais dans les salles en compagnie de l'écho de mes pas, et j'aimais spécialement rendre visite à la mélancolique *Danseuse en vert* de Degas, dont le visage qui se détournait exprimait inquiétude pour le passé ou peur de l'avenir. Ou bien était-ce moi qui projetais mes sentiments ?

J'avais une heure pour monter le stand et m'assurer que tout était au goût de Kay. Je la trouvai, habillée comme la Reine de Cœur d'Alice au Pays des Merveilles, en train de hurler dans l'atrium. Deux jeunes essayaient de suspendre au plafond de gigantesques flocons de neige en paillettes. Kay n'était pas très convaincue.

— Bougez l'échelle ! Plus au centre ! cria-t-elle.

Elle se tourna vers moi.

— Je ne vois pas le rapport des flocons de neige avec le thème de la soirée. Mais qu'est-ce qu'on pourrait suspendre d'autre ? Des fées ?

Le temps d'un instant, j'imaginai Tracina flottant au-dessus de l'assemblée et ratant son grand moment, et je ne pus m'empêcher de sourire. Je me repris en sentant le regard perçant que Kay me jeta par-dessus ses lunettes de presbyte.

— Où allez-vous placer le stand ? Pas ici, j'espère !

— Je me disais que là-bas... dis-je en montrant du doigt l'arrière de la salle.

— Ah, mais non ! Je ne veux pas que les gens confondent notre beau dîner avec une levée de fonds ! Plutôt... près du vestiaire. Où sont vos outils ?

— Mes outils ? Je ne savais pas que...

— Je vais vous envoyer des employés de la maintenance pour qu'ils vous aident, rouspéta-t-elle, visiblement excédée.

Lorsque Tracina arriva, tout en tulle blanc et paillettes, un diadème de pacotille sur la tête, le stand était déjà en place et moi confortablement installée derrière la bannière épinglée à la nappe.

— Et Will, il n'est pas avec toi ? demandai-je d'un ton nonchalant – faussement nonchalant.

— Il gare la voiture. Je vais me chercher un verre. Tu veux quelque chose ?

— Ça va, merci.

Les premiers invités commencèrent à arriver. Je repérai une Blanche-Neige, plusieurs Scarlett, un Rhett Butler, deux Dracula, un Ali Baba et un Harry Potter. Il y avait aussi une Dorothy du *Magicien d'Oz*, un Chapelier Fou, un Barbe-Noire – le pirate – et un Barbe-Bleue – le serial killer.

Je regardai, circonspecte, ma jupe trapèze et mon chemisier beige en me demandant si je n'aurais pas dû faire un effort pour l'occasion. Et peut-être que j'aurais pu me passer de mon tablier de serveuse, même s'il fallait bien que je mette quelque part les stylos et les facturettes des cartes de crédit.

Et en même temps, je n'étais pas venue à la soirée pour rencontrer des hommes, mais pour me mettre au service d'une organisation caritative !

— Cassie, coucou !

Au milieu de la petite foule qui commençait à s'agglutiner devant le stand, une belle femme en Schéhérazade me hélait du bras. C'était Amani, la doctoresse indienne assise à côté de moi le jour où j'avais rencontré les membres du Comité. Elle était éblouissante. Sa tenue, dans un camaïeu chatoyant de rose et de rouge, enveloppait sa silhouette aux jolies formes. Pas mal du tout, pour soixante ans. Quelle présence ! Ses yeux, savamment maquillés avec du khôl, étincelaient, pleins de malice, mis en valeur par le voile rouge vif qu'elle avait épinglé à sa chevelure.

— Amani ! Quelle surprise ! Je ne m'attendais pas à te voir ici !

C'était bizarre de rencontrer un membre de S.E.C.R.E.T. en public.

— Notre petit groupe donne généreusement à cette cause chaque année, sous un autre nom, bien sûr. Tiens, voici notre contribution.

Elle me tendit une enveloppe que j'introduisis dans la boîte prévue à cet effet.

— Matilda ne va pas tarder, ajouta-t-elle. Tu ne risques pas de la rater, elle sera habillée en bonne fée. Très approprié, n'est-ce pas ?

Je ne pus répondre, car Kay venait d'arriver et saluait, tout sourire, les invités qui, les uns après les autres, remplissaient la boîte de leurs contributions.

— Docteur Lakshmi, fit-elle en tendant sa main à Amani. Vous êtes absolument radieuse.

— Je vous remercie, Kay, répondit Amani, courtoise. À très vite, Cassie.

Par chance, Kay ne me demanda pas comment je m'étais liée d'amitié avec une dame de la haute société.

— J'ai l'impression que cette année les gens ont vraiment envie d'être généreux, fit-elle en regardant l'urne remplie d'enveloppes.

— Espérons que ça continue comme ça, alors.

Le dîner, somptueux, offrait une dégustation gourmande des spécialités locales les plus exquises : langouste flambée au cognac sur lit de gruau aux truffes ; filet mignon et sa béarnaise au crabe et, en dessert, pudding brioché à la crème anglaise et paillettes d'or.

Deux heures plus tard, les serveurs débarrassaient les tables, je pouvais enfin partir. Mais la vente aux enchères éveillait trop ma curiosité, et je voulais savoir combien on allait offrir pour Will !

— On va passer à la vente, nous ne pouvons pas attendre qu'*il* se décide à venir, fit Kay, qui était venue me voir pour savoir où en étaient les dons.

Elle parlait de Pierre Castille, bien sûr. Apparemment, Tracina n'était pas la seule femme brûlant d'envie de passer du temps avec lui.

Les « acquéreuses » avaient été rassemblées près de la scène où se trouvaient déjà les hommes mis en vente. Notre très jeune sénateur, pour qui j'aurais pu en pincer s'il avait appartenu au Parti démocrate, s'était prêté au jeu. Je vis également l'un des juges les plus connus, un homme grisonnant mais fort séduisant, qui avait commencé à courir des marathons après le décès de son épouse, ce qui lui avait valu la sympathie de toutes les quinquas célibataires de sa juridiction, et le bel Afro-Américain qui jouait dans une série qui se tournait à La Nouvelle-Orléans. J'aurais parié que ce dernier récolterait la plus haute somme mais ce fut le juge, pour qui la présidente de la Société historique du Garden District offrit douze mille cinq cents dollars, qui remporta cet honneur. L'acteur arriva en deuxième avec la coquette somme de huit mille dollars.

En contemplant le public et les participants qui s'amusaient sans complexe dans l'ambiance bon enfant de la fête, je m'aperçus que j'avais, encore une fois, choisi de faire tapisserie. Pourquoi passais-je ma vie en spectatrice au lieu de prendre part à l'action ? Je n'avais donc rien appris ? Je n'allais jamais changer ?

— Et maintenant, notre dernier lot, annonça Kay. Will Foret, deuxième génération à la tête du Café Rose, l'un des plus cotés de Frenchmen Street. Il a trente-sept ans, mesdames, et il est célibataire ! Qui se lance ?

Will semblait mortifié, mais terriblement sexy dans son costume de Huck Finn, avec la canne à pêche, les bretelles et le pantalon surdimensionné. La salle paraissait partager mon avis. Je m'amusais à observer Tracina, dont l'agitation montait au même rythme que les enchères, et finalement, lorsque quelqu'un offrit quinze mille dollars, elle bondit sur Kay et lui arracha le micro des mains.

— Je tiens à dire que cet homme n'est pas vraiment célibataire ! Nous nous fréquentons depuis trois ans et nous allons bientôt emménager ensemble !

Elle avait, de toute évidence, forcé sur le champagne. Le visage déjà rougissant de Will avait viré au pourpre.

Finalement, une dame d'âge vénérable, coiffée d'un diadème aussi vieux qu'elle, offrit vingt-deux mille dollars. Kay frappa trois fois avec le maillet sur le socle.

— Adjugé... vendu ! cria-t-elle avec un nouveau coup de maillet. C'est donc M. Foret l'homme le plus cher de la soirée et il va rejoindre tout de suite son heureuse acquéreuse. Nous avons liquidé notre stock de gentlemen. Je vous laisse un petit instant pour vous remettre de toutes ces émotions et remplir vos verres. Ensuite, nous passerons aux enchères sur ces dames. Nous avons encore besoin de soixante-quinze mille dollars, mes amis. Ne rangez pas vos chéquiers tout de suite !

Tout à coup, la salle se tut. Deux individus à la mine patibulaire venaient de faire irruption, précédant un homme grand en smoking et nœud papillon, chemise noire et lunettes d'aviateur à verres teintés bleus. Ses cheveux couleur sable étaient légèrement ébouriffés, sans doute à cause du casque de moto qu'il venait de passer à l'un de ses gardes du corps. Il enleva ses lunettes et les rangea dans la poche intérieure de sa veste.

— Je vous prie d'excuser mon retard, mesdames et messieurs. Je ne savais pas quoi mettre, se justifia-t-il à la cantonade.

C'était Pierre Castille. Il distribua d'un air distrait

des poignées de main autour de lui, y compris à Kay, qui avait laissé tomber son micro pour courir le saluer et qui n'arrivait pas à cacher son excitation. Il avait un sourire chaleureux de rockeur alternatif qui me fit douter de tout ce que j'avais lu sur sa réputation d'héritier reclus. Lorsqu'il se détourna de Kay pour s'approcher du stand, je maudis Tracina de m'avoir fait faux bond. Je baissai les yeux en feignant de recompter les facturettes pour dissimuler la fascination qu'il éveillait chez moi.

— C'est ici que je peux déposer mon don ?

Bien obligée, je levai mon regard. Une main sur la table, le visage penché vers moi, il semblait parfaitement à l'aise dans son smoking, ce qui changeait des corps engoncés que j'avais vus défiler durant toute la soirée. Je mis quelques secondes à recouvrer l'usage de la parole.

— Ou... oui, vous pouvez déposer un chèque dans cette boîte ou, si vous préférez, je prends les cartes de crédit...

— Excellent, dit-il en me faisant rougir avec son regard appuyé.

Mon Dieu, qu'il était sexy.

— Quel est votre prénom ?

Étonnée, je regardai par-dessus mon épaule, mais non, c'était bel et bien à moi qu'il s'adressait. Toute la salle avait les yeux braqués sur nous, y compris Will, qui depuis l'autre extrémité de la salle se frayait un chemin pour nous rejoindre.

— Cassie. Cassie Ribordy.

— Ribordie ? Des Ribordie de Mandeville ?

Je ne pus répondre, j'étais trop surprise en voyant Will se pointer devant nous et lui tendre la main.

— Cela s'écrit avec un « y » yankee et non avec le « i-e » du Sud, intervint-il.

— Eh bien, si ce n'est pas Will Foret II ! À quand remonte la dernière fois ? Quinze ans ?

J'ai regardé, médusée, mon Will serrer la main à Pierre Castille. Tracina jouait des coudes pour venir les rejoindre.

— Quelque chose comme ça, ouais.

— Content de te revoir, Will, fit Castille. Dommage que nos pères ne soient pas avec nous ce soir. Ils auraient été heureux de voir ça.

— Le tien peut-être, rétorqua Will en touchant du doigt le rebord de son chapeau de paille. On se voit au boulot demain, Cassie.

Et sur ces mots, il sortit de la salle sans même s'arrêter lorsqu'il passa à côté de Tracina.

— Alors, Cassie Ribordy-mais-pas-de-Mandeville. Où en étions-nous ?

— C'est drôle. Figurez-vous que je vis sur la rue Mandeville à Marigny, mais, en fait, je suis née dans le Michigan. Ce nom de famille français me vient de mon père... mais j'en ignore l'origine précise.

Et voilà que je me mettais à jacasser comme une pie !

— D'accord. Je ne manquerai pas de faire un don avant de partir, dit Castille en s'inclinant légèrement.

Je ne suis pas facilement éblouie, les riches et les puissants m'indiffèrent, mais cet homme... Il avait une aura d'une puissance atomique.

Soudain, comme par hasard, Tracina se découvrit une envie pressante de prendre le relais.

— Je crois que tu as mérité une petite pause, dit-elle en se faufilant derrière la table. Will est parti, donc je peux te remplacer. Rentre chez toi, tu n'as même pas de costume.

— Tu savais qu'ils se connaissaient ? demandai-je.
— Oui, ce sont des amis d'enfance.
— Je vois. Très bien, euh, je m'en vais, alors.
— Oui, vas-y, file, dit-elle sans me regarder, ses yeux suivant Pierre Castille qui prenait place à l'avant de la salle.

La vente aux enchères des femmes célibataires n'allait pas tarder à commencer. Ma tenue austère détonnait au milieu des robes de soirée. En fait, Tracina avait raison depuis le début. J'étais juste une pauvre Cendrillon, et à présent que même la vaisselle avait été lavée, je n'avais plus rien à faire là.

Je traversai l'atrium, cherchant des yeux Will au cas où il serait encore dans les parages. Mais ce fut Matilda que je vis. Elle avançait en discutant sur son portable, qu'elle raccrocha dès qu'elle m'aperçut. Elle portait un magnifique fourreau sirène couvert de paillettes vert émeraude. Une petite couronne rubis maintenait sa chevelure rousse.

— Cassie ! Attends ! Tu t'en vas ?
— Mon boulot au stand est fini. Je rentre chez moi. Merci de votre don, c'était très généreux.
— Ah non, tu ne vas pas rentrer maintenant, fit-elle en me prenant par le bras pour me conduire vers une porte marquée d'un écriteau *Privé*. Je sais que nous avons très bien gardé le secret, mais ce soir… Eh bien, c'est ta soirée spéciale, Cassie.

Je compris qu'un fantasme dont j'ignorais tout allait se mettre en place.

— Mais je porte…
— Ne t'inquiète pas. Les renforts arrivent.

Elle passa une carte magnétique devant un boîtier vissé au mur et la porte s'ouvrit sur un vestiaire tout en teintures de soie et rideaux épais, comme un boudoir. Amani et une autre femme que je reconnus vaguement discutaient avec animation, assises sur des tabourets en velours. À leur gauche, un miroir entouré d'ampoules, comme ceux qu'on trouve dans les loges de théâtre, surmontait une coiffeuse au-dessus de laquelle attendaient des produits de maquillage soigneusement posés sur une serviette blanche. Sur un cintre en bois suspendu à une porte, je découvris une belle robe, rose pâle, dont la jupe frôlait le sol. Je n'avais jamais été une accro des magazines féminins, mais cette robe de bal satinée titilla quelque chose de très ancien inscrit dans mon ADN. Je me demandai aussi quel genre de chaussures se cachait dans la boîte blanc perle posée à côté par terre.

Matilda toussota.

— Nous t'expliquerons le plan plus tard, mais pour l'instant, je préfère t'aider à te préparer. Il faut se dépêcher, ça va commencer d'un moment à l'autre.

— Qu'est-ce qui est sur le point de commencer ?
— Tu verras.

La robe, le maquillage… C'était pour moi, tout cela ? Dans quel but ?

— Tu te souviens de Michelle ? Tu l'as vue au siège de S.E.C.R.E.T. Elle sera ta styliste.

Je me rappelais son joli sourire et son rire cristallin. Mais pourquoi avais-je besoin d'une styliste ?

— Cassie, je suis ravie de ce qui t'arrive, mais nous n'avons pas de temps à perdre ! Il faut que tu te changes, fit-elle. Tu peux te déshabiller derrière ce paravent.

Elle me poussa gentiment derrière l'écran en bambou et posa sur le bord un soutien-gorge en soie transparente avec un string assorti et des bas couleur ivoire avec porte-jarretelles incorporé.

— Je parie que tu croyais qu'il y aurait des oiseaux et des papillons pour t'aider, dit-elle en riant.

Des oiseaux et des papillons ? Que voulait-elle dire ?

Une fois que j'eus enfilé la lingerie, Michelle me passa un peignoir et me fit asseoir en face du miroir. Elle rassembla mes cheveux en un chignon bas, Amani étala habilement du blush sur mes joues, du rose sur mes lèvres, et poudra l'ensemble du visage avec un gros pinceau. Mon visage en fut transformé tout en gardant un aspect parfaitement naturel. Sauf que ma peau semblait désormais en porcelaine. C'était parfait. Elle finit avec une touche de mascara sur mes cils.

— Maintenant, la robe, dit Michelle en décrochant le vêtement avec maintes précautions. Paravent, Cassie.

Matilda faisait les cent pas.

— Combien de temps nous reste-il ? demanda-t-elle à Amani.

Combien de temps *pour quoi* ? me demandai-je en passant la robe, qui glissa sans effort le long de mon corps avec un tombé parfait. Je sortis pour me faire aider avec la fermeture éclair, le miroir me rendit une image qui me laissa sans voix. La robe était véritablement magnifique, d'un rose délicat comme l'intérieur d'un coquillage. Elle épousait mes formes comme un amant dévoué, soulignait ma taille… D'ailleurs, depuis quand avais-je cette taille de guêpe ? Le satin semblait dégager une lumière poudrée, la coupe bustier laissait à nu mes épaules et mes bras. Une crinoline très discrète sous la jupe mettait en valeur la multitude de fronces qui lui donnaient son beau volume.

— Tu es tout simplement... belle, dit Matilda.

— Mais qu'est-ce que vous avez prévu ? Que suis-je censée faire ? Ces gens me connaissent, mon patron est là, la copine de mon patron est là. Toute la ville est là !

— Fais-nous confiance, Cassie. Tout va bien se passer, me rassura Matilda en consultant sa montre.

Je ne savais pas comment réagir. Si je m'étais fait à l'idée d'accepter des scénarios inattendus – le bateau, Jesse – je n'avais pas prévu que l'un d'eux pourrait avoir lieu devant des gens que je connaissais. C'était excitant, oui, mais cela me mettait trop en danger. L'angoisse me nouait le ventre. Avec ses mains de fée, Michelle sortit d'un sac en velours un diadème en argent ajouré, serti de strass, et le posa avec précaution sur mon chignon ébouriffé.

Je rencontrai les yeux de Matilda dans la glace.

— Vraiment magnifique, ma chérie. Et maintenant, la touche finale.

Elle sortit de la boîte à chaussures une paire d'escarpins rebrodés de paillettes blanches.

Je les essayai, esquissai quelques pas, en me sentant à la fois un peu ridicule et débordante de joie. Oh, oui, ces chaussures étaient faites pour danser, et d'ailleurs, je comptais m'y adonner à cœur joie une fois que la vente aux enchères serait finie, ce qui, d'après moi, ne saurait plus tarder. Et j'étais bien contente de l'avoir manquée.

— C'est l'heure, annonça Matilda en me prenant par le coude.

Nous traversâmes l'atrium comme si nous allions vers la salle.

— Attends ! On ne peut pas y entrer ! Le bal n'a pas encore commencé, protestai-je.

Mais Matilda ne m'écoutait pas. Elle me faisait marcher si vite que je dus placer une main sur mon diadème pour le maintenir en place. Lorsque nous entrâmes dans la pièce, je me cachai derrière elle pour éviter d'être vue, mais ne pus m'empêcher de regarder ce qui se passait par-dessus son épaule. Toute une brochette de femmes, plus belles les unes que les autres, avait pris place sur les chaises installées sur la scène. Une journaliste de la télé locale que je trouvais très jolie ; un mannequin qui n'était pas sans rappeler Naomi Campbell jeune ; une actrice de la même série que le beau Black mis aux enchères un peu plus tôt ; une blonde platine, violoncelliste de l'Orchestre symphonique de la Louisiane ; deux brunes piquantes, sœurs et italiennes, propriétaires d'un spa de luxe ; quelques « filles de » et, bien sûr, Tracina, plus qu'un peu pompette, dans son tutu légèrement de guingois.

— Un des tabourets est encore vide, annonça Kay en mettant la main en visière pour regarder le public. Elle est où, notre dernière célibataire ? Aurait-elle changé d'avis ?

Oh, Seigneur ! Rendez-moi invisible, priai-je. Je me sentais absolument incapable de traverser la salle habillée de cette robe, encore moins de monter sur scène et de participer à la vente. J'allais me ridiculiser pour les cent ans à venir. J'allais devoir déménager, ou au moins chan...

— Non, elle n'est pas partie ! cria Matilda en s'écartant pour que tout le monde me voie.

— Elle est là ! s'écria Kay comme si elle annonçait le numéro gagnant au loto. Voici Mlle Cassie Ribordy, l'une de nos belles bénévoles. N'est-elle pas ravissante ?

Matilda posa ses mains sur mes épaules, j'étais tendue comme la corde d'un arc, et elle s'en aperçut.

— Rappelle-toi, Cassie. L'étape six, c'est l'assurance. Tu sais que tu l'as déjà en toi. Sers-t'en, c'est maintenant !

Elle me serra la main un bref instant et me poussa gentiment. Je n'eus d'autre choix que de me faufiler entre les tables. Tout le monde me regardait, des chaises s'écartaient pour me laisser avancer, des têtes se tournaient sur mon passage. Je traversai la piste de danse vide qui me sembla longue comme une piste d'atterrissage, j'entendis des « oh » et des « ah ». Bien sûr, c'était la robe qui suscitait autant d'admiration, pensai-je. Un sifflement d'admiration provenant du balcon me fit glousser. C'était pour moi, ça ? Je passai à côté de la table où se trouvait Pierre Castille en prenant bien soin d'éviter son regard, montai les quelques marches menant sur scène. Tracina, agitée comme un dindon, n'en revenait pas.

— Tu es une boîte à surprises, murmura-t-elle pendant que je m'installais sur le dernier tabouret.

— Si vous êtes tous prêts, nous allons commencer ! fit Kay.

La vente démarra par la journaliste de la télévision locale, qui, après une surenchère très serrée, fut adjugée pour sept mille cinq cents dollars au directeur de l'un des casinos de la côte. Le mannequin, qui ne s'était pas gênée pour attirer l'attention de Pierre Castille, ne cacha pas non plus sa déception lorsque ce fut Mark « le Requin » Allen, propriétaire d'une chaîne de bijouterie célèbre pour ses pubs ringardes, qui gagna le droit de danser avec elle grâce à son don de seize mille dollars. Les sœurs italiennes, qui formaient un lot, ainsi que deux des débutantes en société, suscitèrent des offres à cinq chiffres. Tracina ne cessa pas de minauder et de battre des cils à l'intention de Pierre Castille, dont la table se trouvait au pied de la scène, mais ce fut Carruthers Johnstone, le procureur du district, un homme très grand aux épaules imposantes, qui avait en premier enchéri pour elle, qui ferma la vente avec une offre de quinze mille dollars, somme qui provoqua une salve d'applaudissements assourdissante.

J'essayais de sourire et de faire bonne figure, mais je savais que ma petite personne ne ferait pas gagner autant d'argent aux écoles des quartiers défavorisés. Tracina avait des jambes interminables, beaucoup de personnalité, le sens de la repartie et un style branché. Elle était capable de chauffer une salle sans l'aide de personne et, même déguisée en fée, elle avait du sex-appeal à revendre. J'anticipais, en frémissant, l'humiliation que j'allais devoir essuyer lorsque mon tour arriverait.

Et mon tour arriva.

— Nous sommes encore loin de notre objectif, mais il nous reste une belle célibataire à offrir, tous les espoirs sont permis, déclara Kay. Cassie Ribordy ! Cassie travaille comme serveuse au Café Rose, l'un de nos sponsors pour cette édition. C'est parti ! Que diriez-vous de cinq cents dollars pour commencer ? Quelqu'un ?

Allez, allez. Que quelqu'un ait pitié de moi et qu'on en finisse !

J'étais à l'agonie et prête à rembourser le premier acquéreur pourvu qu'on me laisse quitter la scène.

— J'offre cinq mille dollars, dit alors une voix masculine.

Impossible. J'avais mal entendu. Je cherchai à distinguer l'homme qui venait de parler, mais les spots braqués sur moi m'aveuglaient.

— Avez-vous dit cinq cents, monsieur Castille ? demanda Kay.

« Monsieur Castille » ? Pierre Castille venait d'offrir cinq cents dollars ? Pour moi ?

— Non, j'ai dit cinq mille, Kay. Un cinq avec trois zéros derrière.

Il avança et entra dans le halo des projecteurs, à présent je le voyais de près. Il me regardait comme si j'étais une friandise qu'il découvrait pour la première fois et qu'il mourait d'envie de goûter. Je posai mes mains sur mes genoux, croisai les jambes, les décroisai.

— C'est... c'est très généreux, monsieur Castille. Nous ouvrons donc à cinq mille. Qui veut surenchérir ?

— Six mille, dit depuis le fond une voix qui ne m'était pas inconnue.

C'était celle de Will.

Il n'était donc pas parti ? Tracina se redressa sur son tabouret et bouda, les bras croisés. Will avait perdu la tête ! Il n'avait pas une telle somme ! Pierre tourna les yeux vers lui, puis de nouveau vers moi.

— Sept mille, surenchérit-il.

Je me sentais fébrile. Je passais de la nausée à l'euphorie puis la nausée reprenait le dessus.

— Huit mille, insista Will d'une voix étranglée.

Tracina me lança un regard noir qu'elle jeta ensuite à Will, qui s'approchait de la scène. Dressé, les bras croisés, il s'arrêta à côté de Pierre. Mais pourquoi agissait-il de la sorte ?

— Huit mille une fois, huit mille deux fois...

Kay était sur le point d'abattre le maillet. Comment Will allait-il pouvoir honorer son offre ?

— J'offre cinquante mille, annonça Pierre Castille.

La salle retint son souffle.

— Est-ce que cela vous aide à atteindre le but que vous vous étiez fixé, Kay ?

Cette dernière était abasourdie.

— Monsieur Castille, cinquante mille nous porte bien au-delà. Cinquante mille alors. Quelqu'un d'autre ?

L'expression de Will me mit au bord des larmes. Il baissa la tête et plaqua sur sa bouche le sourire des vaincus.

— Adjugée ! cria enfin Kay.

C'était du sérieux. Le maillet avait frappé le socle. Pierre Castille ne pouvait pas faire marche arrière.

— Que le bal commence !

Le volume des conversations monta d'un seul coup, des couples commencèrent aussitôt à remplir la piste.

Tracina avait bondi de son tabouret, sans doute pour aller retrouver son « acquéreur ». Will et Pierre attendaient devant l'estrade. Le premier avec une drôle de tête, le second avec un sourire ravageur.

— Bien essayé, mon vieux, disait Pierre en tapotant un peu trop fort l'épaule de son ami d'enfance. Je ne manquerai pas de passer au Café maintenant que j'ai une bonne raison...

— À ta guise, répondit Will. Cassie, j'espère que tu ne vas pas... Oh, laisse tomber. Je rentre. Bonne soirée.

Il se perdit dans la foule sans attendre que je réponde.

— Vous êtes éblouissante, mademoiselle Ribordy. Digne d'un prince, dit Pierre en prenant ma main.

L'orchestre entama un slow classique. Il me conduisit au centre de la piste, ses gardes du corps, heureusement, s'arrêtèrent au bord.

Nul besoin d'être fin psychologue pour deviner la question dans tous les esprits, qui était d'ailleurs celle qu'on pouvait lire dans tous les regards braqués sur nous : « Qui est cette fille qui a séduit à ce point Pierre Castille ? »

Pierre, lui, semblait étranger à toute cette attention, il devait en avoir l'habitude, songeai-je. Mais quand il m'attira contre lui, si près que je pus sentir son souffle sur mon cou, ce fut comme s'il n'y avait que nous dans la salle. Dans ses bras, je flottais, comme sur un nuage.

— Pourquoi moi ? demandai-je. Vous auriez pu avoir n'importe laquelle de ces filles.

— Pourquoi vous ? Vous comprendrez sans doute après avoir accepté de franchir cette étape, dit-il en me serrant plus fort.

— Je... mais... Vous êtes... ?

— Cassie, voulez-vous franchir l'étape ?

J'avais beau avoir compris le sens de ces mots, je n'arrivais pas vraiment à me faire à l'idée. Pierre

Castille appartenait à S.E.C.R.E.T. ? Qui d'autre dans cette salle de bal était membre, ou au moins au courant ? Kay ? Le procureur ? Les jeunes filles qui faisaient les présentations en société ? La piste n'était qu'un tourbillon de visages flous autour de moi. Lorsque la dernière note résonna, Pierre lâcha son étreinte et déposa un baiser cérémonieux sur ma main.

— Merci beaucoup pour ce merveilleux moment, mademoiselle Cassie Ribordy. J'espère vous revoir prochainement.

J'avais envie de crier « Attendez, j'accepte ! Oui, je veux franchir cette étape », mais voulais-je vraiment faire ce pas ? Et Will ? Avec une élégante courbette, Pierre quitta la salle, suivi de ses gardes du corps. Je restai seule au centre de la piste en cherchant des yeux Matilda, ou Amani, ou peu importait qui, pourvu qu'on vienne m'aider.

Évidemment, ce fut Tracina qui la première se jeta sur moi.

— Dis donc, qui l'aurait cru ? dit-elle, la main à la hanche, en froissant encore plus son tutu fatigué.

— Où est Will ? demandai-je en me hissant sur la pointe des pieds pour essayer de l'apercevoir dans la foule.

— Il est parti.

Un garde du corps de Castille arriva alors vers nous.

— Mademoiselle Ribordy, on vous demande au téléphone. C'est urgent, veuillez me suivre.

Tracina me regarda, bouche bée. Moi-même, je ne comprenais rien à ce qui se passait.

Le garde, qui en dépit de son extrême politesse

ne lâchait pas mon bras, me guida hors de la salle et ensuite à l'extérieur, où une limousine était garée, moteur en marche. J'avais le tournis. Toute la ville avait vu deux hommes me choisir, me désirer, se disputer ma compagnie... Quelle nuit inoubliable, quel moment unique ! Mais si je voulais en profiter pleinement, il fallait que je cesse de penser à Will.

Dans la limousine m'attendait un verre de champagne. J'en pris une gorgée et me laissai aller contre le siège. Le chauffeur descendit une rampe interdite au public, un petit groupe de gardes du corps sortit de l'ombre. La seconde d'après, Pierre se trouvait à côté de moi. Une opération exécutée avec une telle précision qu'elle devait faire partie du quotidien de tous ces gens, songeai-je. J'étais sans doute la seule à la trouver extraordinaire.

— Nous allons sortir par l'arrière, côté parking, indiqua Pierre au chauffeur.

Celui-ci hocha la tête et la fenêtre de communication se ferma avec un bourdonnement électronique.

— Re-bonsoir, dit Pierre, face à moi à présent, souriant et un peu essoufflé. Ça s'est bien passé, je crois.

— Je... oui, je crois aussi, balbutiai-je en jouant avec les plis de ma robe.

C'était vraiment le plus beau vêtement que j'aie jamais porté.

— Donc, Cassie, voulez-vous franchir l'étape ?

J'essayais encore de m'habituer à l'idée que « le milliardaire du Bayou » faisait partie de S.E.C.R.E.T. Je repensai à la soirée au Halo, lorsque je l'avais vu discuter avec Kay en sortant de l'ascenseur, et je rougis en me rappelant les caresses expertes que l'homme à l'accent anglais m'avait prodiguées avec ses mains de prestidigitateur. Est-ce que ce soir-là Pierre participait aussi à un des scénarios du Comité ?

— Cassie, vous connaissez la règle. C'est la dernière fois que je peux vous poser la question : acceptez-vous de franchir l'étape ?

Je fermai les yeux, les rouvris. J'avais pris ma décision. Je hochai la tête.

Son baiser fougueux me prit au dépourvu et je mis quelques secondes à réagir, mais, très vite, mon ardeur rattrapa la sienne et nous nous embrassâmes comme deux adolescents. Il m'attira sur lui en m'embrassant partout, le menton, le cou, les épaules, il semblait ne pas savoir où donner de la tête. Coïncidence, j'ouvris les yeux juste au moment où nous passâmes devant Tracina, main dans la main avec le procureur du district sur le parking. Quoi ? Non !

— C'était Carruthers Johnstone ? demandai-je, à bout de souffle.

Pierre se retourna à temps pour voir le géant hisser Tracina sur le coffre d'une voiture et commencer à l'embrasser.

— On dirait, oui. C'est un homme à femmes, d'après ce que je sais.

— Oh, pauvre Will, murmurai-je à haute voix.

Il me prit par le menton pour que je le regarde. Ses yeux d'un vert intense promettaient des délices sans fin.

— Cassie, c'est avec moi que tu es maintenant. Et nous avons une mission. Il faut te sortir tout de suite de cette robe. C'est urgent.

Il avait raison. Je ne pouvais pas, ne devais pas,

penser à Will. Ce moment m'appartenait. À moi et à l'homme le plus sexy de la ville.

— Et que faites-vous du chauffeur ?

— C'est une glace sans tain. Nous pouvons le voir, mais lui ne le peut pas. C'est comme si nous n'étions pas là.

Oh, mais sa main, elle, était là. Elle s'était faufilée dans mon dos et commençait à baisser la fermeture éclair de ma jolie robe. Le corsage se détacha de mon buste comme une fleur qui s'ouvre en me laissant au centre d'une corolle de satin rose, petite mignardise fondante sur les genoux de l'héritier misanthrope qui ne l'était finalement pas tant que ça. Il ramassa les plis dans ses mains et tira doucement vers le haut. Le diadème partit avec la robe, mon chignon avec le diadème. Lorsque Pierre eut fini de me déshabiller, mes cheveux tombaient en un joyeux désordre sur mes épaules nues, et je n'avais sur moi que le soutien-gorge bustier, le string transparent et, au bout de mes bas ivoire, les escarpins pailletés.

— Absolument parfaite, fit-il en se glissant vers la deuxième banquette. Je veux te voir en entier. Enlève le reste, Cassie.

Avec l'assurance que m'avait donnée la vente aux enchères, aidée par la danse et le champagne, protégée par les vitres sombres de la limousine, et surtout mue par l'attirance que cet homme exerçait sur moi, j'exauçai son vœu. Je dégrafai d'abord le soutien-gorge et le laissai tomber, ensuite, j'accrochai un doigt à l'élastique du string et le fis descendre jusqu'en bas avant de m'en débarrasser d'un petit mouvement de cheville. Puis, sans quitter les escarpins, allongée sur le siège, le regardant droit dans les yeux, j'écartai les jambes. Qu'était devenue la Cassie timide incapable de sortir sur le palier en peignoir ? Je me sentais fondre sur le siège en cuir, mes jambes tremblaient, non pas à cause de la peur mais du désir.

— Absolument parfaite, répéta-t-il.

Il me contempla encore un instant avant de venir enfouir son visage contre mes seins. L'une de ses mains chercha mon mamelon, il le suça et le lécha, avec une lenteur qu'il oublia très vite pour me dévorer avec impatience. C'était si excitant, il était si excitant. J'emmêlai mes doigts dans ses cheveux. De sa bouche, il dessina un sentier de baisers brûlants le long de mon ventre. Oh. Oh !

— Je veux te faire crier, Cassie, dit-il avant de plonger entre mes jambes.

Sa langue atterrit *là*, exactement *là*.

— Oh oui, oui.

C'était tout ce que je fus capable de dire avant de me laisser aller contre le dossier et de m'abandonner aux sensations.

Il s'amusa à prendre son temps. C'était autant un plaisir qu'une torture. Ou vice versa. Il mordilla l'intérieur de ma cuisse, fit un détour pour lécher la peau si sensible vers le genou, avant de remonter vers mon pubis et de refermer – oh, merci – sa bouche chaude autour de mon sexe. C'était... Je ne saurais pas dire, les sensations se télescopaient, et très vite je me trouvai au bord de l'extase. Je ne pouvais rien faire pour arrêter les ondes de plaisir qui me traversaient, je ne le voulais pas non plus. Je me rendis sans résistance, jambes écartées, incapable de rien d'autre que d'éprouver du plaisir.

Et puis je passai le tournant, ce point sans retour où

sa bouche m'avait portée si facilement. Je l'entendais murmurer des mots doux et chauds, j'entendais sa respiration. Je laissai la spirale du plaisir tourner et s'élargir au fond de mon ventre, je savais qu'on ne faisait que commencer.

Hors d'haleine, je le regardai se débarrasser de ses vêtements comme s'ils lui brûlaient la peau. La détermination que je lus sur son visage le rendait terriblement sexy. Il fallait que je le touche. J'approchai mes doigts de sa joue, il les attrapa avec sa bouche et commença à les sucer. De sa main libre, il guida son sexe en moi, je m'accrochai à son bras.

— Tu sens si bon, dit-il d'une voix rauque en commençant à bouger.

Un désir tout neuf me brûla le ventre. Je serrai les jambes autour de sa taille, pressant mes talons sur ses fesses pour qu'il vienne encore plus loin. Je me tenais à lui comme si ma vie en dépendait, les ongles enfoncés dans la chair souple et musclée de son dos. J'aimais la sensation, je l'aimais tellement que j'aurais pu le griffer au sang. Il me fit l'amour avec un rythme constant sans se laisser distraire, même lorsque la voiture prenait un virage serré. Il répéta mon nom, une fois et une autre, jusqu'à ce qu'enfin je le sente se raidir, les coups de reins soudain saccadés. Son corps au-dessus du mien formait un arc, un arc sombre et doux que je commençais à si bien connaître. Et comme il le voulait, comme je le voulais, comme il l'avait dit, je criai et criai, enroulée à son corps comme une liane. Alors, et seulement alors, il se laissa aller à la jouissance.

Une éternité plus tard, il se blottit contre moi, ses doigts enlacés aux miens, nos bouches toutes proches, même si nous n'avions plus la force de nous embrasser. Puis il se laissa tomber sur la banquette d'en face. Nos souffles courts emplissaient l'habitacle.

— Je suis désolé, je sais qu'une limousine n'est pas l'endroit idéal, mais je ne pouvais attendre une seconde de plus. En fait, j'ai eu envie de déchirer ta robe dès que je t'ai vue sur la scène ce soir. Je crois qu'on peut dire que j'ai fait preuve de retenue.

— Heureusement que tu étais dans la retenue !

Je me sentais tellement à l'aise que je m'accordai le droit de lui poser quelques questions.

— Tu avais déjà fait ça avant ? Avec S.E.C.R.E.T. ? Je veux dire, tu as tout pour toi, pourquoi as-tu besoin de passer par une organisation pour réaliser tes fantasmes ?

— Tu serais surprise de la réponse, Cassie, mais, comme tu sais, je n'ai pas le droit de trop en dire. Matilda m'a prévenu que tu étais du genre curieux. D'un autre côté, je pourrais te retourner la question. Pourquoi une femme séduisante comme toi a-t-elle besoin de S.E.C.R.E.T. ?

— Tu serais surpris aussi, dis-je en tâtonnant pour récupérer ma robe.

Tout à coup, je me sentais vulnérable, et un peu en colère contre Matilda qui avait parlé de moi à cet inconnu.

— Ton expérience est-elle aussi intéressante que tu t'y attendais ? me demanda-t-il.

— S.E.C.R.E.T. m'a appris beaucoup de choses, dis-je en ajustant le corsage que je fermai moi-même.

— Comme quoi ?

— Qu'il est probablement impossible qu'un seul homme réponde à *tous* les désirs d'une femme.

C'était bien moi qui osais admettre cela à voix haute ?

— Tu te trompes peut-être, sur ce point, répondit-il en enfilant son boxer et son pantalon.

— Tu crois ?

Il se redressa, se pencha pour prendre mon poignet et m'attira jusqu'à ce que je sois à genoux devant lui. Il soutint mon regard un instant avant d'enfouir son visage au creux de mon cou pour y déposer un long baiser. La limousine arriva alors devant « l'hôtel des vieilles filles » et s'arrêta. Je fus presque étonnée de ne pas entendre les cloches sonner minuit. Avec un sourire entendu, Pierre fouilla dans la poche de son smoking et en sortit un objet étincelant. Le *charm*. Mon *charm*.

— Ah, laisse-moi voir... Un *V* et un *I*, soit 6 en chiffres romains. Et *Assurance* au verso. Tout à fait charm-ant.

Il sourit à son jeu de mots, je tendis la main pour récupérer le bijou. Il l'enferma dans son poing.

— Pas si vite, fit-il, les yeux brillants comme des braises. Je tiens à que tu saches, Cassie, que lorsque tu auras fini avec... avec l'expérience qui est en cours, je reviendrai te trouver. Pour te montrer qu'un homme peut répondre à *tous* tes désirs.

Sans savoir s'il fallait me réjouir ou prendre peur, je quittai la voiture, son baiser sur les lèvres et mes chaussures à la main. Lorsque je montai l'escalier, je vis en passant devant chez Anna, au deuxième étage, que la lumière était toujours allumée.

X

Les jours qui ont suivi le bal, mon humeur semblait accrochée à une balançoire, un instant je flottais sur un nuage en pensant à Pierre, la seconde d'après je sombrais dans la morosité la plus grise. C'était le prix à payer pour la réalisation de mes fantasmes, car, en dépit de leur apparence de réalité et des moyens qu'on me donnait pour les rendre inoubliables, ils restaient, justement, des fantasmes. Ils n'étaient pas ancrés dans le quotidien.

Et il me fut très difficile de résister à l'envie de feuilleter les pages « Société » du *Times-Picayune*, une véritable institution à La Nouvelle-Orléans où rien n'éveille tant l'intérêt que les galas de charité et les bals. C'était moi, cette silhouette photographiée derrière Pierre, qui était, bien sûr, la vedette de la soirée. La légende me décrivait comme « la séductrice Cendrillon » qui avait « captivé le milliardaire du Bayou ». Cette formule donna à Dell de quoi ricaner à longueur de journée et je devins la cible des sarcasmes que d'habitude elle réservait à Tracina.

— Hé, Cendrillon la Séductrice, me taquinait-elle, tu crois que tu pourras t'occuper de la table dix à ma place ? J'ai un prince qui vient me chercher ce soir dans une citrouille géante. Tu n'aurais pas des pompes en verre à me prêter ?

Tracina, de son côté, avait un comportement presque neutre. Elle se tenait en retrait, mais moi, pour l'avoir assez fréquentée, je me demandais si elle ne réservait pas son venin, tout simplement, en attendant la meilleure occasion pour le cracher.

Je ne cessais pas de penser à Pierre, et lorsque je retrouvai Matilda pour notre conversation rituelle au Tracey's, je ne pus m'empêcher de lui demander si j'allais le rencontrer de nouveau, s'il lui avait parlé de moi. Je me doutais cependant que mon mentor me déconseillerait de le revoir pour éviter que je ne retombe dans mes vieilles et, surtout, mauvaises habitudes. Elle savait, et moi aussi, que mon corps avait une fâcheuse tendance à s'enticher d'hommes qui n'étaient pas nécessairement bons pour moi.

— Ce n'est pas que Pierre soit quelqu'un de mauvais, m'expliqua-t-elle. Il est intelligent et généreux. Mais il peut être dangereux pour une femme qui le croirait capable de s'engager dans une relation véritablement intime.

— Mais s'il est si dangereux, pourquoi l'avez-vous recruté ?

— Parce qu'il était l'homme parfait pour ce fantasme. J'étais aux anges quand il m'a appelée pour me dire oui après t'avoir vue au Halo. Cela faisait des années que nous essayions de le recruter. Et j'étais sûre que tu ne serais pas déçue. Dis-moi, ma chérie, est-ce que ce fantasme correspondait à ce que tu voulais vivre ? Sois franche.

— Oui, bien sûr, mais...

— Il n'y a pas de mais.

Je hochai la tête, au bord des larmes. Quelle cruche je faisais ! Il n'y avait pas de quoi pleurer ! C'était juste une aventure, une passade. Du sexe, torride en effet, mais rien d'autre. J'avais beau me raisonner, les larmes coulaient sur mes joues. J'ai jeté un coup d'œil autour de nous pour voir si quelqu'un nous regardait. Mais les clients étaient trop occupés à suivre le match ou à déguster leur sandwich.

— Peut-être que je ne suis pas faite pour ce genre de chose, pleurnichai-je.

— N'importe quoi, rétorqua Matilda en me tendant un mouchoir en papier. Laisse tes sentiments s'exprimer, ils sont normaux. Pierre est un homme à forte personnalité, n'importe quelle femme serait sous le charme. Pour être honnête, j'espérais presque qu'il ne participerait pas à ton fantasme, car je me doutais qu'il risquait de trop t'impressionner. Mais, Cassie, laisse-moi insister sur un point : il s'agit d'un fantasme, et les hommes qui y jouent un rôle ne feraient pas forcément de bons compagnons dans la vie de tous les jours. Profite de l'instant, savoure-le et ensuite... laisse-le partir.

Avec un hochement de tête, je me mouchai.

Quelques semaines plus tard, l'hiver nous surprit avec une vague de gel inopinée. Je fermai la porte de « l'hôtel des vieilles filles » derrière moi et sortis dans l'air limpide et glaçant pour une petite trotte sportive avant de commencer mon service. Qu'il puisse y avoir un hiver à La Nouvelle-Orléans ne cessait pas de m'étonner, et cette année, il s'annonçait sans pitié. Le froid implacable vous pénétrait jusqu'aux os, vous donnant l'envie de vous tremper dans une baignoire d'eau chaude pendant des heures. Je portais un bonnet, des gants et des vêtements polaires, mais je dus parcourir plusieurs pâtés de maisons avant que l'exercice ne parvienne à me réchauffer.

Je descendis Mandeville vers Decatur et tournai vers le French Market afin d'éviter le front de mer et la zone portuaire pour ne pas trop penser à Pierre, qui en était pratiquement le propriétaire. Je me demandai ce qu'il finirait par faire avec tous ces terrains. Construire des lotissements ? Un centre commercial ? Un autre casino ? Will grognait déjà parce que Marigny était en train de devenir un autre « paradis des branchés ». Il y avait trop de touristes, se plaignait-il, et pas de ceux qui nous feraient du bien, car ils ne cherchaient pas à écouter du bon jazz ou à bien déjeuner. Il raillait leurs coupes de cheveux « ridicules » et râlait contre leurs boissons à emporter et leur insistance à marchander le prix des bijoux avec les artisans du marché en plein air.

Je passai devant le Café du Monde, où comme d'habitude une queue s'était formée à la porte. Même si c'était un lieu hautement touristique que la plupart des Néo-Orléanais évitaient, j'aimais terminer mon jogging avec un café de chez eux. Les beignets, cependant, j'avais fait une croix dessus. À quoi bon courir pendant trois quarts d'heure si après on s'empiffrait de ces bombes caloriques ? disait toujours Will.

Oh, Cassie, basta !

Entre Will et Pierre, ma tête était remplie de voix masculines. Il fallait que je m'en débarrasse.

En revenant à « l'hôtel des vieilles filles », je vis

que la porte de l'entrée était ouverte. Bizarre. Je m'alarmai encore plus lorsque je trouvai Anna dans l'entrée en train de fouiller dans un colis de bonne taille enveloppé de papier kraft.

— Oh, Cassie, je suis navrée, me dit-elle avec le regard du voleur surpris la main dans le sac. J'ai, par mégarde, ouvert ton paquet. J'ai signé, convaincue que c'était pour moi... Je deviens vieille, ma vue baisse de plus en plus... Mais c'est un très beau manteau. Et ces chaussures ! C'est un cadeau de Noël en avance ?

Je lui enlevai le carton des mains et en examinai le contenu : un très long manteau camel sans boutons mais avec une ceinture, une paire d'escarpins Christian Louboutin à hauts talons, dix centimètres au moins. Je fus soulagée en voyant qu'Anna n'avait pas eu le temps d'ouvrir l'enveloppe scotchée sur la boîte.

— C'est un cadeau, Anna, expliquai-je en essayant de ne pas montrer à quel point son indiscrétion m'agaçait.

« Par mégarde » ? Mon œil ! Elle dissimulait de moins en moins la curiosité que mes allées et venues suscitaient en elle, et chaque fois que la limousine venait me chercher elle trouvait une excuse pour m'attendre sur le palier. Au fond du paquet se trouvait une petite bourse en velours noir. Elle la remarqua en même temps que moi. Elle ne se gêna pas :

— Et ça ? Qu'est-ce qu'il y a à l'intérieur ?

— Des gants, répondis-je.

J'improvisai toute une histoire à propos d'un client du Café Rose qui me poursuivait de ses assiduités, avec qui j'étais sortie deux ou trois fois et qui cherchait par tous les moyens à me séduire.

— J'aimerais qu'il se calme, soupira-je pour faire bonne mesure. Il devrait arrêter de me faire des cadeaux, c'est trop précipité.

— Balivernes, dit-elle. Profite tant que tu peux.

Enfin seule dans l'intimité de mon appartement, j'ouvris l'enveloppe. *Cinquième étape : Curiosité.* Très approprié, en effet, me dis-je. Anna réussirait, haut la main, cette étape. Je vidai ensuite le contenu du petit sac sur le lit. Heureusement qu'elle ne l'avait pas trouvé avant moi. Le contenu lui aurait provoqué une crise cardiaque...

Le lendemain, juste après le coucher de soleil, la limousine remonta l'allée du Manoir et me déposa devant l'entrée principale, alors que lors de l'occasion précédente nous nous étions arrêtés devant un accès latéral. Je n'avais même plus à me rappeler d'attendre que le chauffeur m'ouvre la porte, ce comportement était devenu une seconde nature. On m'aurait dit, lorsque j'étais encore dans le Michigan, que je réagirais ainsi, j'aurais éclaté de rire. Je descendis et traversai le perron pavé, juchée sur mes hauts talons qui, à ma grande surprise, se révélaient fort confortables. Sans doute parce qu'ils avaient coûté une petite fortune. Je m'arrêtai pour contempler la façade, la même lumière étrange et accueillante éclairait les fenêtres comme si elle n'attendait que moi pour raviver son éclat. Une bise glaciale mordit mes chevilles nues et je resserrai le long manteau autour de ma taille.

Je montai lentement le large escalier de marbre qui menait à la double porte d'entrée, l'estomac noué. Quelles surprises me réservait le fantasme de ce soir ?

J'espérais en tout cas avoir acquis assez d'audace, de confiance et d'assurance grâce aux étapes précédentes pour profiter sans entraves de celui-là. C'étaient des qualités auxquelles je devrais faire appel, d'après ce que Matilda m'avait dit. De plus, j'avais besoin d'une expérience saisissante et rassasiante qui m'aide à libérer mon corps du souvenir de Pierre et ma tête des pensées sur Will. Certaine qu'à la fin de la nuit j'y serais parvenue, je tâtai ma poche pour m'assurer de la présence complice du sachet en velours.

Je frappai deux coups à la porte. Claudine ouvrit et m'accueillit comme si nous nous connaissions depuis longtemps, presque comme si nous étions de vieilles amies.

— J'espère que vous avez fait un bon trajet ?

— Excellent, comme toujours, répondis-je en admirant le hall imposant.

La chaleur qui y régnait, presque excessive, me fit du bien. Elle venait du feu de cheminée dans le petit salon ouvert sur ma gauche. J'attardai mon regard sur l'admirable escalier cintré à la balustrade dorée. Un tapis rouge recouvrait les marches. Dans le hall, le damier en marbre formait une spirale dont les lignes convergeaient vers un écusson, au centre duquel trois femmes nues aux tons de peau différents – blanc, mat, noir – se donnaient la main à l'ombre d'un saule. Autour, je pus lire les mots suivants : *Nihil judicii. Nihil limitis. Nihil verecundiae.*

— Qu'est-ce que ça veut dire ?

— C'est notre devise : *Aucun jugement. Aucune limite. Aucune honte.* Vous l'avez apporté ?

Pas besoin d'autre explication, je savais de quoi elle parlait.

— Bien sûr, répondis-je en lui tendant le sac en velours, qu'elle prit.

— C'est l'heure, dit-elle en me poussant doucement vers la porte du petit salon.

J'entendis les ficelles glisser contre le tissu et elle posa alors un bandeau de satin noir sur mes yeux, qu'elle noua à l'arrière de ma tête.

— Vous pouvez voir quelque chose ?
— Non.

C'était la vérité, j'étais dans le noir le plus absolu. Elle passa les mains autour de ma taille, défit la ceinture du manteau et me l'ôta. J'entendis ses pas s'éloigner avant d'avoir pu lui demander ce qu'on attendait de moi.

Je sondai le silence pendant quelques minutes. Il y avait les craquements du feu, le frottement de mes talons sur le sol lorsque je faisais passer le poids de mon corps d'un pied sur l'autre, le tintement de mes *charms* lorsque je bougeais le bras. Heureusement que la pièce était bien chauffée, car tout ce que je portais étaient les chaussures et le masque en satin. J'avais suivi au pied de la lettre les instructions spécifiées sur le bristol : ne rien porter d'autre et ne pas oublier le sac en velours. J'attendis pendant un moment qui me parut interminable en me demandant comment cette étrange situation allait évoluer.

Peu à peu, privée de vision, mes autres sens commencèrent à prendre le relais, je sus que quelqu'un se trouvait avec moi dans la pièce. Je n'avais entendu personne entrer, mais je sentais une présence. C'était troublant.

— Il y a quelqu'un ? demandai-je. S'il vous plaît, dites quelque chose.

Pas de réponse. Cependant, quelques secondes plus tard, je perçus une respiration. Je frémis, très nerveuse.

— Je sais qu'il y a quelqu'un. Que dois-je faire ? Qu'attendez-vous de moi ?

Quelqu'un s'éclaircit la gorge. Je sursautai. C'était un homme, aucun doute là-dessus.

— Qui êtes-vous ?

J'avais parlé un peu trop haut, ou c'était la tension du silence qui me donnait cette impression.

— Faites un quart de tour à gauche, ordonna la voix. Comptez cinq pas puis arrêtez-vous.

Le timbre était séduisant, celui qui avait parlé était sans doute plus âgé que moi, et il avait, me sembla-t-il, l'habitude de commander. J'avançai en sentant que je me rapprochais de lui.

— Tendez les bras devant vous, et avancez jusqu'à ce que vous puissiez me toucher.

La volupté qui enrobait chacun de ses mots m'incita à continuer. Je mis un pied devant l'autre lentement, subitement consciente que le manque de repères visuels perturbe l'équilibre. J'étirai le bout de mes doigts et touchai une peau élastique et chaude. Je n'étais pas assez téméraire pour poser mes mains à plat et explorer ce corps inconnu, mais j'étais sûre qu'il était nu aussi, qu'il était grand et avait un large torse.

— Cassie, acceptez-vous de franchir cette étape ?

Sa voix me semblait comme de la fumée liquide, les « s » sifflant, sinueux, autour des voyelles.

— Oui, j'accepte.

J'avais répondu un peu trop vite et avec un peu trop d'enthousiasme, me sembla-t-il, mais peu importait, car mes mains parcouraient déjà les contours de son buste qui s'affinait vers la taille, mes doigts remontaient à présent vers ses épaules. Ma timidité était partie, elle avait fondu à la chaleur du feu, ou peut-être que je l'avais laissée sous le bar du Halo, ou à l'arrière d'une limousine, ou peut-être s'était-elle noyée dans les eaux du golfe. Je ne le savais pas, j'avais oublié et je n'en avais cure.

— Comment vous appelez-vous ? demandai-je.
— Cela n'a pas d'importance, Cassie. Vous permettez ?
— À quel sujet ?
— Vous permettez que je vous touche ?

Je laissai tomber mes bras le long de mon corps, plus disposée que jamais à m'abandonner. Je hochai la tête et il s'approcha, je sentis ses doigts frôler mes tétons, déjà dressés comme pour attirer son attention. Il survola mes seins lentement, avec une sensualité extrême, avant d'en enrober un dans sa main et de poser dessus ses lèvres, étrangement fraîches. De l'autre bras il m'enlaça en pressant la main sur mes fesses, de sorte que nous nous trouvâmes peau contre peau. Je sentais son érection contre ma cuisse. Ses doigts furetèrent entre mes jambes. Je sentais mon sexe enflé et humide.

Lors des premiers fantasmes, mon corps peinait à réagir ; à présent non, il s'éveillait et répondait déjà. Je le voulais, cet homme. Non, pas *lui*. Comment aurais-je pu, alors que je ne le connaissais pas, que je n'avais même pas vu son visage ? Ce que je voulais, c'était l'instant, ce qui pouvait se passer entre nous. Je compris alors ce que Matilda avait voulu dire lorsqu'elle m'avait conseillé de puiser dans les ressources de mon corps pour expulser Pierre de ma tête. Tout à coup, aussi soudainement qu'il avait commencé, l'inconnu me libéra de son étreinte. Je faillis basculer en arrière.

— Où êtes-vous ? demandai-je, tâtonnant dans le vide. Où êtes-vous parti ?

— Suis ma voix, Cassie.

Elle venait à présent de l'autre extrémité de la pièce, je me retournai, nous nous éloignions du feu, nous allions vers une autre pièce.

— C'est très bien. Comme ça, doucement, murmura-t-il. Tu sais à quel point tu es renversante, nue dans ces chaussures ?

Ses mots attisèrent mon excitation, j'avançai encore, trop lentement pour mon envie impatiente. À la chaleur qui enveloppa mon corps je compris qu'il y avait aussi une cheminée dans cette autre pièce. Il y avait aussi un tapis moelleux, je faillis trébucher.

— Il y a un fauteuil devant toi, à deux pas.

Je touchai le haut dossier en bois, si haut qu'on aurait dit un trône. Je pris place sur des coussins en soie sauvage, devinai-je d'après la trame du tissu sur mes fesses. Je me tins bien droite, les cuisses serrées, trop consciente des plis qui barraient mon ventre lorsque j'étais assise. Je me fustigeai intérieurement, cela n'avait aucun intérêt, aucune importance. La soie était douce, je fis courir mes doigts dessus. L'homme bougea, il était à présent derrière moi.

Ses mains grandes, caressantes, se posèrent sur mes épaules. Il en laissa une sur ma nuque tandis que de l'autre il saisit quelque chose près de nous. Je sentis le bouquet corsé et épicé d'un vin rouge, la fraîcheur du bord de la coupe sur ma lèvre.

— Prends-en une gorgée.

Il inclina le verre, je bus avec délices. Je n'étais pas une grande connaisseuse, mais c'était un vin vieux, somptueux. Je décelai des touches de cerise et de chocolat, c'était sans doute le cru le plus cher que j'aie jamais goûté. Il reposa le verre sur la table, changea de place. L'instant d'après, sa bouche était sur la mienne, nos langues faisaient connaissance. Il avait le même goût que le vin, capiteux, avec un soupçon de cacao. Toutes les cellules de mon corps répondaient à sa saveur et à son odeur, à son contact, à son toucher. Puis, il s'arrêta.

— As-tu faim, Cassie ?

Je hochai la tête.

— De quoi as-tu envie ?

— De toi.

— Oui, mais plus tard. D'abord, ouvre ta bouche délicieuse.

J'obéis. Il posa quelque chose de léger et juteux sur mes lèvres. C'était un morceau de fruit frais, il me le fit sentir, l'approcha à peine pour que je le goûte de la pointe de la langue. D'abord de la mangue, sucrée et juteuse, que je léchai en même temps que ses doigts. Puis il m'offrit des fraises, certaines trempées dans du chocolat, d'autres dans de la crème fouettée. Ce fut la saveur puissante des truffes, cependant, qui me mit dans tous mes états. Il ne me laissa que mordiller les bords de l'une d'elles sans me permettre de la croquer en entier. Ensuite, il s'empara de mes lèvres, sa saveur mélangée à celles des mets. Je ne pouvais pas voir son visage, et la curiosité et le désir me torturaient au contact de sa bouche.

Je le sentis se pencher, ses cuisses nues enserraient

les miennes. Je déglutis avec difficulté. Ses mains entourèrent les accoudoirs, il tira la chaise en avant.

— Tends tes mains, dit-il.

Ce fut son sexe que mes doigts trouvèrent, je l'enrobai, me penchai pour le prendre avec gourmandise dans ma bouche. Je m'aidai de mes mains pour le saisir en entier, le plaisir de donner du plaisir m'envahissait. J'imaginai ce qu'il pouvait voir de moi, mon corps nu sur la soie, mes hauts talons, mes cheveux lâchés, j'imaginai son beau corps. Je frémis.

— Arrête, Cassie, murmura-t-il en s'écartant. C'est fantastique, mais tu dois arrêter.

Il m'aida à me relever, j'avais les membres engourdis par le désir. Il me fit avancer de deux ou trois mètres, puis il plaça mes mains sur ce qui me sembla être un divan en soie. La pièce sentait les agrumes et le vin, et il y avait aussi une odeur plus sucrée. Vanille ? Je n'arrivais pas à en trouver l'origine. Le feu crépitait, mon cœur battait à se rompre. Resté derrière moi, il pressa ses mains fermement sur mes hanches, je me cambrai, il m'attira contre lui. Je sentais son désir, je le sentais, lui, son sexe, dressé et dur.

— Je vais te pénétrer, Cassie. C'est ce que tu veux ?

Je me cambrai davantage pour lui montrer que oui, je le voulais, lui et tout ce qui allait se passer entre nous.

— Dis-le, Cassie. Je veux l'entendre.

— Je te veux, murmurai-je, la voix étranglée par l'envie.

— Encore, Cassie. Dis-moi que tu me veux.

— Oui, je veux ! Je te veux !

— Encore une fois !

— Je te veux. Je te veux en moi. Maintenant !

Je l'entendis déchirer l'enveloppe d'un préservatif. Je fermai les yeux derrière le foulard en sentant son sexe me pénétrer sans ménagement. Il glissa une main entre mes cuisses, plaqua sa paume contre mon sexe un instant avant de faire jouer ses doigts à un rythme qui modifia celui de ma respiration. De l'autre main, il prit mes cheveux, et doucement, comme s'il tenait une rêne en soie, me fit renverser la tête. Son souffle était aussi court que le mien, ses gémissements rauques attisaient mon désir, j'aimais savoir que je le rendais fou. Il caressa mon dos, malaxa mes fesses, ses caresses produisirent des explosions en chaîne sur mes terminaisons nerveuses.

— Tu es si sexy avec tes jolies fesses tendues vers moi, Cassie. J'aime ça. Et toi ?

— Oui.

— Redis-le. Plus fort.

— J'aime ça... J'aime que tu me baises comme ça, dis-je, étonnée de m'entendre prononcer ces mots.

C'était cru, c'était excitant et surtout, c'était vrai.

D'une main, il m'écarta encore plus les jambes, ses coups de reins devinrent impérieux, presque violents.

— J'aime ça, j'aime ça...

Je répétai la phrase une fois, puis une autre. Tout se passait si vite, les sensations étaient si puissantes... Je chavirais dans un océan de plaisir, un océan où l'orage n'allait pas tarder à se déchaîner.

— Je veux t'entendre jouir, Cassie. Tu peux jouir, laisse-toi aller, grommela-t-il, d'une voix à mi-chemin entre l'ordre et la plainte.

Je ne demandais que ça. Je m'abandonnai au plaisir sans plus penser à rien, plongeai dans la délivrance, me laissai emporter par elle. Il jouit avec moi, et, quand il eut fini et qu'il se retira, je m'affalai dans le divan, si détendue que je glissai sur le tapis en peau de bête. Il vint s'allonger près de moi. Je me tournai vers lui, la main sur le nœud du bandeau. Je voulais l'enlever.

— Non, laisse-le en place.

— Mais je veux te voir. Je veux voir le visage de l'homme capable de faire chanter mon corps de cette façon.

— Je tiens à l'anonymat.

Percevant sans doute ma frustration, il prit ma main.

— Le voici, mon visage. Mais garde le bandeau.

Il dirigea ma main vers son menton, carré, déterminé, je sentis la barbe qu'il avait dû raser tôt le matin et qui commençait à repousser. Il avait un nez droit, des cheveux doux, mi-longs. Lorsque je dessinai le contour de ses lèvres, une bouche sensuelle, avec mes doigts, il en mordit le bout, joueur. Je descendis de nouveau vers son torse musclé, le long de son ventre.

— J'adore le contact de ta peau, dis-je.

— Je te retourne le compliment... Et je suis désolé, crois-moi, mais je dois partir. Ouvre ta main.

Je n'avais pas besoin de mes yeux pour savoir que l'objet qu'il déposa sur ma paume moite était un *charm*, mon septième, *Curiosité*. Ne pas le voir me donna l'impression qu'il était fragile, que la moindre pression pourrait l'abîmer.

— Merci, murmurai-je, le corps frémissant encore.

Il m'embrassa une dernière fois et se releva. Le tapis amortit ses pas vers la sortie.

Une fois qu'il eut fermé la porte derrière lui, j'enlevai le bandeau et contemplai la pièce. Elle était magnifique, décorée dans un style très masculin, avec un grand bureau de chêne au centre et des étagères croulant sous les livres sur trois des murs. À côté d'un bol plein d'oranges, brûlait une grande bougie à trois mèches. Je restai longtemps assise sur le tapis, ma main enfouie dans la peau d'ours, hypnotisée par les flammes qui dansaient, de plus en plus faibles, dans la cheminée.

En accrochant le *charm* au bracelet, je me demandai à quoi ressemblait cet homme, mon mystérieux inconnu, celui qui venait de partir, me laissant seule mais plus éveillée à la vie que jamais.

XI

Après mon expérience avec les yeux bandés, la vie semblait plus intense, mes sens paraissaient s'être aiguisés et je prêtais plus d'attention au monde qui m'entourait, à des gens qu'à un autre moment j'aurais ignorés. Si je me promenais dans le Garden District, je laissais courir mes mains sur les grilles et remarquais les épis de maïs ou les oiseaux forgés dans le fer, j'imaginais l'artiste qui les avait conçus et façonnés. Les habituées du Rose qui occupaient une table en terrasse pendant toute une matinée en ne consommant qu'un café ne m'énervaient plus, au contraire, je me réjouissais de la vie de quartier qui égayait notre rue, de ces liens sociaux qui ailleurs n'existaient plus. J'appréciais ma chance de faire partie de cette communauté. Je commençais, enfin, à me sentir chez moi.

Au lieu de juste remplir la tasse de café et tourner les talons, j'interrogeai le vieux monsieur bavard à la canne en bois taillé, et il me parla de sa femme qui était partie avec leur avocat et de ses trois filles qu'il ne voyait que rarement. Je commençai ainsi à comprendre que ses excentricités étaient un chemin détourné pour attirer l'attention des autres et se sentir moins seul. Et je dus insister longtemps pour que Tim, l'employé du magasin de vélos, trois portes plus loin, me raconte son expérience renversante de survivant à plusieurs ouragans et celles, plus tristes, d'amis qui avaient eu moins de chance.

— Certains n'ont survécu que pour mourir le cœur brisé peu de temps après.

Et je n'eus aucun mal à le croire, je ne connaissais que trop bien les dégâts que la mort et les déceptions peuvent causer.

L'hiver qui avait commencé méchamment s'était fortement radouci quand une bénévole m'appela pour m'annoncer que j'avais gagné, à la tombola du bal, un voyage pour deux à Whistler en Colombie-Britannique. J'en fus folle de joie. L'idée de passer un long week-end dans une station de ski me ravissait, car j'avais envie de retrouver un véritable hiver. En dépit de mon attachement au Sud et à la ville, j'étais toujours, au fond de mon cœur, une fille du Nord.

Je demandai à Anna de garder Dixie chez elle pendant mon absence. Je n'avais aucune envie de lui donner les clés de mon appartement en même temps que la possibilité de fouiner dans mes affaires et de découvrir des indices concernant les raisons de mes virées en limousine.

Lorsque je parlai à Matilda de mon voyage en lui donnant les dates, elle ne dit pas grand-chose à part me souhaiter de belles vacances et m'enjoindre de la rappeler dès mon retour.

Will, dans son rôle de patron, rechigna à m'accorder un congé, mais comme entre les fêtes et Mardi gras il y avait toujours une période un peu creuse, je pus le convaincre que c'était le meilleur moment pour que je prenne quelques jours.

— J'imagine que tu as raison, finit-il par admettre alors qu'on prenait un café après le rush de midi. Tu y vas seule ?

— Je n'ai personne avec qui partager ce week-end, en fait.

— Tu pourrais demander à Pierre Castille, fit-il avec la grimace de celui qui découvre un rat mort dans son garde-manger.

Ce prénom, prononcé à voix haute, me donna le frisson. J'espérai que ma réaction était passée inaperçue.

— Oh, Will, allons. Ce n'était rien d'autre qu'un bal caritatif.

Je me persuadai que je ne mentais même pas.

— Oh, Cassie, allons, m'imita-t-il. Il était sous le charme. Il t'a rappelée ?

Sa jalousie, qu'il ne faisait aucun effort pour cacher, secoua la table du café comme si un ouragan se préparait.

— Non, Will. Il ne m'a pas rappelée et je ne m'attends pas à ce qu'il le fasse.

C'était la vérité. Je jouais avec l'ourlet de mon tablier en songeant à sa relation avec Pierre, je brûlais d'envie d'en savoir plus. Je respirai un bon coup et osai enfin lui poser la question :

— Comment l'as-tu rencontré, en fait ? Et pourquoi tu ne m'avais jamais parlé de lui ?

— Sainte-Croix, fit-il. L'école privée pour garçons, tu connais ? C'est son père qui a tiré quelques ficelles pour que je bénéficie d'une bourse.

— Donc vous étiez amis, enfants.

— Les meilleurs amis du monde, pendant des années. Mais le temps et nos caractères ont fini pour nous séparer. Puis ce truc-là a fini d'achever notre amitié, ajouta-t-il en montrant du menton le gros immeuble d'appartements en face du café. Le père de Pierre a créé la société Castille Development, et c'est eux qui ont construit cette aberration urbaine. Je me suis battu contre eux. Et j'ai perdu. Je ne comprendrai jamais : pourquoi fallait-il qu'ils bâtissent neuf étages ? Quatre, cinq, pourquoi pas ? Mais neuf ? Ici, au cœur du Quartier français ? Comment se fait-il que la mairie les ait laissés faire et que moi, on m'empêche d'installer une dizaine de tables à l'étage ?

— La structure est vraiment vétuste. Et l'installation électrique date de la Seconde Guerre, au moins.

— Je compte m'en occuper, Cassie, tu sais bien.

— Avec l'argent de ta folle enchère sur moi ?

— Je me suis laissé prendre au jeu...

Son expression blessée me fit regretter de lui avoir rappelé ce moment difficile. Heureusement, il changea habilement de sujet :

— Je vais faire un emprunt pour les travaux, je crois même que je pourrais avoir droit aux aides à la rénovation, ou profiter des fonds mis en place après l'ouragan. Je ne sais pas comment, mais il faut que je trouve le moyen de remettre d'aplomb ce fichu bâtiment.

Je regardai l'immeuble à neuf étages en briques blondes de l'autre côté de la rue. Pauvre Will, il devait penser à Pierre chaque fois qu'il le voyait ! Autant dire chaque jour.

— Tu vas me manquer, Cassie.

Avais-je bien entendu ce que je venais d'entendre ?
Je n'en revenais pas.
— Je ne pars que quatre jours.
— Tu ne m'avais jamais dit que tu skiais.
— Ça fait un bail. Dix ans, au moins. D'ailleurs, mon équipement doit être horriblement démodé, maintenant que j'y pense. Tu as déjà skié, toi ?
— Jamais. Né et élevé dans le Sud. Les rares fois où il neige ici, je suis émerveillé comme un gosse. Tu prendras des photos ? demanda-t-il avant d'ajouter, en imitant l'accent du Sud : Parce que des montagnes grandes comme ça, je n'en ai jamais vu de ma vie.

Trois semaines plus tard, alors que je regardais Whistler Mountain à travers le viseur de mon appareil, je pensai à ma conversation avec Will en songeant que moi non plus, je n'avais jamais vu auparavant de montagnes aussi impressionnantes. Au Michigan, nous skiions sur les collines, hautes, escarpées même, mais qui restaient des collines en fin de compte, aucunement comparables aux montagnes que je découvrais. Je ne pouvais même pas distinguer leurs sommets, alors qu'il faisait un temps magnifique. D'ailleurs, les températures étaient bien plus clémentes que celles des hivers au Michigan, et je commençais à regretter la combinaison bleu layette que je m'étais offerte parce qu'elle était trop épaisse et que je passais mon temps avec le haut rabattu autour de la taille pour éviter de mourir de chaud sous les rayons d'un soleil resplendissant. Je me faisais l'impression d'une tulipe d'une couleur inattendue aux pétales fatigués. Ma toque et mes moufles blanches se trouvèrent très vite tachées de café et de chocolat, car il me fallut un jour et demi pour me décider à prendre le télésiège jusqu'au sommet.

J'avais passé pas mal de vacances au Canada, à Windsor, parce que l'âge minimal pour consommer de l'alcool était inférieur à celui fixé par les lois du Michigan et que je sortais avec Scott qui buvait déjà trop, même avant notre mariage. J'avais, à une époque, essayé de suivre son rythme, mais je n'aimais pas les effets de l'alcool sur moi. Pourtant, à cette période de notre relation, si Scott aimait faire quelque chose, je l'imitais. Il préférait les voitures Ford, ma première voiture fut donc une Focus. Il aimait manger thaï, je devins fan à mon tour des spécialités thaïlandaises. Il skiait dès qu'il en avait l'occasion, je le suivais donc sur les pistes. Sauf que le ski est resté la seule chose parmi toutes celles qu'il m'a imposées que j'aie sincèrement aimée et pour laquelle j'aie fait preuve d'un peu de talent. Au départ, nous skiions ensemble, car Scott n'était jamais autant dans son élément que lorsqu'il me disait ou me montrait comment faire quelque chose. J'étais une partenaire enthousiaste et je voulais tellement que ça marche entre nous que je faillis me casser le cou sur une bosse après seulement trois jours de leçons. Très vite, je fis des progrès considérables, ce qui au départ plut à Scott, mais ne tarda pas à l'agacer. Au bout d'un moment, je partais de bonne heure sur les pistes et il restait au chalet, gardait le canapé au chaud et préparait un verre pour mon retour. Skier seule me produisait ce sentiment d'indépendance et d'euphorie qui accompagne les montées d'adrénaline, j'aimais la vitesse et la tension des muscles de mes cuisses dans le froid. Mais ma nouvelle passion eut une vie très courte, car dès que Scott comprit que je prenais vraiment du plaisir et que, bénéfice collatéral, j'attirais l'attention de certains hommes, nous cessâmes d'aller skier.

En me baladant dans la rue principale de Whistler, vêtue de ma nouvelle combinaison, ces mauvais souvenirs me vinrent à l'esprit, accompagnés, heureusement, de quelques autres bien plus heureux. Les meilleurs moments de notre histoire, je m'en aperçus, nous les avions vécus lors de nos escapades dans la Péninsule supérieure. Je me rendis compte que je commençais enfin à pardonner à Scott, que je cessais de nourrir mon ressentiment contre lui et ses décisions égoïstes qui avaient fait de moi une veuve à l'âge de vingt-neuf ans. C'était une bonne chose. J'en avais ma claque de le rendre coupable de ma solitude, ma claque de m'attrister sur mon sort. Et lors de jours comme celui-ci, lorsque le soleil brillait et que la neige scintillait, je pouvais même dire que j'aimais ma vie parce qu'elle était, pour la première fois, totalement à moi. Je regardais le paysage, d'une beauté à couper le souffle. Mon cœur s'emplit de gratitude et de quelque chose d'encore plus absolu : la joie à l'état pur.

— Laissez-moi vous prendre en photo devant la montagne.

Je fus surprise par la voix, mais encore plus par le geste de l'inconnu qui essayait d'attraper mon appareil.

— Bas les pattes ! fis-je en reculant.

Non mais ! C'était culotté et... mignon. Je regardai le jeune brun dont la fossette à la joue gauche était un piège où les filles devaient tomber la tête la première. Il m'avait semblé détecter un soupçon d'accent français.

— Je n'essayais pas de vous le voler, expliqua-t-il, les deux mains levées, paumes vers moi, comme s'il se rendait. Je me suis juste dit que vous aimeriez être sur la photo. Je m'appelle Théo.

— Salut, dis-je en lui tendant la main, alors que de l'autre je gardais l'appareil hors de sa portée.

Il ne pouvait pas avoir plus de trente ans, mais ce visage appartenait à quelqu'un qui s'exposait chaque jour au soleil et au vent, et de petites rides autour des yeux, terriblement sexy, lui donnaient un air de maturité en dépit de la jeunesse de son regard et de son sourire.

— Cassie.

— Je suis désolé, je ne voulais pas vous faire peur. Je travaille ici, je suis moniteur de ski.

Mmm. Je venais passer deux jours seule, appréciant ma solitude, mais voilà que ce délicieux spécimen mâle croisait ma route, très vraisemblablement grâce à Matilda. Je préférai écourter les formalités :

— Donc, vous travaillez ici, vous dites ? À Whistler ? Ou c'est plutôt que vous êtes un des... vous savez ?

Il hochait la tête, encourageant.

— Vous savez, un des, enfin... Un des *hommes* ? finis-je par dire.

— Euh, oui, je suis... un homme, répondit-il, perplexe.

Ce fut seulement alors que j'envisageai la possibilité qu'il ne soit qu'un, eh bien, qu'un homme, un joli garçon qui avait tout simplement eu envie de venir me parler, sans avoir aucune relation avec S.E.C.R.E.T. Ce n'était pas si impossible que ça, après tout.

— Bien sûr, dis-je. C'est moi qui suis désolée. Je ne voulais pas sous-entendre que vous étiez un voleur à la tire…

De façon spontanée, je me mettais à présenter des excuses aux inconnus, un sport national au Canada, d'après mon guide de voyage.

— Si vous voulez vraiment que je vous croie, il faut que vous acceptiez un cours de ski gratuit.

Son accent n'était pas français, mais, plus logique, québécois.

— Mais qui vous dit que j'ai besoin d'un cours ? rétorquai-je en reprenant un peu d'assurance.

— Vous connaissez cette station ? demanda-t-il avec un sourire irrésistible. Vous connaissez les pistes, les télésièges, les pentes qui ont l'air faciles mais s'avèrent dangereuses si on n'y prête pas attention ?

Il savait comment emporter une discussion, ce Théo.

— Non, pas vraiment, admis-je. J'avoue : je traîne en bas des pistes depuis deux jours, je ne suis pas sûre d'avoir le courage de monter.

Il me tendit le bras.

— Je serai votre courage.

Théo était un excellent professeur, et après une heure à quadriller le Saddle, un flanc de montagne où la neige était poudreuse et pure au possible, je me laissai persuader de monter au Symphony Bowl, où, m'avait-il promis, les descentes vertigineuses alternaient avec des passages plus faciles pour offrir du répit à mes quadriceps malmenés. Et ensuite, une descente de huit kilomètres sans obstacles nous permettrait d'arriver en beauté au village. Je me félicitai d'avoir repris le jogging de manière quotidienne, car sans préparation physique une journée comme celle-là m'aurait laissée, pour le reste du week-end, immobilisée devant la cheminée.

Au bord du Bowl, je ne pus que m'arrêter. Oui, l'étendue blanche à perte de vue au-dessous d'un ciel si bleu que c'en était douloureux à regarder était d'une beauté au-delà des mots, mais ce qui me saisit, à ce moment-là, ce fut à quel point ma vie avait changé grâce à un simple « oui ». Tout au long de ces derniers mois j'étais parvenue à faire des choses absolument inconcevables un an plus tôt. Je ne pensais pas seulement à mes rencontres avec mes inconnus, mais aussi au bénévolat au bal, à la reprise du sport, au fait de m'habiller plus sexy, d'aller à la rencontre des autres, de ne plus me laisser marcher sur les pieds, et, enfin, à ce séjour. J'étais venue ici, seule, sans aucune idée de comment ces quatre jours allaient se dérouler. Et j'aurais été incapable d'accomplir aucune de ces choses sans l'aide précieuse de S.E.C.R.E.T.

Lorsque ce jeune homme avec des skis à l'épaule m'avait abordée sur la place, au lieu de me recroqueviller dans ma coquille ou de me méfier de ses intentions, j'avais fait un effort pour croire qu'il était parfaitement possible que j'attire l'attention d'un homme comme lui. Une heure plus tard, sur le sommet du monde, ou presque, je me sentais transformée. Et pourtant il y avait encore une partie de moi qui doutait de l'authenticité de sa spontanéité, qui se demandait encore si à un moment ou un autre, devant un de ces beaux paysages, Théo n'allait pas me demander si j'acceptais de franchir l'étape.

— Magnifique, murmura-t-il en arrivant à ma hauteur.

— Je suis d'accord, je ne crois pas avoir déjà vu quelque chose d'aussi spectaculaire.

— Je parlais de toi, dit-il.

Et il me lança un sourire que j'eus à peine le temps de voir avant qu'il ne se lance à l'assaut de la pente escarpée.

Je n'avais pas d'autre choix que de le suivre, et pendant quelques secondes terrifiantes mes skis décollèrent du sol. Après un atterrissage peu stylé, je me redressai et poursuivis la descente dans les traces qu'il marquait pour moi.

Il slalomait habilement en esquivant les obstacles, regardant par-dessus son épaule de temps en temps pour s'assurer que j'arrivais à suivre. Après un tournant très serré à la fin d'une piste non balisée, nous rattrapâmes d'autres skieurs qui dévalaient aussi la pente douce en direction du village, féerie de roses et de jaunes dans la lumière couchante de la fin d'après-midi.

Une fois au pied de la montagne, nous nous rejoignîmes et il leva le bras pour toper avec moi.

— Chapeau pour ton courage ! dit-il.

— Qu'est-ce que j'ai fait de si courageux ? demandai-je alors que nos mains gantées se joignaient en l'air.

J'avais les joues en feu et le corps électrisé par l'adrénaline.

— La première partie de cette piste est classée

noire et tu t'en es sortie comme une championne !
Sans même y penser.

Un élément de fierté vint s'ajouter à ma joie.

— Ça s'arrose, alors ! m'exclamai-je.

Je lui proposai d'aller à mon hôtel, le Château Whistler. Dès qu'on entra dans le hall, Théo commença à dire bonjour à droite et à gauche, il semblait connaître tout le monde, et il me présenta Marcel, un ami à lui, québécois aussi, qui se dépêcha de nous apporter deux grogs au rhum et deux belles portions de poutine, une spécialité canadienne à base de fromage et de frites. Je me suis pratiquement jetée sur mon assiette.

— Oh, mon Dieu, dis-je en rougissant. Je mange comme un goret ! Et le pire, c'est que je ne peux pas m'arrêter, regarde-moi.

J'enfournai une autre fourchette pour en rajouter dans l'autodérision.

— Je n'ai fait que te regarder toute la journée, répondit-il en m'enlaçant sur la banquette.

Ses mains étaient fortes et calleuses. Il m'embrassa, ses cheveux étaient ébouriffés, les miens également, même si je doutais que dans mon cas l'effet soit aussi adorable. Mais je m'en fichais pas mal, ce garçon craquait pour moi, je pouvais le voir. Je me souvins soudain de Pauline et de l'homme qui venait avec elle au Café Rose, de l'intensité de leur relation qui créait comme un champ magnétique autour d'eux. Je sentais le même type de connexion avec Théo. Timidement, je regardai autour de nous en me demandant si les autres convives le sentaient. Mais c'était comme s'il n'y avait personne autour de nous. Que lui et moi.

Nous deux, seuls dans notre propre monde, au beau milieu d'un restaurant bondé.

Nous discutions à bâtons rompus, sans temps morts, complices. Il finissait mes phrases, je devinais ses réponses. La conversation porta principalement sur le ski et les sensations que la glisse nous procurait, nous avons échangé nos points de vue sur les moments forts de la journée. Ce n'est pas que j'évitais les questions intimes, c'était juste qu'elles me semblaient bien moins importantes que la façon dont il caressait l'intérieur de mon poignet ou l'envie que je lisais dans ses yeux. Après le dîner, lorsqu'il a attrapé la note pour m'inviter et qu'il m'a tendu la main, j'ai su que nous n'allions pas nous dire « bonne nuit » de sitôt.

Je ne m'étais même pas aperçue à quel point le froid s'était faufilé dans mes os jusqu'à ce que Théo commence à me déshabiller, couche après couche, dans la salle de bains de ma chambre.

— Tu crois qu'il y a un corps derrière ces vêtements ? plaisanta-t-il en tirant sur mes leggings.

Je gloussai, excitée.

— Oui.
— Promis ?
— Juré.

Ma tenue toute neuve formait à présent une pile entassée par terre, je n'avais rien sur la peau à l'exception de quelques contusions plutôt impressionnantes qui commençaient à bleuir sur mes mollets et mes bras.

— De belles blessures de guerre, fit-il avec un sifflement admiratif. Il faut vraiment te réchauffer.

Il ouvrit à fond le robinet d'eau chaude, un nuage de vapeur remplit la pièce.

— Tu n'as pas l'intention de me laisser aller dans ce brouillard toute seule, j'espère.

Ma propre audace me surprit, mais lui, il l'accueillit avec un rire ravi. Ses vêtements s'amoncelèrent sur les miens en un clin d'œil. Son corps était tout simplement parfait, comment aurait-il pu en être autrement alors qu'il skiait chaque jour, voire toute l'année ? J'entrai dans la grande douche à l'italienne et il me rejoignit, ses baisers encore plus brûlants que l'eau qui ruisselait sur nous. En même temps qu'il glissait les mains le long de mes bras pour me les faire lever, il me poussa contre le mur. Sa jambe se faufila entre les miennes pour les écarter, ses gestes étaient déterminés mais sans une once de violence. J'avais l'impression d'être une étoile de mer tombée dans les filets d'un beau pêcheur. Je sentais la forme dure et chaude de son sexe contre ma cuisse. Il lécha les gouttelettes qui coulaient le long de mon cou, les suivit jusqu'à mes seins, où du bout de la langue il dessina des cercles ensorcelants. Son autre main s'aventura sur ma taille et mon ventre, s'engouffra entre mes cuisses. Sa paume râpeuse éveillait un arc-en-ciel de sensations qui irradiait dans tout mon corps. Il glissa un doigt en moi, puis un deuxième. Le ruissellement de l'eau résonnait si fort qu'il couvrait presque mes gémissements, j'étais aussi mouillée à l'intérieur qu'à l'extérieur. Mon regard chevillé au sien, je baissai les bras pour l'enlacer, j'avais aussi envie de toucher sa peau lisse, de jouer avec ses cheveux, de sentir contre mes doigts ses muscles souples et puissants. L'émotion, l'excitation, la fatigue, ou bien tout simplement l'eau sous mes pieds, me firent glisser. Il m'enlaça et me plaqua contre le mur. Je sentis ses doigts curieux s'aventurer entre mes fesses.

— Tu aimes ça ?
— Je n'ai jamais essayé, répondis-je.
— Et tu as envie de tenter quelque chose de nouveau ?

Un nuage épais de vapeur nous enveloppait, j'étais détendue et disposée, prête à m'ouvrir toute à lui.

— Oui, je veux, si c'est toi qui me montres. Je sais déjà que tu es un bon prof.

Je n'avais pas fini de parler qu'il m'avait déjà hissée sur ses hanches et me portait dans ses bras vers la chambre en laissant une traînée de petites flaques derrière nous. Il était un mélange parfait d'homme des cavernes et de gentleman, mon beau Théo. Et écolo, avec ça. Il retourna dans la salle de bains pour fermer le robinet de la douche et revint en fouillant dans la poche de son pantalon froissé d'où il sortit un préservatif. Il me regarda debout au pied du lit, le corps dégoulinant de gouttelettes irisées.

Je marchai vers lui à quatre pattes sur le matelas, lui pris la petite enveloppe carrée des mains et la déchirai. Avec ma bouche, je le déroulai sur lui, en m'attardant longuement, les yeux levés vers les siens. Son expression médusée ajoutait à mon excitation. Au bout d'un moment, il me poussa gentiment sur le matelas, sur le dos, et écarta mes genoux pour me lécher avec une habileté redoutable. Je me laissai faire, offerte, et jouis, la main sur la bouche pour étouffer les gémissements qui risquaient, même dans cet hôtel luxueux, de réveiller tout l'étage. Sans me laisser le temps de reprendre mon souffle, il me hissa de nouveau dans ses bras puissants et me retourna à plat ventre sur le matelas. Je sentis son sexe contre mon flanc, encore plus dressé et dur que sous la douche. À moitié allongé sur moi, il m'embrassa sur le cou.

— Et ce n'est que le début, murmura-t-il.

Il se positionna entre mes jambes et saisit l'une d'elles pour l'enlacer à sa taille, de sorte que nos corps formaient pratiquement un « S ». Il promena ses mains sur mon dos en glissant vers mes fesses pour explorer une toute nouvelle partie de moi, d'abord avec un doigt. La sensation, agréable ou désagréable, je n'aurais pas su dire, me donnait des frissons. C'était étrange et même douloureux, mais très vite une sensation forte et pleine, différente de tout ce que j'avais connu, effaça toutes les autres. Le vertige que donnent la nouveauté et le risque, pas si différent de celui que j'avais éprouvé en dévalant la piste noire, me fit même oublier où j'étais. Il entra en moi de cette façon nouvelle, doucement, sans me brusquer mais sans céder de terrain. La sensation était atrocement exquise. Une main autour de ma taille, il me serrait fort contre lui.

— Tu aimes ? Ça te plaît ? murmura-t-il en peignant tendrement les cheveux mouillés dans mon cou.

— Oui, répondis-je. C'est... Ça fait mal d'une bonne façon.

— Si tu veux arrêter, tu me dis. Tu es sûre d'aimer ?

Je hochai la tête pour le rassurer, parce que oui, c'était bon, et intime, et que j'avais envie de partager ce moment avec lui. Il recommença à bouger, j'enfouis la tête dans l'oreiller, la main serrée sur les draps. Le plaisir était violent, je crus que mon cerveau allait exploser, que mon corps ne pourrait supporter les décharges puissantes qui le traversaient. Je n'aurais pas imaginé pouvoir m'épanouir dans ce genre de pratiques, et pourtant des « oui, oui, oui » éperdus se mêlaient à ma respiration entrecoupée. Son sexe toujours au plus profond de moi, bougeant de plus en plus vite, il glissa la main sur mon pubis et me caressa jusqu'à me faire jouir de nouveau. Ébranlée par des secousses jouissives d'une intensité inouïe, je poussais mes hanches contre lui, déchaînée, affranchie de toutes mes inhibitions. Ça faisait un bien fou, et je compris à quel point j'avais besoin de me laisser aller de la sorte, ici, dans cette chambre, avec cet homme que le destin semblait avoir mis sur mon chemin pour m'accompagner jusqu'au bout de cette expérience.

— Je vais jouir, fit-il en me mordant l'épaule, une main agrippée à mon sein. Oh, Dieu, c'est trop bon, Cassie.

Il finit avec un râle et, tout doucement, se laissa glisser hors de moi. Nous restâmes allongés sur le lit, sa main sur mon ventre.

— Je n'ai… je n'avais jamais ressenti quelque chose d'aussi intense, chuchota-t-il.

— Moi non plus, dis-je, encore à bout de souffle.

J'étais heureuse d'avoir osé cette nouvelle expérience, mais, en même temps que ma respiration s'apaisait, je commençai à me sentir vulnérable. Théo ne faisait pas partie de S.E.C.R.E.T., ce qui venait de se passer n'était pas une étape avec des règles à suivre et des limites établies, j'avais plongé dans l'inconnu seule, à mes risques et périls. Cela aussi était nouveau pour moi, et je ne savais pas bien comment réagir. Il dut sentir le changement dans mon état d'âme.

— Tu vas bien ? me demanda-t-il.

— Oui... C'est que... je n'avais jamais fait ça de ma vie. Je n'ai pas l'habitude de coucher avec des inconnus.

Car, bien que les hommes avec qui j'avais franchi les étapes fussent techniquement des inconnus pour moi, les femmes de S.E.C.R.E.T. les connaissaient.

— Et alors ? Ce n'est pas un délit, tu sais.

— Non, bien sûr, mais... je ne m'étais jamais vue comme ce genre de femme.

— Le genre audacieux et courageux, tu veux dire ?

— C'est comme ça que tu me vois ? Vraiment ?

— Croix de bois, croix de fer, fit-il en tirant le lourd édredon sur nous pour nous couvrir.

Il me tourna doucement et se blottit en cuiller derrière moi. Ses gestes, ses mots étaient si tendres que j'avais du mal à croire que nous venions de nous rencontrer. Je ne connaissais même pas son nom de famille, pensai-je, et puis je ne pensai plus rien : je m'endormis.

Lorsque je me suis réveillée, six heures plus tard, il avait disparu. Et curieusement, cela me convenait. Bien que je fusse très heureuse d'avoir partagé ces moments avec lui, j'étais contente aussi d'avoir appris à les laisser derrière moi sans éprouver une sensation d'abandon. Théo était adorable et craquant, mais je voulais aussi profiter seule du reste de mon séjour. N'empêche, ma vanité apprécia à sa juste valeur le petit mot qu'il avait laissé dans la salle de bains.

Cassie, tu es une femme superbe. Et je suis en

retard pour le travail ! Tu sais où me trouver. À bientôt, Théo.

J'étais passée au siège de S.E.C.R.E.T. Matilda regardait mes photos de vacances et je babillais, intarissable, sur le bonheur de renouer avec les joies de la glisse et du grand air. Je lui parlais des minibosses du mont Blackcomb, où j'avais passé la dernière journée, lorsque Danica est arrivée avec du café. Elle resta avec nous le temps de s'extasier devant la photo que Marcel avait prise de Théo et moi en train de trinquer avec nos verres de grog.

— Trop miiignon, roucoula-t-elle avec l'accent de Céline Dion avant de nous laisser de nouveau seules.

Mon mentor s'était montré enchanté lorsque je lui avais parlé de Théo. Elle voulait tout savoir, comment nous nous étions rencontrés, ce qu'il avait dit, ce que j'avais répondu... J'étais ravie moi aussi de pouvoir tout revivre en le lui racontant. Puis je lui ai parlé... de ce que nous avions fait.

— Tu as aimé ?

— Oui, dis-je sans hésiter. Je crois que je serais même prête à retenter l'expérience avec quelqu'un avec qui je me sentirais en confiance.

— Ma chérie, j'ai quelque chose pour toi, m'annonça-t-elle en ouvrant un tiroir de son bureau.

Elle sortit une petite boîte en bois et l'ouvrit. Je regardai le *charm* de l'étape huit. Même si j'en avais déjà sept, je fus éblouie comme à chaque fois en regardant le petit cercle doré sur l'écrin en velours noir. J'étais aussi un peu perplexe.

— Mais... je croyais que Théo était une rencontre

due au hasard, qu'il n'avait pas de relation avec le Comité...

— Non, il n'a rien à voir avec nous, mais cela n'a pas d'importance.

— Je ne comprends pas...

— La huitième étape est celle de la bravoure, et il y a une nuance par rapport au courage. Qui dit bravoure dit prise de risque sans réflexion préalable, c'est un élan, une impulsion. Que Théo fasse ou pas partie de S.E.C.R.E.T. ne change rien à ce que tu as fait. Tu l'as bien mérité, ce *charm*.

Je pris la breloque et la fis sauter dans ma paume avant de l'ajouter au bracelet. Je n'étais pas sûre d'avoir bien compris, mais peut-être que Matilda avait raison : que Théo soit venu à moi par hasard ou grâce à S.E.C.R.E.T., cela n'avait aucune espèce d'importance.

— Je crois que je préfère croire que Théo s'est senti attiré par moi de façon naturelle, dis-je. Quoique j'aie encore quelques doutes.

— Et moi, je crois que tu as tout compris, Cassie. Je crois que les jours où tu faisais tapisserie sont derrière toi. Tu t'es vraiment épanouie.

XII

Les semaines qui précèdent Mardi gras, La Nouvelle-Orléans ressemble à une future mariée qui s'affaire aux derniers préparatifs pour le grand jour. Peu importe que le carnaval ait lieu immanquablement chaque année, il se célèbre comme si c'était le dernier. Ou l'unique.

Depuis que j'étais arrivée dans cette ville, j'étais fascinée par les confréries, ces groupes dont certains datent du XIXe siècle, qui organisent les bals et paradent sur des chars lors des défilés de Mardi gras, mais je me demandais, sceptique, pourquoi ces gens-là se donnaient autant de mal à coudre des costumes et à coller des paillettes. Au bout de quelques années dans le Sud, j'avais fini par comprendre la nature fataliste des Néo-Orléanais. Dans une ville qu'un ouragan pouvait emporter ou une inondation submerger d'un moment à l'autre, les gens avaient appris à vivre et à aimer comme si chaque jour était le dernier.

J'aurais éventuellement songé à rejoindre une confrérie, mais les plus cotées, qui étaient aussi les plus anciennes et portaient des noms tels que Protée, Rex ou Bacchus, étaient tout simplement inaccessibles si dans vos veines ne coulait pas le sang des vieux lignages de l'aristocratie du Bayou. Cependant, en songeant que ma relation avec S.E.C.R.E.T. risquait de prendre bientôt fin, je commençai à éprouver un besoin presque urgent d'appartenir à quelqu'un ou à quelque chose. Le réconfort que procure l'appartenance à un groupe, me semblait-il, était le meilleur antidote contre la solitude. La mélancolie, je commençais à le comprendre, n'était pas romantique mais tout simplement un mot plus joli pour désigner la dépression.

Un mois avant Mardi gras, il m'était impossible de marcher dans les rues de Marigny, de Tremé ou du Vieux Carré sans envier les groupes de couturières qui s'affairaient sous les porches en bavardant avec animation en même temps qu'elles enfilaient des perles ou élaboraient de spectaculaires coiffes à plumes. Ou, lorsque je faisais mon jogging le soir dans le Warehouse District, l'ancien quartier des entrepôts, j'apercevais par l'entrebâillement d'une porte des gens en train de donner les dernières touches à un char de couleurs vives et mon cœur s'égayait, j'accélérais alors mon rythme, comme portée par un second souffle.

Il y avait cependant au milieu de tant de joie partagée un événement qui me fichait une sainte frousse : la très attendue Revue des filles de Frenchmen Street, un spectacle de cabaret où les vedettes étaient les serveuses des bars et restaurants de Marigny. C'était une véritable institution et tous les commerçants y participaient, car c'était une belle opération de charme pour le quartier. Bien sûr, Tracina en était l'une des principales organisatrices. Chaque année, pour la forme, elle me demandait si je voulais participer et, chaque année, je refusais. Catégoriquement.

Will avait prêté l'étage du Rose aux « Filles » pour les répétitions, ce qui lui donna maintes occasions de souligner que, si vingt femmes pouvaient danser là-haut sans passer à travers le plancher, vingt clients tranquillement installés à table auraient pu y dîner sans courir le moindre risque.

Cependant, cette année, non seulement Tracina ne me demanda pas de participer, mais elle-même se retira du spectacle en prétextant des obligations familiales. Will m'expliqua que l'autisme de son frère devenait plus difficile à gérer avec l'arrivée de l'adolescence, ce que j'essayais de garder à l'esprit chaque fois que l'envie de casser du sucre sur le dos de ma chère collègue me prenait.

Ainsi, je ne pus qu'éclater de rire lorsque Will me poussa pour que je rejoigne « les Filles ».

— Allez, Cassie. Il faut quelqu'un pour représenter le Rose dans la Revue.

— Demande à Dell. Elle a des jambes superbes, dis-je en essuyant avec application la machine à café pour éviter de croiser son regard.

— Mais...

— J'ai dit « non », et c'est mon dernier mot.

Je vidai les emballages de lait dans la poubelle, dont je refermai le couvercle bruyamment pour souligner le caractère définitif de ma décision.

— Trouillarde, me taquina-t-il.

— Je vous ferai savoir, monsieur Foret, que j'ai fait cette année des choses qui vous donneraient la chair de poule. Cependant, il se trouve que je connais les limites de mon courage, en l'occurrence agiter mes lolos devant une foule de mecs saouls.

La nuit de la Revue, je fermai le café à la place de Tracina pour la deuxième fois de la semaine. À 20 heures précises, alors que je montais les chaises sur les tables pour passer la serpillière, j'entendis les danseuses répéter leur numéro une dernière fois. C'était comme avoir une dizaine de pouliches trottinant au-dessus de ma tête ! J'entendais des éclats de rire, des hurlements hilares, des cris d'encouragement. Mon sentiment de solitude, vestige du passé, réapparut, bras dessus bras dessous avec mon complexe d'infériorité, et j'imaginai à quel point je me serais ridiculisée si j'avais accepté de me joindre à elles.

À bientôt trente-six ans, j'aurais été la danseuse la plus vieille, avec Steamboat Betty et Kit DeMarco. Kit était barmaid au Spotted Cat, mais, à quarante ans passés, elle pouvait se permettre, sans souci, de colorer ses cheveux en bleu électrique et de porter des jeans troués. Steamboat Betty, qui œuvrait derrière le vieux stand à cigarettes du Snug Harbor, remettait chaque année depuis trente-six ans la même tenue pour le spectacle sans manquer une occasion de se vanter qu'elle n'avait pas jamais eu besoin de la faire retoucher. Mais, indépendamment de mon âge, il était hors de question pour moi de danser aux côtés d'Angela Rejean, une déesse haïtienne sculpturale qui travaillait comme hôtesse d'accueil à la Maison, le célèbre établissement de Frenchmen Street, le temps que sa carrière de chanteuse de jazz décolle. Elle possédait un corps tellement parfait que la jalouser aurait été ridicule.

Après avoir terminé de préparer la mise en place

pour le lendemain, je suis montée à l'étage pour remettre les clés à Kit, qui s'était proposée pour fermer lorsqu'elles auraient fini. Le spectacle ne commencerait pas avant 22 heures, et les filles comptaient répéter jusqu'à la dernière minute. Moi, je voulais rentrer à la maison pour prendre une douche et me détendre avant d'y aller. J'avais espéré y retrouver Will, mais plus tôt dans la journée, lorsque je lui avais demandé si Tracina et lui viendraient applaudir les filles, il avait haussé les épaules.

En haut de l'escalier, j'ai croisé une nouvelle fille, une blonde avec des boucles en tire-bouchon, qui se maquillait. Je me suis arrêtée un instant pour la regarder, fascinée par la précision avec laquelle elle collait des faux cils sur ses paupières. J'aurais été absolument incapable de dire si ses cheveux étaient réels ou s'il s'agissait d'une perruque, mais en tout cas ils faisaient leur effet.

Une dizaine d'autres filles, plus au moins habillées, assises ou debout, se préparaient pour le grand soir. Il y avait une pile de sacs et de manteaux sur le vieux matelas que Will utilisait de temps en temps. Le seul autre meuble en vue était une vieille chaise éclopée où parfois je trouvais Will assis à califourchon, perdu dans ses pensées. Ainsi, l'étage du café, grand et vide, était idéal pour les répétitions, car nous fermions tôt et le Blue Nile, où le spectacle avait lieu en cette occasion, se trouvait à seulement quelques mètres de là. En plus, Will venait de refaire à neuf les toilettes, même s'il manquait encore la porte. Plusieurs femmes, à plusieurs stades de nudité, s'attroupaient devant le miroir pour peaufiner leur maquillage de scène. Sur toutes les prises il y avait un fer à friser branché, ou une planche à lisser, ou un portable. Les paillettes des bustiers, le satin et les boas à plumes réveillaient cette grande pièce d'habitude si grise et délabrée.

Je trouvai Kit, vêtue seulement de bas et d'un soutien-gorge bustier, qui répétait quelques pas de danse, son costume accroché au mur en brique comme s'il s'agissait d'une œuvre d'art. Elle avait fait confectionner sur mesure un corsage en dentelle blanche sur fond de satin noir avec un décolleté en forme de cœur festonné de rose. Les liens au dos étaient roses aussi. Je tendis la main pour le toucher et je frémis, assaillie par le souvenir du satin qui avait couvert mes yeux un certain soir au Manoir. J'avais beau avoir gagné mes *charms* Audace, Assurance et Bravoure, j'aurais été absolument incapable d'accompagner sur scène Kit et le reste des filles. Même les yeux bandés.

— Salut, Cass ! Tu n'oublieras pas de remercier encore une fois Will pour nous avoir permis de rester après la fermeture, hein ? Je vous rapporte les clés tout à l'heure au Blue Nile, fit-elle sans cesser de danser. Tu viens tout à l'heure, non ?

— Je ne manquerais ça pour rien au monde.

— Tu devrais participer avec nous une année ! cria Angela en se détachant du petit groupe devant le miroir.

L'intention était adorable, mais, comme j'avais dit à Will, je connaissais mes limites.

— Je serais ridicule, non merci.

— Pas du tout ! Et puis le ridicule ne tue pas. Et ce qui ne tue pas rend plus sexy, c'est connu, riposta-t-elle, malicieuse.

Un éclat de rire général accueillit ses mots, Kit roula des hanches à mon intention.

— Qu'est-ce que tu en dis ? Pas mal pour une gouine, non ?

Lorsqu'elle avait fait son coming out, quelques années plus tôt, Will avait été la seule personne surprise.

« L'hétéro de base, l'avait raillé Tracina en levant les yeux au ciel. Juste parce qu'elle s'habille sexy, tu déduis forcément que c'est pour plaire aux hommes. »

Kit avait commencé à s'habiller sexy après sa « révélation », lorsqu'elle s'était trouvé une petite amie sérieuse. Ce soir, elle avait dessiné un grain de beauté près de sa bouche, mis des faux cils larges comme un éventail et le rouge à lèvres le plus sombre qu'on puisse porter avant de passer au noir. Elle avait laissé pousser ses cheveux, qui, toujours bleus, lui arrivaient à présent aux épaules dans un dégradé bouclé. Cette féminité triomphante contrastait avec les bottes de cow-boy qui étaient pour ainsi dire sa griffe, et encore plus avec les bracelets noirs de sport qu'elle portait toujours autour de chaque poignet.

— Peut-être que je m'unirai à vous l'année prochaine, Kit, dis-je, tout à fait sincèrement.

— Promis ?

— Non !

Nous avons ri ensemble, j'ai souhaité bonne chance à tout le groupe et je suis redescendue. J'étais déjà au pied de l'escalier lorsque je me suis rendu compte que j'avais oublié de remettre les clés à Kit. Qui n'a pas de tête doit avoir des jambes. Alors que je remontais à toute vitesse, j'ai foncé sur Kit, qui s'était sans doute aussi aperçue de mon oubli. Elle a perdu pied, manqué la main que je lui tendais et dégringolé sur les dernières marches pour atterrir sur les fesses contre le carrelage du rez-de-chaussée.

— Kit !
— Aïe ! Merde ! Aïe !

Je me précipitai.

— Tu t'es fait très mal ?
— Je crois que je me suis cassé un truc !
— Oh, Kit ! Mon Dieu ! Je suis tellement désolée ! Laisse-moi t'aider.

Angela est venue nous rejoindre en descendant les marches avec la lenteur que lui imposaient ses talons aiguilles, un boa rose vif jeté sur ses épaules et enroulé autour des poignets.

Kit, allongée par terre, ne bougeait plus.

— Ne me déplace pas, Ange. Oh. Ce n'est pas bon. Je crois que c'est mon coccyx !
— Oh, mon Dieu ! hurla Ange, penchée sur elle. Tu peux t'asseoir ? Est-ce que tu sens tes jambes ? Tu vois double ? Comment je m'appelle ? Qui est le président des États-Unis ? J'appelle une ambulance ?

Sans attendre une réponse, elle se dirigea d'un pas chancelant vers le téléphone de la cuisine. Kit tenta de se redresser, grimaça, et se rallongea de nouveau.

— Cassie, murmura-t-elle.

Je m'approchai.

— Dis-moi, Kit.
— Cassie... Ce sol... Il est vraiment crade.
— Je sais. Je suis désolée, dis-je.

Je pris sa main pour la réconforter, et là, sous l'un des bracelets en éponge, qui avait glissé, je découvris un bracelet... en or jaune mat... blindé de *charms* !

Je la regardai, elle me regarda, nous nous comprîmes.

— Kit ? Qu'est-ce que ça veut dire ?

— Eh bien, ma belle, que mon coccyx, heureusement, n'a rien du tout. Mais aussi...

Elle courba son doigt pour m'indiquer de me pencher encore plus. J'approchai mon oreille de sa bouche.

— Alors, est-ce que tu veux franchir ta dernière étape ?

— Quoi ?? Avec toi ? Non ! Enfin, tu sais que je t'apprécie beaucoup mais...

Un sourire se dessina sur ses lèvres, elle s'appuya sur le coude.

— Détends-toi, ce n'est pas ça. Mais on m'a demandé de te donner un coup de pouce. Tu y es presque, ma belle, ce n'est pas le moment de reculer. Le plus fun est encore à venir !

En entendant les talons d'Angela cliqueter sur le carrelage, Kit s'effondra de nouveau en poussant des gémissements dramatiques.

— Nous avons un problème, dit Angela, mains sur les hanches.

— Je sais. Qui va danser à ma place ? Oh, la tuile ! Qui pourrait me remplacer dans un délai aussi court ?

— Je ne sais pas, déclara Angela en me fixant.

Était-elle aussi dans le coup ?

— Je veux dire, qui connaissons-nous qui soit libre ce soir ? continua Kit, de moins en moins crédible dans le rôle d'une grande blessée. Et qui soit mignonne ? Et qui fasse *pile* ma taille pour pouvoir entrer dans mon costume ?

— Dur, dur, en effet, dit Angela, ses yeux malicieux toujours sur moi.

Je connaissais Kit depuis des années, mais j'avais toujours cru que sa personnalité était telle que je la voyais : confiante, dynamique, forte. Néanmoins, si elle avait eu besoin de S.E.C.R.E.T., c'est qu'elle avait sans doute traversé une dure période de doute et de solitude. Même si à présent rien ne transparaissait. Mais Angela ? Elle avait un corps d'une perfection qui confinait au miracle ! En dépit de ce que je savais de S.E.C.R.E.T. et de la manière avec laquelle elles sélectionnaient les femmes, je fus donc estomaquée de constater, lorsque le boa glissa de ses bras, qu'Angela portait, elle aussi, un bracelet.

— Alors, c'est tout vu, déclara Angela en me tendant la main pour m'aider à me relever. On monte, la miss. Je vais t'apprendre quelques pas de danse.

— Mais... vos bracelets ? Toi aussi ? Comment ça se f...

— Tu auras tout le temps de poser des questions tout à l'heure. Mais pour l'instant, on danse ! claironna-t-elle en faisant claquer ses doigts comme une danseuse de flamenco.

— D'ailleurs, où est *ton* bracelet ? demanda Kit en époussetant ses jambes.

Comme elle était encore en soutien-gorge et bas, quelques badauds qui passaient trouvèrent subitement la vitrine du café très attirante.

— Dans mon sac, dis-je.

— Eh bien, c'est la première chose que tu dois mettre. Et ensuite, tu enfileras mon costume.

Je déglutis avec difficulté.

— En avant ! fit Angela en me poussant gentiment vers l'escalier.

Je m'attendais à ce que les autres filles râlent ou montrent leur déception en apprenant que j'allais remplacer Kit ; après tout, ma participation risquait de mettre par terre leur chorégraphie bien rodée. Mais absolument pas ! À ma grande surprise, elles m'ont applaudie. Aussitôt adoptée comme nouvelle recrue, je me suis mise dans la rangée et nous avons commencé à répéter les pas, tout doucement pour que je les enregistre.

Kit, le dos miraculeusement guéri, toujours en soutien-gorge et bas, s'est improvisée maître de ballet : elle s'est mise à battre la mesure en claquant des doigts. Pour moi, c'était comme vivre enfin la soirée pyjama à laquelle je n'avais jamais été invitée, version lingerie.

Bien sûr, je me trompai une fois et une autre, et bien plus qu'à mon tour, mais personne ne s'en agaçait, au contraire, tout était motif à rire. Leur légèreté m'a fait comprendre que le public, qui nous était déjà acquis, ne me tiendrait pas plus rigueur qu'elles de mes maladresses. Leur générosité et leur soutien sincère dans cette expérience terrifiante où je m'étais embringuée m'ont fait monter les larmes aux yeux. Larmes que je me suis empressée d'endiguer pour éviter que ne coulent les six couches de mascara qu'Angela avait appliquées sur mes cils. Car j'avais besoin du maquillage pour tenir ma peur en respect. Au moins en partie.

Deux heures plus tard, dont une consacrée à la répétition en groupe et l'autre passée avec Angela pour improviser un numéro simple qui me tire d'affaire, j'étais dans les coulisses du Blue Nile tandis que la salle se remplissait trop vite à mon goût d'un public presque entièrement composé d'hommes qui s'entassaient autour des petites tables chancelantes. Quand je n'étais pas en train de répéter mes pas, ou de me ronger les ongles d'appréhension, mes nouvelles copines m'aidaient à peaufiner ma tenue, l'une posant le faux grain de taffetas qui simulait un grain de beauté – ce que les Français appellent une « mouche » –, l'autre réalignant la couture de mes bas résille, et enfin, Angela joua les caméristes pour m'aider à enfiler le costume de Kit. Je regardai la fine dentelle blanche sur fond de satin noir, les rubans roses qui traînaient jusqu'au sol. J'éclatai d'un rire nerveux.

— Allez, ma chérie, on ne flanche pas maintenant. Une jambe, puis l'autre...

Elle remonta le body sur mes hanches.

— Maintenant, tourne-toi. Je vais l'ajuster.

J'ai obéi, la main plaquée sur mon ventre noué. J'avais une vue plongeante sur mes seins, et plus Angela serrait les liens, plus ils paraissaient pulpeux dans le profond décolleté en forme de cœur.

Ce fut à ce moment-là que Matilda se faufila dans les coulisses et, en la voyant, je faillis éclater en larmes pour de bon. Elle sourit à Angela et ouvrit les bras, émerveillée.

— Quel talent, Angela ! dit-elle en se penchant pour lui murmurer : Je crois que tu pourras bientôt guider. Ça ne t'embête pas de nous laisser seules un petit instant, ma chère ?

Angela sortit, rayonnante. Si j'avais bien compris, elle deviendrait bientôt un mentor pour les nouvelles recrues de S.E.C.R.E.T., comme Matilda. Je me demandai quels mérites et qualités il fallait montrer pour obtenir ce poste.

— Oh, Cassie, regarde comme tu es belle ! s'exclama Matilda.

— Je me sens comme un saucisson. Franchement, je ne suis pas sûre que ce soit une si bonne idée...

— Arrête ! Tu es renversante.

Elle vérifia que personne ne pouvait nous entendre avant de me donner quelques instructions de dernière minute. Je tremblais comme une feuille.

— Ce soir, tu vas pouvoir choisir, Cassie.

— Choisir ? C'est-à-dire ?

— Un homme.

— Un homme ? Comme ça, à l'aveuglette ? Matilda, je...

— Du calme. Un homme parmi ceux que tu as rencontrés cette année, et, plus concrètement, parmi ceux qui t'ont le plus marquée. Ceux que tu as eu du mal à te sortir de la tête. Tu vois de qui je parle, non ?

Comme si danser sur des talons en bustier devant une foule d'inconnus n'était pas déjà assez !

— Mais qui ? Lesquels ? Ils sont là ? criai-je presque.

Elle me plaqua une main sur la bouche avec un regard sévère, mais j'étais dans un tel état de panique que la décevoir était le cadet de mes soucis.

— Cassie, réfléchis. Tu peux au moins deviner l'identité de l'un d'eux.

— Pierre ?

Mon cœur bondit dans ma poitrine. Matilda hocha la tête, presque peinée, me sembla-t-il.

— Qui d'autre ? demandai-je.

— Qui d'autre t'a fait vraiment de l'effet, Cassie ?

Comme un flash, je revis une peau tatouée, un débardeur retroussé laissant voir un ventre en tablettes de chocolat... La façon dont il m'avait enlacée sur la table de Dell... Je fermai les yeux, inspirai un grand coup.

— Jesse.

J'avais été sûre de ne jamais les revoir, raison pour laquelle j'avais pu m'abandonner à la passion sans arrière-pensée. Et à présent que je savais qu'ils seraient dans le public, il allait m'être impossible de bouger.

— Mais chacun sait pour l'autre ? Et je suis censée choisir l'un, c'est-à-dire rejeter l'autre ? Je ne crois pas pouvoir le faire, Matilda. Non, c'est sûr, je ne *peux* pas. C'est trop me demander. Impossible.

— Respire. Calme-toi et écoute-moi. Ils ne savent rien l'un de l'autre. Tout ce qu'ils savent, c'est qu'ils ont été invités à un spectacle légendaire en même temps qu'une bonne partie de la ville. Ils ignorent que tu seras sur scène. Et ils ne sauront pas que c'est toi.

— Comment pourront-ils ne pas le voir ?

Elle ouvrit son sac et en sortit un paquet allongé, souple, en papier de soie. Elle en déballa le contenu et le fit tourner dans sa main : c'était une perruque blond platine à la Veronica Lake, lisse et soyeuse, la raie sur le côté, avec une grande mèche tombante sur le devant.

— D'abord, parce que tu vas porter ceci. Et ça aussi.

Elle me montra un loup en velours noir comme ceux qu'on voyait sur tous les visages lors des bals de Mardi gras.

— Rappelle-toi, Cassie : tu joues un rôle, dit-elle d'un ton délibérément lent en même temps qu'elle arrangeait la perruque d'une main experte sur ma tête. C'est normal que tu sois nerveuse en ce moment. La Cassie d'il y a quelques mois aurait cru qu'elle ne méritait pas d'être sous le feu des projecteurs, ou qu'elle n'était pas assez belle ou assez sexy pour s'en sortir. Mais la femme qui va porter cette perruque et ce masque est différente. Elle sait qu'elle n'est pas seulement capable de séduire un homme, mais qu'elle peut d'un simple déhanchement se mettre la salle entière dans la poche. Et... voilà.

Elle conclut sa tirade en plaçant le masque sur mes yeux. Je passai l'élastique derrière ma tête, ajustai les orifices devant mes yeux.

— Et qui pourrait résister à cette femme, Cassie ? ajouta-t-elle. Allez, va, sois cette femme.

De quelle femme parlait-elle ? me demandai-je jusqu'à ce que je *la* croise dans la glace installée pour l'occasion dans les coulisses.

Toutes les autres filles étaient en train de faire des retouches de dernière minute sur leur coiffure ou leur maquillage. Je me tins parmi elles en me sentant leur égale, ni meilleure ni pire, juste une fille qui s'amusait avec d'autres filles, toutes à l'aise dans leur corps de femme. Juste à ce moment, Steamboat Betty joua des coudes pour passer devant nous toutes et remonta énergiquement ses seins dans son bustier.

— Ils sont intenables, ce soir.

Je ne sus pas si elle parlait du public ou de ses seins, et je préférai rester dans l'ignorance.

Avec le sourire d'une mère fière de son enfant, Kit et Angela me contemplèrent, et levèrent leur poignet orné du bracelet. Elles firent tintinnabuler leurs *charms*, je leur rendis la pareille. Le tintement me fit l'effet d'une poussière de fée : il me donna des ailes.

La musique commença. J'entendis le maître de cérémonie annoncer « la Revue des filles de Frenchmen Street », rappeler à « ces messieurs du public » de donner généreusement, mais de « se comporter de façon respectueuse » ou alors « on vous jettera dehors, les gars ».

— Allez, Cassie, c'est à nous ! cria Angela. C'est parti !

Je pris une longue respiration, carrai mes épaules et regardai mes camarades de spectacle, nous étions toutes belles à notre façon, avec nos perruques, faux cils et autres rembourrages. Chacune de nous jouait une version d'elle-même, une version alternative, un peu plus outrée, ou risquée, ou voyante. C'est peut-être quelque chose que nous, les femmes, faisons de temps à autre, et peut-être que sous le déguisement que nous avons choisi pour affronter le quotidien nous portons toutes les mêmes angoisses, les mêmes craintes. Angela devait avoir les siennes, et Kit aussi, même si en les regardant à ce moment-là il m'était impossible de les imaginer à la porte rouge du siège de S.E.C.R.E.T., tétanisées par la peur. Mon cœur s'emplit de gratitude, et j'espérai que je pourrais, comme elles, m'affranchir de mes vieux démons. Il fallait juste que je me persuade que j'en étais capable, moi aussi.

J'entamai les premiers pas de la chorégraphie. Oui, j'avais le bon tempo, je comptai à voix haute : et trois, quatre et... J'étais déjà sur scène, alignée avec les autres filles, frappant l'air de nos jambes, et saluant de nos mains gantées comme les danseuses de Bob Fosse. Le public, une masse indistincte et bruyante de l'autre côté des projecteurs, se déchaîna, ce qui provoqua la fameuse poussée d'adrénaline dont parlent les artistes, qui se propagea en chaîne d'une fille à l'autre et me frappa de plein fouet.

— Tu vois ? murmura Angela. Je t'avais dit qu'ils allaient t'adorer.

Les premières minutes sur scène passèrent comme un tourbillon, j'essayais de ne pas me tromper en me répétant que personne ne savait que j'étais Cassie, la petite souris effacée du Café Rose. Ensuite, nous rompîmes la rangée pour nous mettre deux par deux, et je fus capable, incroyable mais vrai, de tourner le dos au public et de reculer en me déhanchant vers le devant de la scène, de concert avec Angela, accompagnée par les roulements aguicheurs de la caisse claire. Elle était ma partenaire, et c'était si excitant de suivre le rythme de cette musique torride avec la belle Angela Rejean que j'ai commencé à me détendre, et même à improviser un peu. À un moment donné, j'ai secoué mes fesses si vite qu'elle a jeté la tête en arrière et poussé un hurlement digne d'un mariachi. Et quand elle s'est retournée pour avancer droit dans le public avec son port de reine et son corps de rêve, je l'ai suivie sans réfléchir, en imitant de mon mieux la façon dont elle attrapait une cravate pour ensuite la rejeter sur l'épaule d'un homme, ou ébouriffait les cheveux d'un autre et, si l'envie lui en prenait, ceux de son épouse aussi. Les femmes s'amusaient autant que les hommes, et certaines, entraînées par notre exubérance, se relevaient et secouaient leurs épaules – et donc leurs seins – pour le plus grand plaisir de la salle en délire. Il y avait quelques touristes qui n'en revenaient pas de leur chance d'être tombés sur une soirée aussi pittoresque, mais je reconnus pas mal d'habitués du Rose, des musiciens, des commerçants du quartier ainsi que l'incontournable lot d'excentriques venus encourager ce petit îlot de beauté et de joie dans notre ville meurtrie et fatiguée.

Angela et moi nous lançâmes dans le fox-trot que nous avions répété. Tout se déroulait mieux que je n'avais osé l'espérer, le numéro était sur le point de finir et j'en venais presque à le regretter.

— Joue le jeu, Cass, murmura-t-elle avec un clin d'œil.

Je ne voyais pas de quoi elle voulait parler, mais je hochai la tête, à fond dans mon rôle.

Elle virevolta, me jeta le boa rose autour du cou et m'attira vers elle pour m'embrasser à pleine bouche.

Une explosion d'applaudissements et de cris enthousiastes nous enveloppa alors que la bouche d'Angela s'attardait sur la mienne. Elle me fit tournoyer et me laissa seule, dans une dernière arabesque, un spot braqué sur moi.

Un peu tremblante, je m'évertuai à finir le two-step, les jarretières hautes sur mes cuisses, mais le baiser d'Angela m'avait déstabilisée, et toute la salle, amusée, se mit debout pour m'applaudir. Kit et Matilda, assises ensemble près du bar, applaudissaient aussi et m'encourageaient, hilares et fières.

Lorsque je me tournai pour envoyer un baiser à l'audience, mes yeux sont tombés sur ce visage que j'avais plus vu dans mes souvenirs que dans la réalité. C'était Jesse, installé à l'une des meilleures tables, près de la scène, avec un sourire qui en aurait fait fondre plus d'une.

— Eh bien, bonjour, fit-il, penché en arrière sur sa chaise en me regardant de la tête aux pieds.

Comment avais-je pu oublier à quel point il était sexy ? Il portait un jean délavé, une chemise à carreaux sous laquelle j'aperçus le haut d'un débardeur blanc. Oh, ce débardeur. Je me souvins de ses hanches étroites, de sa main brune posée sur la fine ligne de duvet qui descendait vers...

— Oh, mon Dieu ! murmurai-je, plantée devant sa table.

Son expression perplexe me rappela qu'il ne voyait qu'une perruque blonde et un masque, et qu'il ne savait pas qui se trouvait en dessous. Je jetai un regard nerveux à la ronde, tous les yeux étaient rivés sur nous. Je lui souris de nouveau, incapable de bouger. Heureusement, Angela vint à ma rescousse et se colla contre moi, dos à dos, et nous nous trémoussâmes, aguicheuses. Par-dessus mon épaule, je regardai Jesse. Il était visiblement enchanté d'être à la fois aux premières loges et au centre de l'attention.

Enhardie par mon anonymat, je retournai vers lui, posai les mains sur ses épaules et me penchai en avant pour lui donner un bon aperçu de mon décolleté. À nous voir, on pouvait imaginer que nous nous connaissions et échangions des plaisanteries.

— Tu n'imagines pas ce que j'aurais envie de te faire, murmurai-je au creux de son cou.

— Quand tu veux, comme tu veux, bébé, chuchota-t-il, son souffle chaud contre mon oreille.

Caliente, caliente.

C'est donc comme ça que ça marche, pensai-je en

lui relevant la tête avec mon index sous son menton mal rasé. Je le regardai droit dans les yeux, mais soudain je crus voir une lueur de reconnaissance traverser son visage, et je reculai pour ne pas vendre la mèche. Il rit, la tête renversée en arrière, un peu excité sans doute par mon petit jeu.

Qui était cette femme audacieuse qui osait des trucs pareils ? Ce n'était pas moi... tout en étant moi. Et Jesse avait joué un rôle dans ma transformation.

Entre-temps, toutes les autres filles étaient descendues de la scène, le public ne savait plus où donner de la tête. Deux d'entre elles ont pris ma suite auprès de Jesse et flirtaient avec lui à qui mieux mieux. Il se laissait faire, aux anges. Soudain, la jeune fille avec les boucles blondes en tire-bouchon lui jeta son boa autour du cou. Il se mit debout sans trop se faire prier et, sous les applaudissements de la foule, la suivit jusqu'au bout de la salle et même au-delà avec le sourire du type qui n'en croit pas sa chance. Moi, j'avais eu la mienne et je l'avais laissée passer. Avec un sourire un rien mélancolique, je fis mes adieux silencieux à mon bel intrus du soir.

Une fois de plus, je repris pied grâce à Angela, qui m'entraîna plus loin. Au détour d'une colonne, je la perdis de vue. En la cherchant, mon regard tomba sur Pierre Castille – et ses inséparables gardes du corps – qui me contemplait, ébahi, adossé contre le mur. Le moment de choisir était venu. C'est un sacré pouvoir qu'on détient quand on maîtrise pleinement son corps, songeai-je. Les mains sur les hanches, en rythme avec la musique, j'avançai vers lui d'un pas chaloupé, en m'efforçant de ne pas oublier que j'étais une femme fatale en perruque platine. Je sentais sa nervosité, ou son excitation ? Peut-être que les deux choses se confondent chez certains hommes. Lorsque je fus à un mètre de lui, je mis un doigt entre mes dents et enlevai le gant d'un coup pour le jeter par-dessus mon épaule. Au milieu des applaudissements, j'ai retiré l'autre gant mais, cette fois-ci, je l'ai fait tournoyer sans le lâcher. J'étais déjà tout près de Pierre, qui me regardait avec un sourire radieux. Je lui tapai sur la main avec le gant, une fois, deux fois.

— J'ai entendu dire que vous étiez un vilain, très vilain garçon, murmurai-je avec la même voix rauque que j'avais utilisée avec Jesse.

— Vous êtes bien renseignée.

Il me dévora des yeux un instant avant de me prendre par la taille comme si j'étais sa chose. Lorsqu'il avait eu le même geste, dans son rôle de prince charmant, j'avais aimé, parce que cela faisait partie du fantasme. Mais la façon dont il venait de m'attraper était brutale, déplaisante.

Angela, mon ange gardien, vint une nouvelle fois à ma rescousse.

— Non, non, non, minauda-t-elle. Elle n'est pas à vous, monsieur. Ne l'oubliez pas.

Les gens autour suivaient l'incident sans en perdre une miette, sans prêter attention aux autres filles, qui s'étaient rassemblées et remontaient vers la scène en effectuant une petite danse comique. Pour faire diversion, j'ondulai mon corps comme une volute de fumée, dos à Pierre et pour le plus grand plaisir des curieux. Je fus soulagée lorsque le projecteur fut braqué plus loin, mais le répit fut de courte durée, car Pierre en profita pour se lever et attraper les rubans de mon corsage. Il tira dessus comme s'il me tenait en laisse.

— Je croyais que je ne te reverrais plus, Cassie, murmura-t-il à mon oreille.

— Comment as-tu… ?

— Ton bracelet. J'ai reconnu mon *charm*.

— Le mien, tu veux dire.

— Je te préfère en brune.

Je me suis retournée vivement, mes seins ont frôlé son torse et, avec mes talons, je pouvais le regarder dans les yeux sans lever la tête. Je n'avais pas peur de l'affronter, et c'était une sensation très agréable.

— Moi, tu vois, je te préférais en prince charmant, rétorquai-je.

C'était moi qui portais un loup, mais à présent je voyais le véritable visage que cachait son masque. Et, alors qu'une fois le mien enlevé on n'eût trouvé rien d'autre que quelques peurs anciennes et une certaine insécurité, une menace se tapissait sous le sien, aussi policé fût-il. Pierre Castille se servait des femmes pour mieux les jeter dès qu'il en était lassé. Il avait été un bon choix pour le fantasme d'une nuit, mais pas plus. Jamais je ne pourrais être heureuse à ses côtés.

Juste au moment où les projecteurs revenaient sur nous, Pierre plongea une main dans mon bustier, écarta le tissu et déversa sur ma poitrine des pièces d'or, en en laissant tomber quelques-unes par terre, exprès, pour souligner son geste. J'étais sous le choc, tétanisée. Les gens ne savaient pas s'il fallait huer ou applaudir. Le projecteur s'éloigna vers la scène, où toutes les filles, ensemble, exécutaient leur numéro de fin, un french cancan endiablé.

Une voix s'éleva dans l'ombre :

— Lâche-la. Ou je te mets mon poing dans la figure.

Je vis une silhouette approcher. Mais je n'avais pas besoin qu'on vienne à mon secours. Je me libérai d'un coup sec et trébuchai en arrière sur l'homme qui avait parlé. C'était Will. Il posa une main sur ma taille pour m'éviter une chute.

— Tu vas bien ? demanda-t-il.

— Oui, ça va.

Le roulement des percussions annonçait la fin du spectacle.

Will se tourna vers Pierre, toujours debout, dans une attitude arrogante.

— On n'est pas dans un club de strip-tease, Pierre.

— Je voulais juste récompenser cette jolie danseuse comme elle le méritait, répondit Pierre, les mains levées en signe de paix.

— Ah, oui ? Tu l'as touchée. C'est défendu.

— Défendu ? Je ne savais pas qu'il y avait des règles, Will.

— Ça a toujours été ton problème.

À ce moment-là, les applaudissements éclatèrent dans la salle, le public se leva dans son ensemble pour acclamer les filles.

Pierre lissa ses manches avec affectation, rajusta sa veste et, comme s'il ne s'était rien passé, m'offrit son bras.

— C'est fini, là. Allons ailleurs, Cassie.

En entendant mon prénom, Will se tourna vers moi, bouche bée. Je n'aurais pu dire s'il était impressionné ou déçu.

— C'est toi ?

Je retirai le loup de velours.

— Salut, fis-je en haussant les épaules. J'ai... j'ai remplacé une fille au pied levé.

— J'avais cru... Je... Nom d'un chien ! Tu es magnifique.

Pierre perdait patience.

— On peut y aller, maintenant ?

— Oui, répondis-je.

Je vis Will baisser la tête, comme le jour du bal lorsque Pierre avait remporté la vente aux enchères.

— Oui, tu peux y aller. Quand tu veux.

Je fis un pas vers Will pour souligner sur qui se portait mon choix.

— C'est toi, murmurai-je. C'est avec toi que je veux rester.

Son expression abattue se mua en un sourire d'une grande douceur, il avait le triomphe modeste. Ce qui ne l'empêcha pas de me prendre la main et de la serrer, un geste si intime que je crus défaillir. Il me regardait droit dans les yeux. C'était lui, ma victoire, compris-je.

Pierre lâcha un rire sans joie, comme si Will venait de commettre une grossière erreur.

— Les braves garçons sont là à la fin, dit Will sans cesser de me regarder. Mais c'est parfois une bonne chose.

— Qui a dit que c'était fini ? rétorqua Pierre.

Mais il n'avait parlé que pour le plaisir d'avoir le dernier mot et, avec un sourire grimaçant, il s'enfonça dans la foule, ses gardes du corps sur les talons. J'étais heureuse de le perdre de vue.

— Sortons d'ici, vite, fit Will en nous frayant un chemin parmi le public.

Quand nous passâmes devant la table où se trouvaient Matilda et Kit, elles agitèrent leurs bracelets à mon intention. Je fis de même. Angela, toujours sur scène, se tourna et leva la main vers moi dans ma direction. Ses *charms* étincelèrent sous les projecteurs.

— Regarde, elle a un bracelet comme le tien ! s'étonna Will.

— Eh oui, c'est le même.

Une main saisit mon bras. Je me tournai. C'était une femme petite et grassouillette qui portait un tee-shirt *À La Nouvelle-Orléans ils font tout mieux*.

— Où est-ce que je peux trouver un bracelet comme le vôtre ? demanda-t-elle d'un ton exigeant.

À en juger par son accent, elle venait de la Nouvelle-Angleterre, du Maine ou peut-être du Massachusetts.

— C'est un cadeau, répondis-je en essayant de me dégager.

Mais elle avait pris un *charm* entre l'index et le pouce. Je crus un instant qu'elle allait le mordre pour voir s'il était en or véritable.

— Il me le faut !

J'attrapai sa main pour lui faire lâcher prise.

— Vous ne pouvez pas l'acheter, madame. Il faut le mériter.

Quitter le Blue Nile ne fut pas chose aisée, mais, finalement, je me retrouvai avec Will dans la fraîcheur de la nuit hivernale. Après avoir jeté son manteau sur mes épaules nues, il me plaqua contre la vitrine du Three Muses, incapable d'attendre une seconde de plus pour m'embrasser. Et Dieu m'est témoin qu'il m'embrassa ! Il le fit avec fougue, s'arrêtant seulement pour vérifier de temps en temps que c'était bel et bien moi qui tremblais sous ses baisers. Ce n'était pas à cause du froid que je tremblais. Je m'éveillais, mon corps revenait à la vie dans ses bras. Se regarder dans les yeux d'un homme qu'on désire est une chose, mais se voir dans les yeux d'un homme qu'on aime, c'est totalement différent.

Cependant, il fallait que je pose une question, il le fallait, même si je n'étais pas sûre de vouloir entendre la réponse.

— Will... Et Tracina ?

— C'est fini. C'est fini depuis un bon bout de temps. Il n'y a personne d'autre que toi. Et il n'aurait jamais dû y avoir quelqu'un d'autre.

Will et moi. Personne d'autre.

Nous marchâmes quelques mètres avant qu'il ne s'arrête de nouveau pour m'embrasser, cette fois-ci contre le mur en briques rouges de Praline Connection. Les deux serveurs qui travaillaient à l'intérieur ouvrirent des yeux comme des soucoupes. *Will Foret et Cassie Ribordy ? En pleine frénésie amoureuse ? Au beau milieu de la rue ?* Le lendemain tout le quartier serait au courant.

Les mains de Will, son odeur, sa bouche, l'amour que je voyais dans ses yeux. Oui, c'était comme si le monde tournait enfin rond. Il était déjà dans mes pensées et dans mon cœur, maintenant mon corps réclamait son dû. Lorsqu'il s'arrêta encore un peu plus loin, et qu'il prit mon visage entre ses mains, une question muette dans les yeux, je savais qu'il entendrait le « oui » que je n'avais pas besoin de prononcer. Nous franchîmes les quelques dizaines de mètres qui nous séparaient du Café Rose au pas de course, il tremblait tellement qu'il eut du mal à ouvrir la porte, il fit même tomber les clés. Deux fois.

Comment se faisait-il qu'il soit plus nerveux que moi ? Et comment se faisait-il que je ne sois pas nerveuse du tout, en fait ?

Les étapes.

Je les vis défiler dans ma tête. Je pouvais enfin succomber à cet homme auquel j'avais tant résisté. Je n'avais plus peur, je me sentais enfin suffisamment hardie, généreuse et sûre de moi pour l'accepter. Je lui faisais confiance, ce qui me donnait du courage pour affronter ce que l'avenir pourrait nous réserver. Et j'étais infiniment curieuse de découvrir comment il serait au lit, comment nos deux corps s'accorderaient. Un sentiment nouveau s'éveilla en moi, une joie exubérante, la promesse ultime de la neuvième étape. Nous exultions. Ensemble.

Nous traversâmes la salle du restaurant sans cesser de trébucher, entre rires et baisers, glissant sur les chaussures que nous venions d'enlever pour grimper les marches, Will se battant contre les mille et un rubans de mon bustier, moi tirant sur son tee-shirt, dans une pièce qui plus jamais ne me paraîtrait délabrée et solitaire.

Il n'était pas l'amant timide que j'avais imaginé. Il était vorace et doux à la fois, et je lui montrai que je pouvais aussi être tendre et fougueuse. Je l'attirai contre moi, me collai à lui, sans cacher un instant le désir que j'avais si longtemps retenu. C'était lui mon homme, et il m'appartenait. Penché sur moi, torse nu, il défit sa ceinture et ôta dans le même geste son jean et son boxer qu'il balança à l'autre bout de la chambre.

— Et merde !

Je gloussai, je savais ce qu'il avait oublié, et dont

il venait de se souvenir. Il bondit pour récupérer son pantalon qu'il secoua pour faire tomber son portefeuille et en sortir, triomphant, un préservatif. Je me dis en le voyant faire que jamais un homme n'en avait enfilé un aussi vite. Il revint vers moi, s'agenouilla sur le matelas et écarta mes jambes. Il me regarda et me regarda encore, ensuite il secoua la tête, comme s'il ne pouvait pas imaginer un instant plus parfait. Il commença à m'embrasser, me couvrit de baisers, suaves puis plus appuyés, traça ensuite avec sa bouche une ligne qui partit, lentement, très lentement, de mon cou pour descendre sur mes clavicules, s'attarder sur mes seins. Je ne pouvais pas m'empêcher de rire, folle de joie et d'espoir, alors qu'il continuait vers mon ventre, sa barbe chatouillant ma peau. Il marquait des pauses pour regarder mon visage, ses yeux à l'affût des miens, comme s'il voulait y lire la confirmation de mon désir, s'assurer qu'il était aussi fort que le sien.

Je suis sur le point de faire l'amour avec Will Foret, mon patron, mon ami, mon homme.

Mon souffle devint court, mon corps fluide, lorsqu'il glissa en moi. Comment appeler le sentiment que l'on éprouve lorsque ce vœu que l'on voulait si fort qu'on n'osait pas l'énoncer est exaucé ? Comment décrit-on le moment où celui que l'on a tant attendu est là, tout à nous, prêt à tout donner et heureux de le faire ? Il m'aurait fallu un mot tout neuf pour exprimer l'émotion qui submergea à la fois mon corps, mon cœur et ma tête. J'avais passé une soirée ou un moment avec les hommes de mes fantasmes, pleinement présente à mon corps, mais sans que mon cœur s'ouvre. Avec Will, chaque partie de moi prenait vie. Ma tête disait oui, mon corps disait maintenant, et mon cœur explosait presque d'émerveillement. Était-ce ça, l'amour ? Oui, pensai-je, ça, c'est l'amour. C'est mon amour qui est là avec moi, mon jeune homme, mon vieux Will, mon Will.

— Tu es si belle, comme ça, murmura-t-il, la voix un rien étranglée.

— Oh, Will.

J'avais du mal à croire qu'une telle émotion soit possible, qu'un tel plaisir existe. Je tremblais, enlacée à lui, folle de désir.

Je voulais jouir, j'en avais besoin, mon corps ne pouvait plus attendre, et en même temps je voulais arrêter le temps, rester à jamais suspendue dans cet instant de joie infinie. Il m'embrassa sur le front, les joues, et la bouche.

— J'en avais envie depuis le premier jour.

J'avais l'impression que ses mouvements lents et profonds prenaient possession de tout mon être. En appui sur les coudes, il caressait mes cheveux, me dévisageait. Ensuite, ce fut comme si un appétit soudain pour quelque chose qu'il avait à peine goûté s'empara de Will. Il m'enlaça fort et roula sur le dos pour me faire venir sur lui.

Je sus ce qu'il voulait.

Les mains plantées sur ses larges épaules, je commençai à bouger les hanches au rythme qu'il imprimait à nos deux corps. Il éprouvait la même sensation que moi, je le savais, il était aussi effaré par son plaisir, plus fort et plus intense que tout ce qu'il avait connu. Lorsque la spirale de l'orgasme commença à se déployer dans mon ventre, je ne pus que m'y soumettre, et lorsque je jouis, je l'entendis dire mon prénom, son torse superbe tendu vers moi, le bas de son corps soudé au mien.

Je m'écroulai sur sa poitrine, heureuse. Je n'avais pas eu le temps de reprendre mon souffle que sa bouche cherchait déjà la mienne pour un long baiser. Ensuite, il me serra contre lui et ferma les yeux. Nous flottions tous les deux dans la sérénité, bercés par le silence et nos respirations. La chaleur que nous dégagions avait embué les vitres.

— Il y a des chances que demain tu sois en retard au travail, murmura-t-il un peu plus tard. Mais je te ferai un mot d'excuse...

Je ris, la tête contre sa poitrine, là où je pouvais entendre les battements de son cœur. Il m'enlaça plus fort.

— C'est vrai que tu pensais à ça depuis le jour de notre rencontre ?

— Oui. Et je n'ai pensé pratiquement à rien d'autre depuis.

Un doute terrible me saisit. Il fallait que je sache.

— Qu'est-ce qui s'est passé avec Tracina ? Pourquoi avez-vous rompu ?

Cette rupture pouvait expliquer l'humeur insupportable de Tracina et ses absences des dernières semaines.

Il ferma les yeux comme un homme qui sait qu'il doit délivrer une nouvelle qu'il aurait préféré oublier.

— Il y a deux semaines j'ai surpris des SMS qu'elle avait échangés avec le procureur depuis la fameuse vente aux enchères. Mais tout était fini bien avant, ces messages m'ont juste donné une bonne excuse pour la quitter.

— Elle te trompait ? dis-je sans vouloir mentionner ce que j'avais vu au parking du musée.

— Elle m'a assuré que non, mais, franchement, je m'en fiche. Peu importe, c'est fini.

— Et comment elle va réagir lorsqu'elle va apprendre, pour nous ?

— Elle va s'exclamer : « Je te l'avais bien dit ! » Elle a toujours su que j'étais un peu amoureux de toi.

Un peu amoureux de moi ?

Il dut sentir mon étonnement.

— Ouais, tu m'as bien entendu, fit-il en me chatouillant. Ça te fait peur, de m'entendre le dire ?

— Eh bien, tu as dit « un peu », pas « très » amoureux. Ça oui, ça m'a effrayée.

— Eh bien... commença-t-il.

Je couvris sa bouche délicieuse de ma main.

— Non !

En appui sur un coude, je me penchai sur son beau visage soudain préoccupé.

Il prit ma main et l'embrassa.

— Tu es différente de ce que j'avais cru.

— Tu veux dire, au lit ?

— Non, pas au lit, ou si tu veux, pas qu'au lit. Je veux parler de toi, ta personnalité. Tu es plus... d'aplomb. Plus confiante, aussi. C'est comme ça que je t'ai toujours vue, mais il me semblait que tu ne te voyais pas ainsi. Et dernièrement, ça a changé. Depuis quelque temps tu es plus... toi.

Je lui offris mon plus beau sourire pour le remercier du plus beau compliment qu'on m'ait jamais fait.

— Tu sais, je crois que tu as raison. Je crois que je suis devenue celle que j'étais au fond de moi.

Je lui réclamai un dernier baiser et peu après je

sombrai dans le sommeil, bercée par le saxo du musicien qui s'installait toujours très tard devant le café, son chapeau à ses pieds, et qui transformait en musique sa solitude alors que la mienne se dissipait dans la nuit.

XIII

Pourquoi je suis partie alors que Will dormait encore, je ne le saurai jamais. J'imagine que je pensais le revoir quelques heures plus tard, après être repassée par la maison pour nourrir Dixie, prendre une douche et mettre un jean sexy et un joli tee-shirt.

Finalement, j'ouvris le café à l'heure. J'y étais même en avance, de sorte que j'avais déjà préparé le café lorsque le premier client arriva et enjamba le *Times-Picayune* au lieu de le ramasser poliment et de me le donner. Mais je ne m'énervai pas, car j'avais décidé que rien ne pourrait gâcher ma journée. Ni la pluie froide qui tombait à verse, ni le désordre exagéré que les filles avaient laissé à l'étage et que je devrais ranger. Après tout, Will et moi avions contribué au désordre... Will et moi. Moi et Will. Nous. Y avait-il déjà un « nous » ? Je l'espérais. Mais je n'allais pas tirer trop tôt des plans sur la comète, nous avions tout notre temps. Auparavant, entre autres choses, je devais revoir Matilda pour qu'elle me donne mon dernier *charm*, mais surtout pour lui annoncer ma décision. Mon choix était fait : j'allais me consacrer à la relation avec l'homme que j'aimais plutôt que de devenir membre à part entière du Comité. J'étais heureuse d'avoir pris ma décision aussi facilement. L'émancipation sexuelle de Cassie Ribordy était achevée.

Oh, bien sûr, une partie de moi regretterait l'aventure et l'excitation qui allait de pair. Et j'avais vraiment apprécié ce sentiment de communauté que j'avais découvert grâce à mes amies dans le « secret », surtout Matilda, mais aussi Angela et Kit. Je n'arrivais pas à imaginer comment ce serait de concocter des fantasmes pour une autre femme et de lui transmettre les leçons apprises. Mais bien au-delà de ma curiosité se trouvait mon envie de tout partager avec Will. J'étais certaine que nous saurions évoluer ensemble, nous aimer et nous amuser. Il avait déjà prouvé qu'il me comblait sexuellement. Et je pensais pouvoir le satisfaire aussi de ce côté-là.

Donc non, rien ni personne ne pourrait gâcher ma journée, j'en étais sûre et certaine. Et pourtant, il a suffi que j'aperçoive Tracina de l'autre côté de la rue, qui attendait pour traverser, les bras serrés autour du corps, pour que ma certitude se casse la figure. Tout en sachant que je n'avais rien fait de mal, je ne pus m'empêcher d'éprouver une pointe de culpabilité. Will avait rompu, et elle et moi n'étions pas amies, je ne lui devais rien. J'étais mal à l'aise tout de même et j'allai me planquer dans la cuisine. Quand le carillon de la porte signala son arrivée, j'aurais aimé pouvoir disparaître dans un trou de souris. Je l'entendis saluer les quelques habitués qui prenaient leur petit déjeuner. Pourquoi était-elle arrivée de si bonne heure ? Je grommelai un juron en même temps que je jetais sur la table une dizaine de tranches de pain pour m'occuper les mains.

— Salut !

Je savais bien qu'elle allait passer par la cuisine, et pourtant elle me fit sursauter.

— Tu m'as fait peur !

— Oh, Cassie, relax. Ce n'était pas mon intention.

Un rire plutôt hystérique m'échappa.

— Oh, ce n'est pas de ta faute. Je suis juste un peu tendue.

— Alors, ce spectacle ? J'ai appris que tu y avais participé. C'est dingue !

Ce qui était dingue, c'était qu'elle puisse être déjà au courant.

— Je me suis ridiculisée.

— Ce n'est pas ce que j'ai entendu.

Elle savait quelque chose, c'était évident. Le ton de sa voix le sous-entendait. Et Will et moi n'avions pas été un modèle de discrétion en nous bécotant contre toutes les portes du quartier.

— Disons que je suis contente que ce soit fini, continuai-je en étalant de la mayonnaise sur le pain parce que c'était l'excuse parfaite pour ne pas la regarder.

— Will a assisté au show ?

— Euh… je crois, oui.

— Il n'est pas rentré hier soir à la maison, dit-elle en resserrant son manteau autour d'elle.

J'avais envie de hurler : « Comment ça, la maison ? Vous avez rompu. Ça fait deux semaines qu'il dort à l'étage, c'est lui qui me l'a dit ! » Je n'en fis rien, évidemment.

— Tu es allée à la Maison avec les autres filles après votre prestation ?

— Non, je suis rentrée directement chez moi.

— Je suppose que c'est pour ça que je ne t'ai pas vue là-bas.

Mon sang se glaça. De toute évidence, Tracina cherchait à me faire comprendre quelque chose. Quoi ? Je pris peur. Ma collègue était quelqu'un de très physique, du genre à faire parler ses poings s'il le fallait. Avait-elle l'intention de m'envoyer au tapis avec un uppercut bien senti ?

— Will m'a dit hier que tu ne te sentais pas bien. Ça va mieux ? demandai-je, diplomate.

— Je vais mieux, mais le matin, c'est horrible. Regarde de quoi j'ai l'air !

Là, difficile d'éviter son regard. En effet, elle était pâle, et ses yeux étaient cernés.

— Mais la gynéco m'a affirmé que les nausées matinales s'arrêtent au deuxième trimestre. J'ai hâte d'y être, tu peux me croire !

« Nausées matinales » ? « Deuxième trimestre » ?

— Tu es… ?

— Enceinte ? Oui, Cassie. Mais je voulais en être sûre avant de l'annoncer parce que j'ai eu des fausses alertes et je ne voulais pas être déçue encore une fois. Maintenant que c'est confirmé, je veux que tout le monde soit au courant.

À y regarder de plus près, son ventre montrait un petit, tout petit renflement.

— Est-ce que… Will le sait ?

Elle me regarda droit dans les yeux avant de répondre.

— Oui. Depuis à peine une heure. Je l'ai appelé et il est venu me rejoindre aussitôt.

C'est-à-dire peu après que je fus retournée chez moi pour me changer.

— Et... qu'est-ce qu'il a dit ?

— Il était si heureux qu'il était... presque en larmes. Tu imagines ? demanda-t-elle, les yeux humides à son tour.

Je voulais bien croire que la nouvelle avait fait pleurer Will. Moi-même, je devais me retenir pour ne pas éclater en sanglots.

— C'est un peu soudain, je sais. Mais, après que je le lui ai annoncé, il m'a demandée en mariage ! C'est vraiment un homme bien. Et tu sais comme il aime mon frère.

Mon cerveau carburait à plein régime. Comment était-ce possible ? J'avais *choisi* Will, et il m'avait *choisie*, moi.

— Je ne sais pas quoi dire.

C'est tout ce que je pouvais dire.

Elle me regarda, visiblement plus détendue. Normal, après avoir lâché une telle bombe.

— Tu peux dire « Félicitations ». Ça suffira.

— Félicitations.

Je l'étreignis de façon maladroite. Je ne savais pas comment réagir, j'avais surtout peur de *mal* réagir, donc, quand la porte d'entrée du café déclencha le carillon, je bondis dans la salle, trop heureuse d'avoir une excuse pour m'éloigner d'elle.

Ce n'était pas un client. C'était Will, pâle et défait comme s'il venait de voir un fantôme.

— Cassie !

— Je dois y aller, Will. Si tu cherches Tracina, elle est dans la cuisine.

— Cassie ! Je n'étais pas au courant ! Qu'est-ce que tu veux que je fasse ? Qu'est-ce qu'il faut que je te dise ?

Je me retournai pour lui faire face.

— Rien, Will. Tu as fait ton choix. Il n'y a plus rien à dire.

Les larmes coulaient sur mes joues. Il tendit la main pour les essuyer, je le repoussai.

— S'il te plaît, Cassie, ne t'en va pas, chuchota-t-il d'un ton suppliant.

Je décrochai mon manteau et quittai le café sans prendre la peine de refermer la porte derrière moi. Je penserais à ma situation professionnelle plus tard. Là, tout ce qui m'importait, c'était de m'éloigner de Will, de Tracina et de leur situation au plus vite.

Quand je descendis la rue, la pluie commençait à tomber moins dru. Lorsque j'arrivai vers Decatur, je m'aperçus que j'avais traversé le Vieux Carré en courant. Vers Canal Street, la folie de Mardi gras bouillonnait déjà et je jouai des coudes pour m'éloigner de la foule, il fallait que je sorte de là, j'étouffais. À un coin de rue, lorsque je me penchai, haletante, pour reprendre mon souffle, je vis que je portais toujours mon tablier de serveuse. Je le fourrai dans une poubelle.

Des images de mon corps soudé à celui de Will envahirent mon esprit. Ses baisers, son torse contre le mien, ses mains enserrant mon visage. Des sanglots trop longtemps contenus se frayèrent alors un chemin jusqu'à mes lèvres, ils étaient coupants, aiguisés, j'avais mal.

Will, mon avenir... Il ne restait plus rien, tout était parti en fumée. Je laissai passer un autobus bondé, puis un second, et finalement je décidai de marcher. De toute façon, dans cette zone bondée de touristes empressés de trouver la meilleure place sur le parcours du défilé, j'aurais pu pleurer des larmes de sang sans inquiéter personne.

Oh, Will. Je l'aimais mais il n'y avait rien à faire. Je ne pouvais pas être la femme qui séparerait un bébé de son père. Nous avions passé une nuit parfaite et c'était tout ce que nous aurions. Il fallait que je me fasse à cette idée. J'avais appris avec les hommes des différentes étapes comment saisir un instant et comment le laisser partir. Serais-je capable de faire la même chose avec Will ? Je n'avais pas d'autre choix que d'essayer.

En traversant le passage sous la voie rapide Pontchartrain, la foule se fit moins dense. J'avais laissé derrière moi l'odeur humide du Quartier français, et à présent je humais l'odeur des plantes grimpantes qui commençaient à fleurir sur les façades du Lower Garden District. La pluie avait cessé, et les trottoirs plus larges me firent me sentir moins oppressée.

À l'angle de la 3e Rue, je me rappelai ma première incursion dans cette rue luxuriante et comment j'avais failli dix fois rebrousser chemin. Que j'avais peur du monde, à l'époque ! Je me retrouvais de nouveau dans cette rue, le cœur meurtri. Mais en dépit de la douleur, la peur avait disparu, remplacée par le sentiment de savoir qui j'étais réellement. Mon cœur était lourd dans ma poitrine, mais j'avais les pieds sur terre et j'étais certaine de survivre, oh que oui, et de sortir plus forte de l'épreuve. Je savais ce que je voulais. Et je savais ce que je devais faire.

Danica m'ouvrit la grille extérieure. Je traversai le jardin lentement, émerveillée par le printemps qui à La Nouvelle-Orléans arrive en février.

Avant que j'aie pu sonner à la porte rouge, Matilda vint m'ouvrir, un sourire bienveillant aux lèvres.

— Cassie ! Tu viens pour le dernier *charm* ?

— Bonjour, Matilda. Oui, c'est la raison de ma venue.

— Et tu as pris ta décision ?

— Oui.

— Alors, tu nous quittes ou tu choisis de nous rejoindre ?

Je franchis le seuil et remis à Danica mon manteau mouillé.

— Je choisis S.E.C.R.E.T.

Matilda frappa dans ses mains, visiblement ravie, puis les posa sur mes joues.

— Tout d'abord, Cassie, sèche-moi ces larmes. Ensuite, nous allons appeler le Comité. Danica, tu nous prépares un café ? La réunion risque d'être longue, dit-elle doucement en refermant la grande porte rouge derrière nous.

Remerciements

Merci à Random House of Canada et à Doubleday Canada, pour leur soutien dès la première heure : Brad Martin, Kristin Cochrane, Scott Richardson, Lynn Henry et Adria Iwasutiak. Merci également à Suzanne Brandreth et à Ron Eckel, pour leur incroyable travail à Francfort. Et merci à Molly Stern, Alexis Washam, Catherine Cobain, Jacqueline Smit et Christy Fletcher, pour avoir été les premiers à croire à mon idée. Toute ma gratitude à Lee-Anne McAlear, Vanessa Campion, Cathie James et Charlene Donovan (Monkey !). Et aussi à Tracie Tighe, Alex Lane et Mike Armitage, pour leur soutien et pour m'avoir dégagé du temps libre. Tout mon amour et mille mercis à ma famille, particulièrement ma première lectrice, ma sœur Sue. Je tiens à remercier aussi Nita Pronovost, ma fervente et infatigable éditrice, sans qui ce livre n'existerait pas.

Composé par Nord Compo
à Villeneuve-d'Ascq (Nord)

Imprimé en Espagne par
Liberdúplex
à Barcelone
en mai 2014

POCKET – 12, avenue d'Italie – 75627 Paris cedex 13

Dépôt légal : janvier 2014
S24538/02